4
ようこそ実力至上主義の教室へ2年生編
Welcome to the Classroom of the Second-year
衣笠彰梧×トモセシュンサク

「っと」
倒れそうになる一之瀬を抱き留める。
「一体どうしたんだ一之瀬」
「わ、私、どうしても綾小路くんに伝えなきゃいけないことがあって……！」

「綾小路先輩に会いに行くって言うなら、それを止めるためにちょっとだけ遊ぼっか」
「ッ!?」

「綾小路、私の行動は不要だったかな？」
「それはこの後次第ですね。
手を貸していただけると考えていいんですか？」

「もちろんだ。先輩として
後輩を守るのは自然なことだろう?」

ようこそ実力至上主義の教室へ2年生編

Welcome to the Classroom of the Second-year

A
B
C
D
E
F
G
H
I
J
N
W
E
S
無人島地図

得点を得る2つの方法
『基本移動』『課題』について

『基本移動』のルール概要

- 日に4回指定エリアが告知される（初日と最終日は3回でランダム指定は無し）。ゴール時間は、午前7時～9時、午前9時～11時、午後1時～3時、午後3時～5時

- 指定エリアの設定には法則があり、1日3回は前回の指定エリアの前後左右2マス斜め1マスの範囲内に限定して指定され、1日1回は全エリアの中からランダムに指定される（ランダムな指定が2度続けて起こることはない）

- 指定エリア内に辿り着いたグループ順に
  1位が10点、2位が5点、3位が3点を得る
  ※着順報酬はグループ内全員が指定エリアに辿り着いた時点の記録が参照される

- 各ゴール時間内に指定エリアに辿り着くと到着ボーナスとして到着者全員に1点が与えられる

- 指定エリア告知の段階で既に到着
  1人1点を得るが、着順報酬は無

- 3回連続で指定エリア到着をスル
  ティ。回数に応じ得点が引かれる
  もスルーを止めると累積値は0に

『課題』のルール概要

- 課題は午前7時から随時出現し、
  する（試験初日は午前10時から出
  は午後3時で終了する）

- 課題は3種類に分類されており、同
  も何度か出題される（学力4割、身
  その他3割）

- 課題出現時間は予測が出来ない。実
  るには現地に足を運ぶ必要がある

- 上位入賞者は得点や食料、グループ人
  限を上げる報酬などが与えられる

1
2
3
4
5
6
7
8
9
10

ようこそ
実力至上主義の教室へ
2年生編4

衣笠彰梧

MF文庫J

ようこそ実力至上主義の教室へ2年生編 4

Welcome to the Classroom of the Second-year

contents

天沢一夏の独白 P015

暗躍 P018

ただひたすらに、黙々と P062

孤独との戦い P071

包囲網。高円寺VSフリーグループ P108

それぞれの思惑 P151

月城という男 P230

結果発表 P321

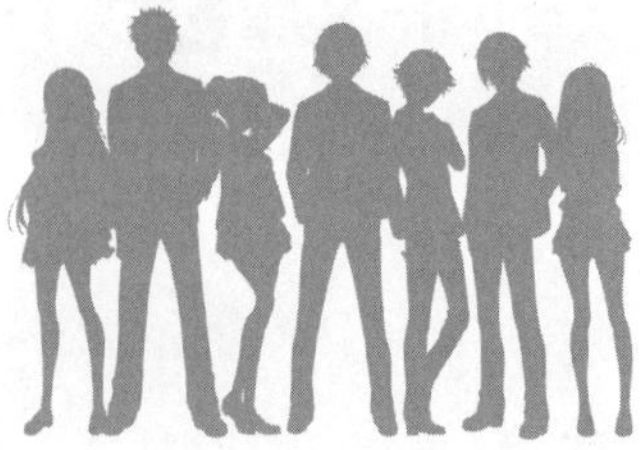

口絵・本文イラスト：トモセシュンサク

○天沢《あまさわ》一《いち》夏《か》の独白

試験管ベビー。そんな言葉を聞いたことはある？
今はもうそんな呼び方はしないようで、体外受精児なんて呼んだりするらしいけど。
あたしはその『体外受精児』として産まれた人間。
だけどそれ以外のことは何も知らない。両親の顔すら一度も見たことがない。
今どこで何をしているのか、どうしてあたしをホワイトルームに入れたのか。
何も知らないわけだけど、身も蓋もなく言ってしまえば興味がない。
そんなあたしが、物心ついたときに1つ教えられたことがある。
両親が極めて優秀な人間だったってこと。
つまり、天才になる資格を持って産まれてきた超恵まれた子供だったんだよね。
でも、あたしの存在とホワイトルームの存在は相反する。
施設の最終目標は全ての人間を等しく優秀に育て上げること。
人間の限界は遺伝で決まるわけじゃなく、環境で決まることの証明を目指している。
つまり優秀な遺伝子を持ったあたしだけが突出した才能を持つことを望んでいない。
きっとホワイトルームにおいて、あたしの存在は『実験』の1つなんだろうね。
別にその実験を否定する気なんてないけど、本当に出来ると思ってるのかな。

知能や性格や精神、それら全てを同一にすることは不可能だとあたしは結論付けた。

現にあたしが、あたしとして存在していることが何よりの証拠って感じ？

あたしの内面は、幼い時から一貫して周囲とは違う自負があった。目の色を殺して淡々と物事をこなすフリをしながら、ずっと施設の存在意義に疑問を感じていた。

ホワイトルームの理念のために成長して、人生を賭けて貢献したい？

自分が最高の育成成功例になりたくて、そのために命がけで日々を過ごすのも本望？

なんかさ、それって不幸な話じゃない？　もっと自由に生きたいじゃない。

少なくともあたしはそうだ。あんな世界に閉じ込められて一生を送るなんて嫌だし。


っと、それは今は余計なことかな。本題に戻るね。

ホワイトルームの中でも飛び抜けた成績を収めていた綾小路清隆《あやのこうじきよたか》の存在。

もちろん初めて聞いたときは半信半疑だった。

あたしが血の滲《にじ》む努力で叩《たた》き出したスコアより、全部上回ってたなんて信じられる？

でも————うん。データを見て、実際に会って、話して分かった。

彼はやっぱり特別なんだって。

ただ、ごめんね先輩。

本当は味方だけしてあげたいんだけど、そうもいかないんだよ。

付き合いの長さで言ったら、先輩なんかよりもずっとずっと長いから、さ。
思ったよりも自分は情に厚いんだなあ……なんて思ったりして。
先輩を崇拝する人間として『その時』が来たら離れたところから傍観させてもらうね。

○暗躍

強くなり始めた雨脚と、濃くなり始めた霧。

視界と音が悪い中、オレは背後から誰かが近づいてくる嫌な気配を感じた。

わざと派手に踏み荒らすような、ぬかるんだ土の跳ねる音。

七瀬《ななせ》もすぐにその気配と音に気が付いたようだ。

振り返ると、勢いよく立ち止まった生徒の、その赤い髪が揺れるのが見えた。

「大雨になりそうですねー、せんぱいっ」

霧雨の中から姿を見せたのは1年Aクラスの天沢一夏《あまさわいちか》。

テーブルがオレや七瀬と同じなのは既知の事実だが、単なる偶然とは到底思えない。

周辺に他の生徒の姿もなく、バックパックやタブレットを持っている様子もない。

どうやってここまで足を運んできたのだろうか。

考えられる線とすれば、近場に荷物を隠して近づいてきたというパターン。

あるいはずっと荷物を持たず、かなり早い段階から後をつけてきていたというパターン。

トランシーバーで誰かにGPSサーチの結果を口頭で伝えてもらい近づいてきたパターンというのも考えられるか。やはり偶然の可能性は排除してもいいだろう。

どんなパターンであったとしても、オレにとっては歓迎すべきものじゃない。

それに、完全な手ぶらというわけでもないようだ。天沢の左手には太い木の棒が握られている。人を殴るには十分すぎるほどの凶器となりえるものだ。

不意を突こうとして、こちらに気配を悟られてしまった、ということか？

だがこの悪天候の中だ。襲うつもりなら、もっと静かに忍び寄ることも出来たはず。

「私の後ろに下がってください」

天沢が現れた理由を模索していると、体力に不安の残る七瀬がオレの前に回った。

見えた横顔は警戒心を隠そうともしておらず、天沢を強く凝視している。

「あれ？　あたし七瀬ちゃんに歓迎されてない？　同じ小グループ仲間なのに冷たいなぁ。それとも手に持ってるコレがちょっと物騒に見えるかニャ？」

太い木の棒を自らの足元に軽く放り投げ、これなら安全でしょとアピールする。

だが七瀬が警戒を緩めることは一切なかった。

「あなたは――――信用できません」

「ひどーい。なんでそんなこと言うわけ？　こんなに可愛《かわい》いのに」

可愛さと信用はイコールではないと思うが、とそれは今はどうでもいいことだな。

「どういうことだ七瀬」

確かに天沢は何を考えているのか分からない一面がある。

演技力や実行力が並外れた生徒だと断言しても過大評価にはならない。

警戒するのは当然だが、それは今までに十分わかっていたことだ。

七瀬《ななせ》の異常なまでの警戒心は説明がつかない。

もちろん、この場に現れたことには意味があるのは明らか。

オレの味方となったことで過剰に反応を示しているだけとも考えられるが……。

「あたし悪者じゃないって、ねえ綾小路《あやのこうじ》先輩っ？　だからちょっとお話ししよ？」

「聞く耳を持たないでください、彼女は危険な存在です」

敵意を見せない天沢《あまさわ》に容赦なく強い否定の言葉をぶつける七瀬。

謂《いわ》れなき批判とも取れそうな発言をした七瀬に対し、天沢は口では色々と言いながらも困っている様子はない。

「先輩……これまで黙っていたことがあります。篠原《しのはら》先輩のグループが襲われて小宮《こみや》先輩と木下《きのした》先輩がリタイアしてしまいましたが、池《いけ》先輩と斜面を登られていきましたよね？」

上の方からの音を聞き、篠原がいると踏んだ池が駆け出した時のことだ。

単独で行かせると危険だと判断し、後をついていった。

「あの後、私たちを近くで見ている気配に気が付いて後を追いかけたんです」

「それで篠原を見つけて戻る時、須藤《すどう》たちの傍《そば》にいなかったわけだな？」

小さく頷《うなず》く七瀬。

「それで？」

「走って逃げた相手に追い付くことはできませんでしたが……特徴的な髪を見ました」

そう言って七瀬はゆっくりと右腕を天沢へと伸ばし、突き出した人差し指を向ける。

「あの時、あの場で私たちを監視していたのはあなたですよね、天沢さん」

「あは、やっぱり見られちゃってた？」

否定することなく、むしろすぐに肯定して笑う天沢。

その態度に動揺はなく、見られていたことに対しての驚きもない。

あの時こちらを見ている気配の正体は天沢だった、とみてよさそうだ。

「あなたが小宮先輩たちを傷つけたんですね？」

「え、それって決めつけじゃない？　たまたま傍にいただけかも知れないのに」

「それなら逃げる必要はなかったはずでは？」

「怖い顔で追いかけられたら逃げちゃうじゃない。それに疑われるのも嫌だなって」

「とても信じられません」

「つまり七瀬ちゃんは、あたしが先輩たちを突き落としたと決めつけてるわけね？」

「確信しています。ほぼ間違いないと」

「確信してるのに、ほぼ、なんて付けちゃうんだ。本当のところは分からないって思っちゃってるんじゃないの？」

同じ小グループの2人が牽制《けんせい》し合うように言葉を交わす。

「では、小宮先輩たちを傷つけたのはあなたではない、と誓って答えられますか？」

「別に誓ってもいいけど、その誓いを守っても破っても七瀬ちゃんには関係が無いよね」

何ら言葉としての意味を持たない、と天沢は言う。

「逆に聞くけど、アレをやったのがあたしだったとして、だったらどうする？」

七瀬《ななせ》の追及から逃れるどころか、自らその渦中へと飛び込んでいく。

少し気圧《けお》される七瀬だったが、天沢《あまさわ》のことを探るべく踏み込んでいく。

「何故《なぜ》あのようなことをしたんですか、その理由を教えてください。いえその前に、そもそもどうやって学校が調べるGPS反応であなたの名前が出なかったんですか」

その点については、天沢に確認を取るまでもないだろう。

「GPSの痕跡を残さないこと自体は難しくない。腕時計を壊すだけでいいからな」

天沢は楽しそうに、右腕にはめている腕時計をこちらに向けてきた。

「正解〜。故意でも故意でなくても、故障は故障。無償で交換してもらえるしね」

「しかし直前にGPSを壊したとしても学校側はそれに気づくはずでは？」

「そうだな。だが、少なくとも駆け付けたあのタイミングでは困難だったはずだ」

この島のGPS発信数は優に400を超えている。タブレットで1つ2つGPSの反応が消えていてもあの場で気が付くことはないし、全てを確認する時間もない。教師が優先すべきことは生徒の安否のみ。

「ですが、時を改めて学校側も徹底的に調べるのでは？　特定されるのも時間の問題です」

篠原《しのはら》自身が誰かに襲われたと発言している以上、当然学校は詳しく調べるだろう。

その過程で天沢のGPS反応だけが消えていた——という可能性も十分ある。

ところが問題なのはここからだ。

「もし小宮《こみや》たちが襲われた時間、ＧＰＳの反応が消えていたのが天沢だけなら、学校側が疑いを持つことは避けられない。だがそれだけだ。それ以上の証拠は何も出て来ることはないため、犯人と断定することは出来ない」

「それは――――」

直接天沢を見かけている七瀬にしてみれば、犯人だと決めつけたくなるだろう。

だが犯行を実証するのは、考えているよりもずっと難しいことだ。冤罪《えんざい》で天沢をリタイアにしてしまうジャッジだけは、学校は絶対に避けなければならない。

元々この無人島試験、秩序とルールを守るための『腕時計』の存在も、やりようでは幾らでも無効にすることが出来てしまう。不正を防ぐためには腕時計に対して強い縛りを用意するしかなくなる。故障による交換対応は一度までにする、故障のたびに得点を消費する、故障した段階でリタイアとするなど。

だが縛りを強くすればするほど、今度は別の視点からの不正が可能になる。ライバルの腕時計に細工をして壊すことなどだ。それに、本当に事故や不具合によって故障してリタイアになったなら、それこそ納得のいかない特別試験になるだろう。

「ルールの穴を突くのは定石、証拠さえ見つからないなら何やってもいいんだよ」

言い方には多少引っかかるところもあるが、天沢の言っていることは正しい。

「証拠がないのなら、天沢さんがあの場所にいたことを私が証言します」

「同じことだ。ＧＰＳの故障と事件現場にいたという事実だけでは疑いで終わる」

もし須藤《すどう》や龍園《りゅうえん》のような暴力性が高く素行に大きく問題のある生徒なら、学校側も疑惑の念を深めたかも知れない。しかし目の前にいるのは高校一年生の女子生徒。心証の観点からも悪く思われる確率は高くない。

何より小宮《こみや》と木下《きのした》からは襲われたという証言すら得られず、篠原《しのはら》も『誰かまでは分からなかった』という曖昧《あいまい》な発言しか出来ていない。

七瀬《ななせ》が天沢《あまさわ》を見たという発言も同じこと。

決定的な証拠がなければ、学校側に天沢を罰してもらうことは不可能だ。

「そういうことだよ、七瀬ちゃん」

それにしても、天沢がここに姿を見せた理由はまだ何も分かっていない。

七瀬の追及と天沢の言葉遊びが繰り返され、進展する気配を全く見せていない。

今すぐにでも何かを仕掛けてくる……とは段々考えづらくなっていく。

小宮たちを怪我《けが》させた犯人であるかの話は、一度棚上げする。

膠着《こうちゃく》したままの事態を動かすべく話を聞くことにしよう。

「ここには何をしに来た、いや、どうやってオレたちを見つけたんだ?」

3人が雨に打たれ続けるのは、まだ続く特別試験を思えば回避すべき。

今すぐにでもテントを設営し雨から逃れたいところだ。

「そう焦らないでよ綾小路《あやのこうじ》先輩。こうして無人島の中で会えたことを喜ぼうよ」

「悪いが、雨は人が想像するよりも遥《はる》かに早く体力を奪っていく。手短に済ませてくれ」

「じゃあ、ここは協力して一緒にテントを設営して2人で一夜を明かすってどうかな」

男女が同じテント内で一夜過ごすことを禁止されていることなど百も承知のはずだ。

意味のない会話をして時間を稼いでいるようにも思える。

「あ、色々心配してる？　大丈夫大丈夫、学校側だって全部は監視できないしさ」

近づこうとする天沢が歩き出すと、即座に七瀬が詰め寄りその腕を掴《つか》む。

「なに？　この手」

「綾小路先輩に手を出すつもりなのではないですか？」

「いつの間に七瀬ちゃんがナイトになったの？　宝泉《ほうせん》くんと一緒に退学させようと画策してたんじゃなかったっけー？」

「それは……あなたには関係ありません。ここに来た狙いはなんですか」

「迷子になっちゃって、助けてもらおうと思って来たんだよね」

もはや取り繕うつもりもない嘘《うそ》を吐《つ》く。

もしかすると、七瀬とオレの決着とその後の行く末の確認のためにここまで来たのか？

七瀬のこの態度を見れば、既にこちら側に寝返ったことも把握できただろう。

いや、それならここで無意味な雑談を続けて粘る意味は薄い。

「綾小路先輩と話がしたいから、どいてくれる？」

「ここで話せばいいじゃないですか」

「それは出来ないなぁ。ホワイトルームに関係している話だからねー」

自らの正体を、これ以上隠しても無駄だと思ったのか天沢《あまさわ》はそう告白する。

七瀬《ななせ》が驚きつつオレの方へと視線を向けてきた。

1学期の間、ホワイトルーム生の存在を匂わされ続けてきたが、正体は掴《つか》めなかった。

それがまさか『自白』という形で知ることになるとは。

「分かってくれたかな？　部外者さんっ」

もし本当に天沢がホワイトルーム生なら、確かに七瀬を部外者と呼ぶのも頷《うなず》ける。

「手を離してやってくれ、七瀬」

不満はあるだろうが、七瀬はオレの指示に従って素直に手を離した。

「良い子だね七瀬ちゃん。そういう忠犬的な感じ、あたし嫌いじゃないよ」

そう答え、天沢は少しずつオレとの距離を詰め始めた。

これでやっと話を進展させることが出来るだろうか。

「悪いが七瀬の例もある。ホワイトルームの単語を聞いただけで断定するつもりはない」

「いいよ、証明してあげても。でも……七瀬ちゃんに聞かせるのはちょっとね」

分かるでしょ?と、いつもと変わらない小悪魔のような笑みを向けて来る。

七瀬に対し軽く手で合図を送り、更に距離を取るように指示を出す。天沢を不用意に近づけることに対し抵抗を覚える七瀬だったが、程なく指示に従う。雨脚は強くなる一方で、数メートルも離れれば小声で話した程度では七瀬の耳に届かないはず。

ぬかるむ大地を踏み、天沢はついに手を伸ばせば届く距離にまでやって来た。

「それじゃあどこから説明しようかなあ」

どう話すことでこちらが理解するだろうか、そう考える仕草を見せる天沢。

やはりこの場に現れたことが、そもそも不可解と言わざるを得ない。

ホワイトルーム生はオレを退学させるために、潜伏し今日まで過ごしてきた。

なのに、目の前の天沢は何の策を仕掛けることもなく正体を明かしている。

何より、今更何を話すかで迷う素振りを見せていることがそもそもからしておかしい。

明らかに引き延ばし、時間をかける遅延行為をしているように思えた。

こちらがその点を突くか決断をしようとしていたところで、天沢が口を開く。

「先輩が10歳の時に受けてたカリキュラムはプロジェクト5に基づいた構築理論。11歳の時に受けていたのはプロジェクト7に基づいた相対性理論。あたしも両方受けたからしっかり覚えてる」

同じホワイトルームにいたことを証明するかのような具体的な話が出て来る。

「室内も、廊下も、自分自身に与えられた部屋も、何もかもが真っ白な世界」

少なくとも七瀬よりも、遥《はる》かにホワイトルームのことを知っているのは確かなようだ。

要点だけを月城《つきしろ》に聞かされた、ということもあまり考えられない。

ホワイトルームに関する内情を無関係の人間に話すことはない。

これで天沢を『黒』だと断定してもいいだろう。

会話の内容から立ち振る舞いまで、ホワイトルーム生のそれが綺麗《きれい》に当てはまる。

「わざわざ普通に登場して、正体を明かすメリットはなんだ？」

「そうだよね、そこが気になるよねやっぱり。それはね、あたしが先輩の敵じゃないよってことを言っておきたかったからなんだ」

「矛盾してるな。ホワイトルーム生はオレを退学させるために送り込まれた刺客。敵じゃないというのは話のつじつまが合わない」

天沢《あまさわ》も、既にびしょ濡《ぬ》れになりつつあるが構わず話を続ける。

「綾小路《あやのこうじ》先輩の4期生より後の世代は強い嫉妬心を抱いてる。だからホワイトルーム生を使えばその嫉妬心で退学に追い込むと思ったんだろうね。だけど上は人選を誤ったんだよ。あたしが綾小路先輩に内心憧れを抱いてるだけの乙女だってことを読み切れなかった」

「だからこうして正体を明かした、か」

うんうん、と頷《うなず》く天沢。

「なら、入学した直後にその動きを見せても良かったんじゃないか？　オレの部屋に上がり込むところまでスムーズに成功したんだ、話をするチャンスはいくらでもあった」

「だって、いくら憧れを抱いてるって言ってもそれは想像の中の話じゃない。直接会って、話して、ああこの人に憧れて良かったって思うのには時間が必要だからね」

つまり天沢の中で評価に値しない人間だったなら、排除に回った可能性もあったということ。話の流れとしては、一応成立する。

「分かってもらえた？」

「そうだな。ホワイトルームについてここまで話せるのは、同じ側の人間だけだ」

「そういうこと。なんか不思議な感じだよね、普通の高校生として学校で過ごすのって」

これまでは、オレだけが特殊な感覚を味わってきた。だが、こうして他のホワイトルーム生も同じ追体験をしていることに興味は湧いてくる。

「もしオレと同じ感覚を持ってるなら、この学校の面白さにも気づいたんじゃないか？」

「言いたいことはよく分かるよ先輩。あたしだって、このまま卒業まで面白おかしく学生をエンジョイできたらいいなって考えたことは一度や二度じゃないもん。友達作るのは苦手だから、話し相手はそんなにいないけどね」

それは、何というかオレと似たようなものだ。

堀北《ほりきた》や池《いけ》たちと話すことはあったが、心の距離みたいなものはあった。

『友達です』と素直に言えないような状況がしばらく続いたことを思い出す。

「あたし先輩みたいにコミュニケーション能力が欠如してるわけじゃないからね？」

こちらの考えを見透かしたように、天沢は訂正してきた。

「基本的に先輩と学んできたことは同じ。だけど逆に1つ下の5期生だけが学んでることもあるんだよ」

こちらが答えないでいると、天沢は1人で続ける。

「最低限のコミュニケーションを取り合うこと。先輩の4期生までは個人主義が過ぎたせいで、潰れる子が続出だったっていうじゃないですか。もちろん、出来の悪い子は論外として、優秀な人間は優秀な人間とコンタクトを取ることを許されたの」

もしそれが本当だとするなら、感情豊かな表情をいともたやすく出来てしまうのも納得だ。オレ自身演技で短期的に何者かを演じることは出来ても、人生の大半を無感情に生きてきた癖が抜けきることは難しい。

「まだ信じられない？」

「素性は信じる。だが正体を明かしてきた理由には納得がいってない」

「ホワイトルーム生だって認めてくれた割には、随分と落ち着いてるんだね。あたしじゃ先輩の脅威にならないと思ってる？」

その質問に答えないでいると、天沢《あまさわ》は笑って流す。

「さてと———先輩とは話したいことも話せたし、あたしはこれで失礼しようかな」

ホワイトルーム生であることを認識してもらえたことで充分だと、天沢が背を向ける。

「何を考えているんだ、天沢」

「も〜言ったじゃないですか〜。あたしは綾小路《あやのこうじ》先輩に憧れてるだけだって」

振り返り、濡《ぬ》れた指先でオレの頬に触れてくる。

「だから、あたしの許可なく勝手に潰されないで下さいね」

そう言って指先を頬から離すとどこへともなく歩き出した。

勝手に潰されるな、というその相手は誰のことを指しているのか。月城《つきしろ》？　２０００万プライベートポイントを狙う一年生たち？　それとも……。

「綾小路先輩、大丈夫でしたか？　何かされませんでした？」

心配そうに駆け寄ってきた七瀬《ななせ》に心配ないと答え、オレは自分のバックパックを見た。

「この雨だ。急いだ方が良い」

色々と情報を整理したいところだが今は優先すべきことがある。

「はいっ、テントの準備ですね」

「そうだ」

そう返事したオレではあったが、1つだけ忘れてはならないことを済ませる。

立ち去った天沢の、足跡を確認することだ。

「先輩……？」

「もうすぐこの雨で足跡は流されてしまうからな」

立ち去ったばかりの天沢の足跡も、既にその原型を崩し始めている。

「足跡、ですか。でも、天沢さんの足跡がどうかしたんですか？」

「小宮《こみや》たちが怪我《けが》をした時、現場の近くに足跡があった。サイズはほぼ天沢と同じで間違いない」

つまり、七瀬が目撃した通り天沢は間違いなくあの場所にいたということ。

「やっぱり天沢さんは偶然近くにいたわけじゃなく、突き落とした犯人ということですね」

「それは分からない。あの時、須藤《すどう》や七瀬を監視していたのは天沢と判断して間違いはないだろう。ただ、突き落としたのが天沢だという証拠にはやはりならない」

七瀬《ななせ》はオレが何を言っているのか、一瞬理解できなかったようだ。

「確実な証拠は無いかも知れません。しかし彼女と断定してしまってもいいのでは?」

「今持ち合わせている情報から推理すれば、まず間違いなく天沢《あまさわ》が犯人だ」

「私はそう思っています。繰り返しになりますが確実に天沢さんを見ましたから」

それは、当然見間違いじゃないだろう。

「でも突き落としたところを見たわけじゃない」

「それは……まぁ……しかし、先程の自供もあります」

「自供と言えるかは微妙なところだ。あくまでも天沢は『突き落としたのが自分だったらどうする?』と言っただけで明確に『自分がやった』とは言っていない」

「録音等を恐れた、とか」

「この雨音の中、しかもオレたちの状態を見れば強く警戒する必要はないと考えたか」

一見しただけでは、とても録音が出来るような環境には見えない。

「それでも絶対ではありません。特に綾小路《あやのこうじ》先輩が警戒すべき相手であることは分かっているんですし、最大限の対処をしたと考えるのが妥当です」

確かにリスクを0にするためには、それが賢い選択だ。

「生徒2人、下手したら命にもかかわりかねない大怪我《おおけが》を意図的に負わせたのなら一目散に逃げ出すべきだ。わざわざ現場近くまで寄って、七瀬に後ろ姿を目撃させているのはどうしてだ」

バックパックを回収しながら、七瀬が考える。

「それは――やはり小宮《こみや》先輩たちの容体が気になったからと考えるべきでは。放火犯が現場に戻ってくる心理と同じと考えます」

確かに放火犯は現場に戻るという言葉がある。

その心理には諸説色々あるが、安易に今回のケースに当てはめるのは危険だ。天沢が犯人であると決めつけた上で推理すると、どうしても表面的な部分だけしか見えなくなる。

「どうなっても構わない覚悟がないと出来ない芸当をしておいて、容体が気になったから危険を冒して現場を見に行くというのは話が繋《つな》がらない。実際、天沢は七瀬に見つかり後ろ姿を目撃されてしまっている。曲がりなりにも月城《つきしろ》に送り込まれた人間なら、そんな失態を演じるとは思えない」

見失わないよう、崩れかけている足跡を追跡する。

「追い打ちをかけるように、オレたちに正体を現したのは何故《なぜ》だ」

「私に姿を見られて隠し通せないと判断して、接触してきたのだと思いました。学校側に報告されれば犯行を裏付け出来ないとしても問題にはなりますよね。月城理事長代理に託されていた役目も危うくなりますし」

「結局、それは現場に戻ったことと矛盾する」

「迂闊《うかつ》な失態、で片付けるわけにはいきませんか？」

「あり得ないな」

もしかすると天沢《あまさわ》は何らかの理由で意図的に七瀬《ななせ》に見つかった、ということも。

と、ここでオレは辿《たど》っていた足跡から新しいヒントを得ることに成功する。

「やっぱり天沢の行動、その1つ1つには見過ごせない点がある」

「見過ごせない点、ですか」

オレは今にも雨に流されていきそうな天沢の足跡を辿っていた。

「オレの背後を綺麗《きれい》に取って近づいて来ていたようだが、そこから遡ると――」

「え?」

そこで七瀬も、初めて奇妙な変化に気付く。

「別の足跡ですよね、これ」

「ああ」

天沢のものよりも僅かに大きいと思われる足跡があった。

だが具体的なサイズは形が崩れていて、判別することが出来ない。

「一度オレたちの傍《そば》まで近づいてきて、ここで乱れている。天沢の足跡と合流した地点だ。

そしてここでこの謎の足跡は引き返している」

「天沢さんが声をかけてくる直前まで誰か別の人物がいた、ということですね……?」

生徒なのか学校関係者なのか、現状では判断のしようはなさそうだ。

「天沢が手にしていた木の棒を持ってきてくれるか」

「は、はいっ」

天沢が放り投げていた木の棒を、七瀬が拾って戻って来る。

それを見て、オレの推測は1つの答えに辿り着く。

「何か気が付くことはないか？」

「気が付くこと……ですか。これで人を殴ると危なそう、とは思います。あれ……？」

自分でその木の棒を持って触って、あることに七瀬も気が付いた。

「これ、その場で適当に拾ったものとは思えないです」

「ああ。凶器として使えるように無駄な部分が削ぎ落とされてある。自然に落ちていた棒として見るには不自然すぎる形状だ」

「これを使って綾小路《あやのこうじ》先輩を襲うつもりだったんでしょうか」

「もし天沢がオレを襲うつもりだったのなら、声をかけず不意打ちを仕掛けるべきだ。だが、武器を持ちながらも天沢は攻撃してくる素振りを見せていなかった。それどころか自分の存在を気付かせるつもりだったように思う」

そこから更に見えて来るもの。

「つまり最初から襲うつもりなんてなかった……。この木の棒を最初に持っていたのは天沢さんじゃなく、この消えかけている別人のものだったんですね？」

その足跡は歩幅を小さくしオレたちに近づいて来ていたが、引き返すときは大きく広がっている。見つからないように、あるいは逃げるように立ち去っている。

「でも、どうして？」

「天沢《あまさわ》が言うにはオレは憧れの存在らしい。だから襲われそうになったところを守ろうとしてくれたと考えると、この件に関しては繋《つな》がりも見えてくる」

「それだけで彼女を味方と判断するのは少し危険な気もしますが……」

「もちろんだ。しかしオレを狙っていたであろうこの足跡の人物は全く想像がつかない」

「もしかして……学校関係者ということもあるのでしょうか？」

「その可能性もあるが、オレは懸賞金を懸けられてるからな」

この足跡がその賞金を狙った生徒であることも十二分にある話。

リスクを冒してでも強制的に退学させてくる、ということは十分考えられる。

「あ、そうだ！」

何かを思いついたように七瀬《ななせ》が声を挙げる。

「先輩、今すぐＧＰＳサーチをしましょう！　天沢さんが来てまだ時間はそう経《た》っていません。正体の分からないもう１人が全速力で逃げていたとしても、この悪天候では遠くに逃げられていないんじゃないでしょうか」

確かに今ＧＰＳサーチをかけて周辺のエリアにＧＰＳ反応が出れば、容疑者を一気に絞り込むことが出来る。近い反応から順に誰であるかを見ていくだけでいい。

「あ、でも天沢さんがやったように腕時計を壊されていたら特定できませんね……」

「いやそれは無い。腕時計を壊すということはＧＰＳの反応が消えるということ。もし今オレがサーチをして消えたＧＰＳ反応が天沢以外に１つだけだったらどうなる」

「……その人物が犯人で確定します」

「ああ。だから襲おうとしてきた相手は絶対に腕時計を壊していないということになる」

「それなら余計に1点を払う価値はあるんじゃないでしょうか」

天沢がオレに声をかけてから、まだ15分ほどか。

全力でここから離れたとしても、今いるエリアから出るのが精いっぱい。

運が良ければこの消えた足跡の人物だけということもある。

だからこそ、七瀬の進言通り今ここでGPSサーチを行うべき……。

「GPSサーチは行わない」

「えっ!?　ど、どうしてですか!?」

「どんな相手にせよあえてGPSサーチさせる戦略を立てていても不思議はなく、全く無関係の人物が浮かび上がって来ることもある」

無関係な人間を怪しんで調査するよう誘導させる狙いがないとも言い切れない。天沢が七瀬に姿を目撃させたこと、ここに天沢が現れたことなど相手サイドから情報を押し付けられている状況には警戒しておいた方がいいだろう。

「でも、ちょっと勿体《もったい》ないような気もします」

「少なくともオレならこんなことで見破られるほど間抜けなことはしない。もしGPSサーチのことを失念しているような相手なら、それこそこっちが恐れる必要は全くない」

ややや納得のいっていない七瀬だったが、オレの決めたことには素直に従うようだ。

ともかく、考えをまとめるにしてもこの状況で続けることじゃないな。

一度話を切り上げ、オレは七瀬《ななせ》と共に急ぎテントの設営を行うことにした。

もはや大雨と言っても過言ではなくなり始めた頃。

オレと七瀬はテントをくっつけるように向かい合わせにし、何とか準備を整え、逃げ込むように互いのテントへと身を潜めた。

濡《ぬ》れた体操着やジャージ、下着を脱いでタオルで髪や身体《からだ》を拭く。

それから予備の下着などに着替えてから、閉じたテントのカバーを開け、外の様子を窺《うかが》ってみた。まだ昼を迎えたばかりだが、辺りは夜のように暗い。

今日一日は、少なくとも身動きは取れないだろう。

雨粒が容赦なく入り込んでくるため、カバーを閉じて一度テント内で横になる。

七瀬の過去を知り、そして天沢《あまさわ》がホワイトルーム生であることが確定した。

だが、それで全ての霧が晴れたわけじゃない。

1

大雨が続く中、学校からメールが届く。十分に予測できたことだが、今日の試験は中止になることが発表された。基本移動と課題が無くなればその分逆転が難しくなるが、泣き寝入りしないで済むよう補填方法を検討中との旨も書かれてあった。

天候の回復が見えないことには、学校も補填内容を確定させられないってことだろう。

ただし、どんな補填にせよ今日の中止という事実がなくなるわけじゃない。

総合的な点数という意味では補填は効くが、各グループが立てていた戦略プランは、一度完全な練り直しを強いられることになる。

そしてオレにとって今回の中止は恵みの雨とはお世辞にも言い難い。

後半にピークを持ってくるように調整していたオレは、前半に体力を使い果たして失速するグループたちを出し抜いて得点を重ねる予定だった。しかし、7日目がほぼ丸一日空いてしまったことで、全員がこの休息で体力を回復させることになってしまう。

もちろん快適な環境で休めるわけでもないので疲れが取り切れるわけじゃないが、休めるか休めないかの違いは天と地ほどの差がある。

「―――ぱい」

「ん?」

テントの外は大粒の雨が降り注ぎ大きな音を立てているが、微《かす》かに人の声が聞こえた。

「せん―――い」

もう一度、オレを呼ぶ声。その主は向かいのテント、七瀬からのもので間違いなさそうだ。オレは再びファスナーを開けて、メッシュ生地から外の様子を窺う。

視界は悪いが、目の前のテントくらいなら難しいことじゃない。

「少しお話がしたいんですが!　そちらにお伺いしてもよろしいでしょうか!」

テント越しに七瀬《ななせ》がそんな提案をしてきた。

狭いテント内に男女2人が身を寄せ合う構図は健全とは言えないと七瀬も分かっているはずなのに、すっかり忘れてしまっているのだろう。

ルール的には就寝が禁止されているだけで、短い時間を共に過ごす分には問題ない。

生徒側が理性を失わない限りモラル的な問題が発生することもないだろう。

とは言え、この大雨だ。僅か2メートル弱しか離れていない入り口同士でも、濡《ぬ》れてしまうことは避けられない。

「それはいいが、こっちから行こうか？」

そう声をかけるも、七瀬は首を左右に振ってから、タオルを広げ、頭を守るように準備を整えてから入り口を開く。こちらも急ぎ七瀬を迎え入れるために、入り口を開いた。

タイミングを合わせ七瀬がテントから飛び出し、素早くこちらのテントに入り込む。

もちろん、1秒足らずの間にも雨に打たれはするが、被害は最小限で済んだ。

「ふーっ……。すみません先輩、お休みのところ」

「いや、大丈夫だ」

むしろ疲れているのは、オレよりも七瀬の方だろう。

このエリアに来るまでの強行に加え、勘違いからとはいえ激しい戦いをした直後だ。

何か話があるのかと思ったが、七瀬はすぐに切り出さない。

いや切り出せないといった様子だった。

しばらく、相手の様子を窺《うかが》うように沈黙を続けていると……。

「ちょっと図々《ずうずう》しいですよね、私」

そう言い、申し訳なさそうに七瀬は頭を下げた。

「さっきまで先輩に敵意を向けて、ひどい言葉まで浴びせていたのに……こんな風に馴《な》れ馴《な》れしく声を掛けられても迷惑なだけ、ですよね？」

今更な気もするが、七瀬は今になってその感情と向かい合うことになったようだ。

「気にしてないし、これ以上謝るのは終わりにしてくれ。少なくとも敵対しあう必要がないことは明白になったはずだ。違うか？」

簡単に割り切れない部分もあるだろうが、今は特別試験中だ。

心の迷いは、実際の試験での動きや考え方にも陰りを生んでしまう。

「そう、ですね」

分かりました、と七瀬はもう一度だけ謝罪を込めて頭を下げた。

「それで？　この雨の中、何か話があったんだろ？」

「あ、はいっ」

用件を思い出したように七瀬が話を切り出す。

「先ほど姿を見せた天沢《あまさわ》さんのことが頭から離れなくて……綾小路《あやのこうじ》先輩の苦労を思うと、つい声をかけなきゃって思ってしまいまして」

どうやら何か目的があったというより、単純にオレを心配してくれたらしい。

当の本人よりも参っているのは少し問題だが、気持ちはありがたい。

「私は天沢《あまさわ》さんが小宮《こみや》先輩たちを突き落としたと決めつけていました。天沢さんの本質を見せない姿勢は真実を隠したいからだと考えていましたが、綾小路《あやのこうじ》先輩は必ずしも天沢さんがやったとは限らないと話していて、訳が分からなくなってしまって……」

「今のところ真相は闇の中だからな」

天沢は限りなく黒に近いグレーではあるが、完全な黒には染まりきっていない。

「それと気になるのはその目的です。誰が犯人だとしても、あのようなリスキーな行動をした理由は何なんでしょうか？」

「答えが出れば苦労しないがな。天沢が犯人じゃないと仮定して話をしてみようか」

オレは改めて小宮木下《きのした》の事件について考えを述べることにした。

意見を交換し合うことで、見えていなかったものが見えてくることもあるからだ。

何者かは小宮たちを突き落とした。腕時計のＧＰＳの反応がなかったことからも、突発的なものではなく計画されたものであることは明白だ。

そして次に――

「あれ……あの、でも変じゃないですか？」

話し始めてすぐ、七瀬《ななせ》は腑《ふ》に落ちない部分があったらしく眉を寄せる。

「もし天沢さんが無関係だとしたらおかしいですよね？　偶然腕時計が壊れているときに偶然小宮先輩たちが襲われて、偶然近くで見ていたことになります。そして偶然私に見つかってしまったと?」

「いくつも偶然が重なってしまうと、それを偶然と呼ぶのは難しいだろうな。つまり小宮の事件に天沢が全くの無関係として推理を進めていくとすぐに破綻してしまう」

天沢に近しい人物が小宮たちを突き落とした、という説が浮かび上がる。

「真犯人が天沢さんでないにしても、その人を知っているということになるんですね。とすると天沢さんは共犯者だという可能性も出て来るんでしょうか?」

「そういうことだな。さっきの足跡も、その真犯人のものかも知れない」

真犯人を助けるために手を貸したと思えば、それはそれで天沢の行動に説明もつく。

「暴力を振るおうとしていたのなら、やり口も似たようなものになりますもんね」

うんうんと、繋《つな》がっていく線に手ごたえを感じる七瀬。

「しかし……」

その度に……何というか全く関係ないことが気になり始める。

「しかし、なんです?」

キョトンとした顔でこちらを見上げる七瀬に関することだが、聞くのは憚《はばか》られる。

というのも、単純に『仕組み』が理解できなかったからだ。

この無人島生活も折り返しの7日目。これまでの間、七瀬は基本的にオレと行動を共にしていた。そしてろくに身体《からだ》を洗う余裕もなかった。

もちろんビーチフラッグスで水着になった際に砂を洗い流す機会はあったし、海を泳いだ時には着替える際にシャワーを浴びることはしただろう。

とは言え、それでも1日経《た》てば噴き出た汗で大体は困ったことになるものだ。

狭いテントの中のため、七瀬《ななせ》の香りが少しだが広がっているが、それは不快な臭いとは無縁。汗の臭いはこまめに拭いたりすることでカバーすることは出来たとしても、良い匂いがするというのは、どういうことなのか。

その仕組みについて聞きたかったが、それは明らかに『よろしくない先輩』だ。

「いや、オレの勘違いだ。気にしないでくれ」

「そうですか?」

こちらの発言を深く掘り下げてくることはなく、また勘づくこともなく頷《うなず》く七瀬。

オレも彼女が出来たといっても、まだ学び始めたばかりの初心者。

どうにも、この手のこととなると分からないことだらけになってしまうな。

制汗剤や清涼スプレーのようなものは比較的安価で手に入るルールだったため、それを購入したと思うことにしよう。それくらいしか今は導き出せる答えがない。

自分から振ってしまった話だが、妙に気まずくなってしまったな。

七瀬は何も思っていないようだが、ここは話題を戻しつつ変えることにしよう。

「天沢《あまさわ》が実際に小宮《こみや》たちに何かしたのかを確かめる術《すべ》はないが、誰がどのテーブルであるか、その目星は大体ついた」

発言の意味が理解できなかったのか、首を捻《ひね》る七瀬。

オレはタブレットを取り出し、七瀬に表示して見せる。

「いいんですか？　その、綾小路《あやのこうじ》先輩の個人情報と言いますか……。私に見せても」

個人情報とは、オレが獲得している得点のことだろう。上位10組下位10組以外の持ち点や順位は他に開示されないため、重要な情報ではある。

「七瀬とはもう余計な隔たりはなくなって信頼できる関係になったと思ってたんだが、それはオレだけの勘違いだったか？」

隠すこともなくそう伝えると、ハッとしたように顔を上げる。

「いえっ！　信じてくださって、その、ありがとうございますっ」

どこか恥ずかしそうに、嬉《うれ》しそうに、そして申し訳なさそうにそう答えた。

今すぐ先ほどまでの非礼を無かったことには出来ない七瀬らしい表情だ。

「それに行動を共にしてたんだ、振り返れば大体何点獲得したかは分かるだろ？」

一部の課題はオレ1人で挑んだところもあるが、七瀬のことだ、オレが1位を取ったと想定して考えるくらいのことはしているだろう。

なので点数の開示を気に留めることなく、オレは説明を始めようとする。

「さっき言った、誰がどのテーブルなのか分かったって話だが――」

地頭の良い七瀬は、すぐにある不審な点に気が付く。

「あれ、先輩の持ち点……思ったより少なくないですか？」

「というと？」

　試すように聞き返すと、七瀬《ななせ》は両手を使って指折り頭の中で計算を始める。

「到着ボーナス、着順報酬、それに課題……ペナルティの分を差し引いて――――私が休憩中に参加された課題も1位を取ったとばかり思っていました」

　記憶力もそれなりにしっかりしている。

　それは今後何かしらのためになる、役立つポイントにもなるだろう。

「よく気付いたな。本来なら、今持っている点数は88点だった」

「今は78点で10点も少ないです。ペナルティではないでしょうし……」

　では、その10点がいつどのように、何のために消えたのか。それを説明する。

「この特別試験は日に4回指定エリアが発表されて基本移動をする。その時間は午前7時から午後5時まで合計10時間だ。オレはGPSサーチが解禁された6日目の朝7時から休憩の12時を除いて1時間おきに合計10回のGPSサーチを行ってみることにした」

　そうすることで何が見えて来るのか、まだ七瀬には繋《つな》がってこない。

「GPSサーチは島全体の、全生徒の位置を知ることが出来る非常に便利な機能だ。だが1回使うだけでは現在地を知るためにしか使えず有用性は低い。でも1日を10分割にしてサーチを繰り返すことで、見えなかった色々なものが見えて来る」

　点と点が線となって繋がっていき、1日の軌跡を追えるようになる。同じように誰かが10回サーチを行えば、オレと七瀬が常に行動を共にしていることにも気づける。

「あの、点数が何に使われていたかはよく分かりました。確かに1時間毎《ごと》に皆の移動先が分かれば、誰と同じテーブルであるかを見つけることも出来るかも知れません。でも6日目に先輩が長い間タブレットをいじってる様子はありませんでしたし、とても記憶できるものじゃありませんよね？　……一瞬で全てを覚えていったということですか？」

「それは不可能だ。全員の名前と位置を確認するだけでも膨大な時間がかかるしな」

オレは写真フォルダを開き、そこに保存した画像を表示する。

「GPSサーチを使った後、スクリーンショットを保存しておいた。これなら暇な時間にゆっくりと観察してその日にどんな動きをしていたかを知ることが出来るからな」

誰かにメッセージを送ったり、写真を送ったりすることは試験中出来ない。だが自らのタブレット画面を保存することは標準の機能で当然備わっている。保存した地図を繰り返し拡大縮小することで全生徒の位置を細かく記録として残しておくことが可能だ。

「それぞれ時間別に見比べることで、1日の行動が全て履歴としていつでも閲覧できる」

寝る前、朝の試験開始前や休憩中。時間は幾らでも余るためそこで確認すればいい。

地図上にはその時間帯の課題の詳細も出ているため、6日目に限ってだが各グループ、生徒がどのような方針で行動していたかまで全て丸裸にすることが出来る。

「……そんなことをされていたなんて、気が付きませんでした」

「敵かも知れない相手に感づかれるような間抜けなことはしない。6日目の段階で七瀬がどういう人間なのかオレには全く見えてなかったんだからな」

その時点で敵である七瀬に、このGPSサーチ使用を気取らせるような真似《まね》をするのは愚の骨頂だ。タブレットはそれこそ、現在地の確認から課題の詳細確認まで、かなりの頻度で触るため画面を操作していても不自然に映ることはない。

指定エリアと課題を追う姿勢を崩さないまま、大体1時間置きにGPSサーチしてスクリーンショットを撮っておくだけ。感心した七瀬《なせ》は、右へ右へと地図をスライドさせる。そのたびに各生徒のGPSが面白いように位置を変えていく。

「しかし、失礼を承知で聞きますが10点を払う価値のある行動、とまで言えるのでしょうか？　スクリーンショットした画像を誰かと共有できれば付加価値もあるかも知れませんが、1人だと行動パターンの分析をするにしても相当な時間が必要ですよね」

メールで仲間同士に気軽に添付メッセージを送れるなら、この画像の価値は確かに出て来るだろう。複数人で、更に短い時間間隔でサーチしたり試験時間外の確認も可能になる。そういうルールであったなら、他のクラスが実践していても不思議じゃない。

「個人の範囲だとしても使い方次第だな。この戦略が結果的に10点以上の価値なのか10点以下の価値なのかはこれから決まってくると言ってもいい」

「……と言いますと？」

「そうだな。GPSサーチを繰り返したことで得た情報に、こんなものがある」

1年生や3年生のように学年別で見たりすることで新しい側面も見えて来る。

特に3年生の場合は、グループによる特殊な動きが顕著に見て取れた。

「たとえば、3年生の一部のグループは1日中変わった動きを見せている。そしてその変わったグループの傍《そば》には必ず南雲《なぐも》グループ、桐山《きりやま》グループが密接に関係している。調べてみると面白いものが見えてきた」

6日目午前7時の段階から南雲グループだけに絞って1時間毎《ごと》に様子を見てみる。

「まず朝7時の段階で南雲グループはB8にいる」

「5日目最後の指定エリアがB8だったということでしょうか」

「可能性としては高いが、B8の最南にいる。その下のB9ということもあるかも知れないが、ともかくスタート時にはグループメンバーのGPS反応しか周囲にはない」

ところが1時間後の午前8時、南雲の周囲には複数のグループが集まり始めている。

それが午前9時になると更に顕著で、明らかに南雲の元に集合していた。

そしてここから、この集団グループは動き出す。

午前10時、11時と見ていくと異質さが浮かび上がって見えてくる。

「多くのグループが集まるようにして動いていますね……魚の群れみたいに」

「全体を見てると気にも留まらないが、絞ってみると全然違うものが見えてくるだろ？」

説明を受け2回頷《うなず》いて答える七瀬。その後も午後3時までスライドさせていく。

「この動きは課題を独占するため、ですか」

「恐らくどんな課題でも仲間の調整次第で南雲は難なく1位を取れるという仕組みだ」

複雑でも何でもなく、非常にシンプルで強い戦略と言える。

「しかし、これでは南雲生徒会長以外のグループは得点が集まりませんよね？　全部が全部同じテーブルだとは思えませんし。協力しあって特定のグループを勝たせる……誰でも一度は考えそうなアイデアですが、実行に移すのは不可能です」

他グループには他グループの指定エリアを目指す必要がある。

それに南雲《なぐも》グループに課題を譲れば、最高得点を課題で得ることも出来ないからな。

「そうだな。この戦略が成立するのは、無人島試験の大前提を無視しているからだ。本来、何故《なぜ》協力し合って特定のグループを勝たせることが出来ない？」

「それはもちろん、クラスポイントと退学が関係しているからです」

オレは南雲の周りに集まるグループのメンバーを七瀬《ななせ》に見せる。

「これ……引き立て役のグループは下位に沈んでいるグループの先輩たち……」

「このグループの中にはAクラスの生徒は1人も混じってない」

「3年生は確かAクラスに追い付くには絶望的なクラスポイントの開きがありましたね」

「言い換えれば、Bクラスが負けようとDクラスが負けようと戦局に影響は与えない」

1年生も2年生も、まだまだクラス対決は諦めの段階に入っていない。Aクラスを目指して鎬《しのぎ》を削りあうからこそ、絶対に下位に沈むわけにはいかないと考えている。

だが3年生だけはその枠組みを無視して、4クラスが協力し合うことが出来る。

「この戦略の強みは下位に沈むグループは試験中好きなことを好きなだけ出来ることにある。1点しか持っていなくても50点も持っていようと、下位としてのデメリットは変わらない。クラスポイントを失い退学するだけ」

「全力で特定のグループをバックアップしているのなら持ち点は0点に近いはずでは？3年生のグループは確かに下位に沈んでいますが、20点30点は得点を持ってますよね？」

基本移動も無視し、課題も全て無視していれば当たり前だが点数は集まらない。

むしろペナルティの連続で0点付近に張り付いていてもおかしくないと七瀬が言う。

オレは答えず七瀬に考えることを促していると、少しずつ気づき始める。

それを後押しするように少しだけ言葉を付け足す。

「戦略は見破られると効果が落ちる。見破られないためにはどうすればいい？」

「0点のグループが2つも3つもあったら、明らかに何かしていることが他学年にも筒抜けになってしまいます。だから気づかれにくいよう幾らかの得点を持たせる……」

自分の中で理由を導き出せたのか、そう言ってこちらを見てきた。

そう、だからこそ南雲の上手《うま》さが際立ってるんだろう。複数のグループが0点だと露骨すぎて、悪巧みをしていると公言して回るようなもの。

「実際南雲をバックアップしていると思われるグループは複数あるようだが、どのグループも最低1人は指定エリアを踏むために動いている」

「ペナルティを重ねマイナスの累積が増えてしまわないようにしているんですね」

そうすることで最低限得点は溜《た》まっていく。

「南雲たちに協力しているグループは、その中で競わされているとみるべきだ。1位さえ譲ってしまえば、2位3位は誰が取っても同じだからな。だから時に下位の中でも順位が入れ替わったり点数が離れたりする。まるで本気でこの特別試験に向き合っているように装うことが出来る」

GPSサーチを10回行っていなければ、この戦略を見破ることは出来ない。

怪しいと感じても、疑いで止まってしまう。

「退学を覚悟で南雲《なぐも》生徒会長を勝たせようとしているんですか？　Aクラスに上がれないとしても退学は避けたいと思うものではないでしょうか」

「中には酔狂な人間もいるかも知れないが、基本的には七瀬《ななせ》の言う通りだ。このカラクリの裏で南雲が独自に救済措置を用意しているんだろう」

「独自に救済措置、ですか」

「3年のBクラス以下は特別試験を繰り返すだけじゃAクラスでの卒業は不可能だ。だが南雲に協力することでAクラスに上がれる可能性があるとしたら？」

「唯一の方法なのであれば、協力……するかも知れません」

Bクラス以下で卒業するか、イチかバチかAクラスで卒業するかの2択を迫れば、志願する者が出てきてもおかしくない。

「なんだか学校側が試験をしているのか生徒会長が試験をしているのか分かりませんね」

「実際にそういうことだろう。南雲は学年全体を手中に収めてるからな。ルールに従う側じゃなくルールを作り支配する側にいるってことだ」

この状況を作り上げたのは流石《さすが》というところだ。これまでの高度育成高等学校の歴史を紐解《ひもと》いても、恐らく南雲が最初で最後の存在といっても過言ではないはず。

もちろん、オレたち2年生も指を咥《くわ》えて南雲の好きにさせているわけじゃない。

特別試験5日目、オレは龍園《りゅうえん》や坂柳《さかやなぎ》にある提案を持ち掛けた。それは2年生全体で『一部』だけ協力し合うことで、特定の課題をクリアするというもの。簡単に言ってしまえば南雲が取っている戦略と似た性質のものだ。ただし南雲のように特定のグループだけに得点を集中させ勝たせるわけじゃない。2年生は2年生で競い合っているため、得点が絡むとどうしても話し合いはまとまらない。そこで得点以外の要素で協力し合うことを条件に。坂柳や龍園といったメンツもクラスメイトの編成した幾つかのグループには不安を覚えている。互いが互いをフォローする形で対等な交渉を取り付けた。たとえば2年Dクラスで結成された須藤《すどう》のグループの上限人数を解放する手伝いをする代わりに、2年Aクラスで結成されたグループの上限人数の解放の手伝いをするといった具合だ。

敵同士でありつつも、利害が一致すれば迷わず手を取り合うことが出来る。

それが2年生のリーダーたちの優秀な点の1つと言えるだろう。

もちろん、これが1年生の時であればここまで上手《うま》くいかなかったと思う。

1年半もの経験を全員で積んできたからこそ、実現に至ったものだ。

「よく分かりました。先輩にとって情報と引き換えに10点を支払うことは大きなリスクではなかった、ということですね？」

「上位狙いを捨てるわけじゃないが、高円寺《こうえんじ》が幸いにも奮闘しているからな。むしろいつでも仲間をバックアップできる材料が欲しいと考えていた」

「高円寺《こうえんじ》先輩凄《すご》いですよね。1人で南雲《なぐも》生徒会長のグループに食らいついてます」

確かに高円寺は凄い。だがそれは事実とは少し異なるだろう。高円寺と南雲グループは互いに抜きつ抜かれつで接戦になってる。上位グループを確認する度に誰もがこう思ってるはずだ。『単独で南雲グループと張り合ってる』と。だが実際は南雲グループが高円寺に合わせて接戦を演じてるだけに過ぎない。

上位の確認が出来る12日目の終了まで、この状態を南雲は維持するだろう。

そして点数の確認が出来なくなる残り2日でスパートをかける。

そうすることで終盤力尽きた高円寺を振り切って南雲が勝ったという結果だけが残る。

大勢の仲間グループを使って課題を荒稼ぎしていた事実は露見しない。まあ南雲が高円寺に合わせてくれるのなら、それはこっちにとっても勝機を残すチャンスでもある。

「ひとまず、この情報をもとに天沢《あまさわ》が6日目にどんな動きを見せていたのか調べてみる」

その言葉で、この10点の消費に新たな価値が加わるのだと七瀬《ななせ》も理解する。

「朝の段階で天沢は指定エリアの中にいないようだな」

本来テーブルを共にするオレたちと、同じ指定エリアで夜営していても不思議はない。

だが2つ下のエリアにGPSの反応が残っている。

単独で一夜を過ごしたのか、重なるようなGPSは他には見られない。

「指定エリアが発表された1時間後、朝8時の様子だ」

「私たちが目指していたのはＢ６でしたね」

「ああ。天沢はオレたちとは違うルートでＢ６に向かっていたようだな」

１時間で移動した距離を考えると十分速い移動だ。

一般的に歩く速度よりも速い、あるいは最適なルートを的確に進んでいるか。

どちらにせよ森の中を単独で歩いている女子とは思えない。

その次の１時間後の地図を確認すると、指定エリアの１つ右側のＣ６エリアにいる。

１時間の間に指定エリアを踏んで隣の課題に向かっていると思われる。

「改めて凄いですね。地図上で一人一人の行動が手に取るように見えてきます」

少なくとも６日目の午前中は他の生徒たちと同様、試験に向き合っていると言える。

更に３枚目から７枚目までを順を追って天沢だけを見ていく。

特に変わった動きはなく、指定エリアをきっちりと踏みながらも課題に３つほど参加している。実際に入賞したかどうかは七瀬のタブレットを見ることである程度分かるだろうが、結果の出来不出来は重要ではない。

「少なくとも６日目の午後５時段階では、天沢がこちらに近づいてくる様子も、不審な動きを見せることもなかったな」

「……残念ですが収穫は０ということですね」

「いや、十分だろう。少なくとも天沢はある程度真面目に特別試験に向き合っているように見せている。そしてＧＰＳサーチで探れるような隙を見せるようなことはしていないということだ」

特別試験の時間中以外、夕方から早朝にかけて何か行動しているとみて間違いない。その時間のGPSサーチも可能だが、それはもはや点数を捨てる行為にしかならない。

と、ここで学校側から本日の特別試験中止に伴い得ることのできなかった得点に関する知らせが追加で届く。

『悪天候により7日目の基本移動、課題を4分の1ほどしか消化することが出来なかったため、最終日の到着ボーナス、着順報酬、課題による報酬を全て2倍とする形で補填することが決定いたしました。なお明日の朝には天候は回復する予報になっています』

最終日は初日と同様、1日の試験時間が4分の3しかない。

そういう意味では補填するのにちょうどいい割り振りということか。

「ちょっとした逆転要素にもなるかも知れませんね」

大半の勝負が決していると思われる最終日が2倍になれば、逆転現象も起きやすい。

「最終日を2倍にするというジャッジを早い段階で下したのは正解だな。これで、ここからの後半戦生徒たちがどう動くか改めて作戦を練る時間が与えられた」

今日を完全な休日に出来る分、明日以降体力のペース配分を改め、最終日に回すように考えるグループも出てくるだろう。逆にペースを落とす隙をついて8日目からブーストしてくるグループなどが出てきても不思議じゃない。ただ、オレにとっては今日の悪天候を含めこのジャッジもあまり歓迎すべき展開とは言い難い。

しばらくタブレットと睨《にら》めっこをしていたオレは、口数が減った七瀬《ななせ》がウトウトしていることに気付く。時々意識が飛びかけているのか、目が閉じたり開いたりしている。

「まだまだ昼間だが、一回寝た方がいいんじゃないか？」

朝から強行して山を登った上、オレとの戦いでスタミナを一気に消耗しきったからな。限界を二度三度と超えていて、その疲れが押し寄せているはず。

「え、あ……すみませんっ」

慌てて姿勢を正そうとするが、眠気というものは簡単に追い払えるものじゃない。ましてや満身創痍《まんしんそうい》であるなら尚更《なおさら》だ。

「……自分のテントに戻りますね」

自分のことは自分が一番分かっているはず。

これ以上、ウトウトしてしまうような状況でここに残っても邪魔になるだけだ。

「そうした方が良い」

この後、雨の状況からしても今日は一日満足に動くことは出来ないだろう。

となれば、1秒でも長く休憩して身体《からだ》を休めるべきだ。

そうは言ってもテントの中が快適というわけじゃないのが世知辛いところではあるが。

テントを出ようと背中を向けた七瀬は、こちらを振り返る。

「雨が止《や》み次第、私は天沢《あまさわ》さんを追いかけようと思います。彼女がホワイトルーム生であることはハッキリしましたし、今後の動向が気になりますから」

確かにオレに張り付いていても状況は何も見えて来ない。

同じグループである七瀬《なせ》を、天沢《あまさわ》も邪険にすることは出来ないだろう。

「天沢がホワイトルーム生として難なくあの年までやり過ごしてきた事実は脅威だ。性別や年齢に囚《とら》われずにいることが重要だ」

「詳しいことは分かりませんが、極めて強力な相手、ということですね」

単純な戦闘力なら須藤《すどう》や龍園《りゅうえん》を上回ってくるとみていい。腕力では勝っていても、技術で大きく引き離している。まして七瀬では逆立ちしても勝ち目はないだろう。

「それにおまえのグループには宝泉《ほうせん》もいる」

「彼も、単純な強さだけで言えば私が制御できる相手ではありませんしね」

分かりますと頷《うなず》く七瀬だが、何も危険なのは腕力だけじゃない。

むしろ宝泉も単純な力だけで動いているような相手ではないとみた方がいい。

「宝泉がホワイトルーム生という可能性は極めて低いと思うが、天沢の一件もあって確実性はなくなった。とにかくオレのことは二の次にして、自分の身を守るんだ」

オレを退学に追い込むことが1番の目的でないのなら、という前提付きだが。

「私は退学を恐れません。綾小路《あやのこうじ》先輩を守るためであれば、何でもするつもりです」

忠告をしたつもりだったが、七瀬は簡単に聞き入れようとしない。

「少し言い方を変える。七瀬の不用意な行動がオレに思わぬ弊害を与える可能性がある。リスクのある行動は協力避けてもらいたい」

七瀬自身ではなく、その先のオレに被害が及ぶことを危惧していると伝える。

そうすると、勇ましかった七瀬の顔つきが子犬のように弱々しくなった。

「それは……ダメですね。これ以上綾小路先輩にご迷惑はかけられません」

「そう思ってるなら、とにかく慎重な行動を頼む。いいな？」

「分かりました、お約束します」

こう伝えておけば、七瀬も滅多なことで変な行動をとることはないだろう。

恥の上塗りとも取れる行為をしたいとは、考えていないだろうからな。

七瀬が自分のテントに戻った後、オレは再びタブレットへと視線を落とす。

確認するのは上位10組と下位10組の得点。

そして自分自身の得点を踏まえた現状の整理だ。

『上位10組一覧』
２年高円寺《こうえんじ》グループ　１６８点１位
３年南雲《なぐも》グループ　１６６点２位
３年桐山《きりやま》グループ　１５０点３位
３年溝江《みぞえ》グループ　１３３点４位
３年落合《おちあい》グループ　１３３点４位
２年龍園グループ　１２８点６位

2年坂柳《さかやなぎ》グループ　　127点7位
1年高橋《たかはし》グループ　　115点8位
2年神崎《かんざき》グループ　　104点9位
3年黒永《くろなが》グループ　　101点10位

そしてオレが78点で49位。1位の高円寺《こうえんじ》との差は実に90点にも上る。

到底逆転不可能な点差にも見えるが、着順報酬1位を取れば到着ボーナスと合わせて11点。それが日に4回あるため9回連続で1位を取り続ければ追い付けるほどの差でしかない。もちろん、相手が1点も重ねない前提での話だが。

もし高円寺がこのままペースを落とすことなく順当に得点を重ねていくとしたら、最終的な着地点は350点前後にまでなる。オレが追い付こうと思ったら1日当たり40点近くを稼がなければならない。他のグループがこの話を聞けば、絶対に無理だと諦めるところだ。だが常人離れした高円寺といえども、後半戦になればペースを落としてくるはず。

「しかし10位が101点か」

この無人島試験のルールが全て説明された時、折り返しの時点でオレはグループ全体がもう少し高い点数で推移すると思っていたが、上位10組の点数、そして現時点78点のオレが49位にいることを踏まえると、序盤から中盤にかけて全体の点数が伸び悩んでいる印象を強く受ける。2日目3日目をピークに疲れが見え始め、指定エリア到達の漏《も》れやペナルティ、課題への不参加が増えていったことが見えてくる。

ただし小グループは着実に合流をはじめているため、グループ総数は少しずつ減少している。それを忘れてはならない。

オレが上位に食い込んでいくためには、後半戦で大きな伸びしろが必要になる。

そしてそのカギとなるのは『10位の得点』が重要になって来る。

だからこそ前半は無理をせず、静かな立ち上がりに努めた。

それが功を奏してくるのは明日の8日目からだったが、この7日目の試験が大雨で中止になったことで、8日目と9日目に再び大きなピークがやって来ることが予想できる。そしてこれを機に最終日の2倍を狙った体力温存組も出てくるだろう。

単独の人間には絶対に勝ち目のないように見えるこの特別試験。しかしそのルール、基本移動と課題の関係は相反するものがある。

指定エリアを最速で目指せば課題を逃すおそれがあり、課題を狙えば着順報酬を逃す確率が高くなる。これは単独であろうと大人数の大グループであろうと、決まり事として共通する。着順報酬がグループの最後の1人が足を踏み入れた段階で決定することも、出現した課題に参加出来るかどうかというハードルを越え更に勝ち上がって初めて大量得点を得られる仕組みも、実に上手《うま》くできている。

雨が上がるかどうかは不明だが、明日からの後半戦、オレは新しい戦略を用いて戦うつもりでいるが、七瀬《ななせ》の存在など気がかりな部分もある。

○ただひたすらに、黙々と

明け方近くまで降り続けた大雨は、生徒たちに大きな不安の影を落とした。

しかし朝6時を迎える頃には雨雲は嘘《うそ》のように消え去り、一昨日《おととい》までのような晴天を取り戻し空は青で塗り尽くされた。とは言え森の奥深くともなると日差しが差し込まないため、悪くなった足場が戻るにはしばらく時間を有するだろう。

「食料問題は随時解決しないとな……」

既に高校生として一日に必要なカロリー摂取量は維持できておらず、徐々にだがエネルギーは不足し始めている。意図的な飢餓は訓練したことがないため、空腹状態を長時間続けた経験はこれが初めてだ。

最低限、水分の補給さえ滞らなければ活動は出来るが、良い傾向じゃないな。免疫力の低下にも繋《つな》がるため病気にもかかりやすくなる。野生動物や昆虫を食べるという手も不可能じゃないが、それはあくまでも最終手段。

ポイントを残していればスタート地点で購入も出来るが、ごく一部だけ。

つまり食料を得るためには基本的に課題を上位でクリアするか、参加報酬しか無い。

が、食料が手に入る課題は今後ますます競争率が激化していく。

「準備オッケーです」

全て片付け終えた七瀬《ななせ》が、パックを背負いこちらに近づいてきた。

「天沢《あまさわ》は基本的に指定エリアには足を運んでるんだよな？」

「得点の増え方からしてもまず間違いないかと。なので差し支えなければ最初の指定エリアまでになりますが、お供させてください」

声には出さず頷《うなず》いて応える。同じ目的地を目指すのであれば、ここで突き放す理由は何もない。歩き出して間もなく七瀬が口を開く。

「天沢さんは６日目の夕方以降、７日目の朝に私たちを追ってきたんですよね？」

「単純に考えるなら７日目の早朝、サーチを使って近づいてきたとみるべきだろうな」

使用履歴のようなものは見られないため、確実に天沢が使ったという証拠《ほうせん》はどこにもないだろうが、７日目の段階から得点が減っていることが分かれば、天沢か宝泉のどちらかがＧＰＳサーチを使ったという確証までは得られる。上位10組、下位10組ではないようだから、その事実を確かめることが出来るのは、同グループの七瀬だけだが。

「タブレットはもちろん確認しました。ですが……私が記憶している限り、７日目の朝の時点で積み重ねていた得点からは１点も減っていませんでした」

つまり、記憶を信じるなら天沢はＧＰＳサーチを使っていないということ。

「朝の段階で天沢さんがどの地点にいたかは不明ですが、私たちも相当急いでいました。近くにいない限り追い付いてくることは簡単ではありませんよね？」

「だからこそ追い付くために工夫を凝らしたんだろう」

バックパックを持ち歩いていたオレたちと違い、天沢《あまさわ》は身軽な状態だった。

多少の距離であれば十分に詰められたということ。

「具体的な場所を知れたのには何かのトリックがあるとみるべきだろうな」

「天沢さんが誰かから綾小路《あやのこうじ》先輩の場所を聞き出した、ということでしょうか」

「かも知れないいな」

どんな手にせよ今の段階で確証を得るのは難しい。

1

「先輩、ここでいったんお別れですね」

D3からE3に到着し、互いに1点を獲得したところで七瀬《ななせ》がそう切り出した。

「どうやって天沢や宝泉《ほうせん》に合流するつもりだ？」

GPSサーチは相手の位置を知れる優れた機能だが、合流に向いているとは言い難い。むしろトランシーバーのように直接会話できる道具の方が適している。

「闇雲に移動しても遭遇できるとは思えませんが、集めた得点を身勝手な合流のために繰り返し使うわけにもいきませんからね。ひとまず今得た1点を使ってGPSの反応を追います。それで見つけられなければ、あとは地道に指定エリアを追うことになるかと」

最低限のやり方で、後は時間の許す限り天沢や宝泉を探すということだろう。

ここで天沢の位置を聞いても仕方ないため、聞き流しておく。

「1年生の動きを探るには、私のように同じ1年生でないと難しいと思いますし。もし不穏な動きがあれば、綾小路先輩の元に駆け付けますので」

そう意気込む七瀬だが空回りされるのが一番怖いからな。

「無理はしないようにな」

頭を下げ、七瀬はタブレットを手にオレの元から離れた。

すぐに合流できるといいが、こればかりは残る2人の動向次第だな。

指定エリアを常に巡っているなら話は早いが、両名とも予測できない動きを見せても不思議はない。七瀬の背中が森の中に消えていくのを見届けてからタブレットを取り出す。

これでようやく1人に戻り、後半戦をスタートすることが出来そうだ。

「近くに課題はなし、か」

ここから直線距離にして400メートルほど先に課題があるが、既に課題の受付が始まって20分、到着までに15分で計35分。しかも参加出来るグループは5つと多くない。

ここは現実的に難しいと判断し、無理せず休息を取ることにした。その場で次の指定エリア発表を待って、体力も戻ったところで腰を上げる。

時刻が9時になったことで、オレはタブレットを取り出し行動を開始した。

最短で指定エリアに向かうのか、課題に向かうのかは発表された地点で変化する。

すぐに確認するが、本日2回目はランダムエリア。

出現したエリアはE6でここから下3マスとランダムを思えば近い位置だと言える。

すぐに歩き出しながら、それでもタブレットの操作は怠らない。

現在出現している課題をチェックし、方向性を定める。

限られた1日の中で、多くの得点を集めるには『効率』が求められる。

そのためには『運』で左右する要素を極力排除していくことが肝要だ。

2

午後4時前。オレが参加していた課題を終え、その場を立ち去ろうとした時だった。

「綾小路《あやのこうじ》くん？」

特別試験初日に別れて以来初めて、堀北《ほりきた》の姿を見かける。

少し驚いた顔を見せたものの、特に疲れが色濃く見えるということはない。

「初日以来ね」

「そうだな」

オレたちはF7地点で、試験開始直後以来の再会を果たした。

「課題を見に来た、というよりも単純に通り道だったか。どこに向かうところなんだ？」

「私はG8よ。その途中ここを通ることになったの、あなたは？」

どうやら向かうエリアはオレの1つ先らしい。

「F8だ。方角は一緒みたいだな」

立ち話ほど無駄なものはないため、オレたちは自然と並び歩き出す。

途中まで同じルートを辿《たど》るのならこれが最適解だろう。

「思ったより元気そうだな。見たところ……まだ単独なのか？」

「そうよ。いろいろ苦労は多いけれど、1人だと気楽な面も多いわね」

確かに1人なら誰かに気を使ったり、ペースを合わせる必要はない。だが、ここまで堀北は下位に一度も名前を連ねたことはなかったはず。順調に得点を重ねている証拠だろうが、それにしても疲れが見えないのは不思議だ。

「私が元気にしているのが、そんなに不思議？」

「出会ってきた生徒の多くは疲れてるみたいだったしな」

「何か変わったことはあった？」

「変わったこと？　ああ……そう言えば篠原《しのはら》たちのことはどこかで耳にしたか？」

「ええ。まさに今日聞いたところよ。そういう意味ではあなたに会えてよかったわ」

堀北はスタート地点付近に立ち寄っていたらしく、そこで2年Aクラスの生徒に声をかけられ坂柳《さかやなぎ》と会ったようだ。そして小宮《こみや》たちがリタイアしたことを知った。

あとはオレが坂柳に提案した戦略を耳にして交渉を受けたという流れだ。

「断らなかったんだな」

「断る理由がないもの。篠原さんを退学させるのは絶対に避けなければならないし。あなたが最初に発見したみたいだけど、詳しいことは分かったの？」

「いや、特には。事件も事故も両方あると思ってる」

オレは例の現場を近くで目撃した人間として説明する。

もちろんその背後に天沢《あまさわ》が見え隠れしている部分などには触れずに。

「篠原《しのはら》さんのグループは一気に順位を落としていて、今は下位7位。このままだと今日のうちに退学の危険順位にまで落ちてしまいそうね。急がないと。最悪合流するグループが見つからなかったら、私が動くわ。あなたに合流する前に運よく課題をクリアして3枠空けることに成功したの」

それは朗報だ。グループの人数上限枠を解放する課題は少なく、人気が集中しやすい。

そこで1位を取るのは楽なことじゃなかったはずだ。

「だがそうなるとおまえと篠原だけの2人で得点を集めないといけなくなる。出来れば坂《さか》柳《やなぎ》との連携が上手《うま》くいって、元気なグループに吸収させたいところだ」

それには堀北《ほりきた》も同意で、頷《うなず》いて応える。

「それにしても、この8日間無人島を歩き回っていて痛感したのは、想像よりもずっと多くのグループがトランシーバーを所持していたことよ。坂柳さんがAクラスの仲間に篠原さんの件を伝達していたように、色々なところでやり取りを目にするもの」

「統率が取れてて、かつ余裕のある上位クラスはその傾向が特に強そうだな。遠距離で情報を交換し合えるツールは使い方次第じゃ高いポイントを支払う価値は十分ある」

「私たちも……もう少し信頼し合えていたら、それが出来ていたのかしら」

少し想像が難しかったのか、堀北の口がちょっとだけ強く結ぶ。

「宝の持ち腐れになることもある。必ずしも特別試験でプラスに転ぶとは限らない」

「そうね」

オレはタブレットを取り出し、新しい課題が出ていないか確認する。

すると近くに、参加するだけで食料が貰《もら》えるリスクや手間のない課題が出現する。

しかも受け付けているグループ数は15とかなり多い。

ただし貰える得点は参加賞の1点だけのため、得点の魅力は薄い。

「食料の残りが厳しい。この課題に寄っていこうと思うんだが、堀北はどうする」

指定エリアの着順報酬を狙うのなら、ここは課題に目もくれず進む方がいいが。

「それほど残りの食料に余裕があるわけでもないから、私も課題に寄って行くわ」

互いに優先順位も同じなため、ややルートを変更して課題を通っていくことにする。

とてもありがたい課題ではあるものの、参加するための競争率はかなり高い。

オレも堀北も歩くペースを上げ課題地点に急ぐ。その途中、やはり同じ目的なのだろう、1年生や3年生、当然2年生のグループも見かけることが増え、全員が同じ方向へと向かう。周囲がライバルだと察知するや否や駆け出すグループが大半だ。

「気にせず堀北も急いでいいんだぞ」

「あなたこそ、食料に余裕がないのなら食らいついてでも行くべきでしょう?」

「もう走る元気も残ってないだけだ」

「私も似たようなものよ」

急ぎはするものの、無駄に体力を使おうとしない姿勢はこちらと同じ。

単独行動を続けている堀北《ほりきた》がある程度余裕を持っているのも、似たようなペース配分で無人島試験に挑んでいることも見えてきた。

その後課題の参加に間に合ったオレたちは、そこで久しぶりに会ったクラスメイトたちとしばし話をしていくことにする。ここから急いで指定エリアに向かったところで、着順報酬はまず貰《もら》うことが出来ない。それなら時間ギリギリまで情報を共有しあった方がこの後の後半戦に生きてくることもあるだろう。

それにまだ、多くの生徒が篠原《しのはら》の置かれている状況を知らないということもある。

この日、オレは基本移動の4点、それから課題4つに参加し14点を獲得した。合計で18点。総合得点は96点で順位は23位。5日目6日目よりも全体的に移動は活発になっている印象だったが、中にはほとんど動かないグループもあったため、体力温存組とくっきり分かれた印象の一日となった。激戦になると思われた8日目は、悪くない一日になったと言えるだろう。そして上位10位の点数は大幅に更新はされず、10位は111点で黒永《くろなが》グループのままだった。

明日は理想の順位をキープしつつ、出来れば近いうち坂柳《さかやなぎ》にも会いたい。

指定エリアがスタート地点の方に向かうことを期待して、眠りにつくことにした。

○孤独との戦い

服に絡みついたクモの巣を払いのけ、ゆっくりとバックパックを背中から降ろす。

9日目を迎える無人島試験は変わらず蒸し暑い一日になった。

4か所目の指定エリアへと無事に辿《たど》り着《つ》いたオレは、大きく息を吐いた。

何とか予定通りに目的の場所に到達することが出来たな。

額に浮き出ていた汗が、ゆっくりと鼻筋を伝ってきたので腕でそれを拭う。

午後3時に解禁された4回目の基本移動でH9からD5への大移動。目的地へと時間内に到着するのは相当に骨が折れる作業だった。

道中に拾える課題も1つ出現していたが、それを捨ててペナルティのリスクを減らした。

2時間近くを要しながらも、他テーブルの生徒たちを含めこのエリアに辿り着いたグループは少なく、着順報酬で3位を得ることに成功。

概《おおむ》ね結果に不満はないが、スタート地点に行くことは敵《かな》わず坂柳には会えなかった。

今から強行するには体力を使いすぎたし無理はしたくない。何組か2年Aクラスの生徒が在籍するグループとすれ違って声をかけたが、生憎《あいにく》とトランシーバーを持っているグループはいなかった。明日の朝強行するか？　いや……それは微妙だな。

いったん坂柳の件は保留にしておいて今日の総括を進める。

「今日全部で獲得した点数を合わせて、総得点は112点——か」

10位を維持した黒永《くろなが》グループは合計123点で点差は僅か11点、オレは13位にまで浮上した。間もなく17時になることを考えると、今日はこの差のまま終わる可能性が高い。

目標は11位だったが、11点差なら許容範囲と考えていいだろう。七瀬《なな せ》の一件や、悪天候の関係から予定より遅れてしまったが、当初から狙っていた絶好のポジションに到達した。

そう、オレはこの無人島特別試験が始まる段階で11位を狙うつもりだった。今は13位とやや下だが、重要なのはそこではなく『ギリギリ10位に上がらないようキープする』こと。

表彰台に立つために得点を積み重ねる作業は避けて通れないが、単独だろうと増員カードによる7人のグループだろうと、上位10組に入れば公開されてしまうため嫌でも目立つ。

目立てばライバルたちから警戒され、妨害工作を受けるリスクが早い段階から高まる。

それを避けつつ、あとで上位を狙える理想の最高順位が11位だ。ただしこの作戦には欠点も幾つかある。この戦略の性質上、得点の管理がシビアになるため、点数調整に失敗すると一瞬であっても10位以上に顔を出す可能性がある。そうなると戦略としては失敗だ。

更に大きな欠点として、10位グループの成績に大きく依存してしまうことだ。10位から1位までが接戦であるほど後で逆転しやすいが、その逆に点数が開けば開くほど、追い付くための得点が多く必要になるため逆転が難しくなってしまう。

だからこそ上位グループには足の引っ張り合いをしてもらうことが重要になるが……。

想定よりもそういった動きは鈍く、今は一部のグループに独走を許してしまっている。

その代わりじゃないが、２年生全体が比較的優位に戦えているのは、下からの突き上げも上からのプレッシャーも受けていない点にある。妨害をするということは自らを犠牲《ぎせい》にする行為とも言えるため、得点の余裕がなければ実行は難しいもの。

気になるのは南雲《なぐも》の動向だ。１位を争う高円寺《こうえんじ》を相手に何か手を打ってもよさそうなものだが、ＧＰＳでの動きを見る限りでも今のところ妨害する様子は見られない。相手を蹴落とすことよりも自分たちが得点を稼ぐことに注力しているためと考えられるが……。

「オレが勝てなくても高円寺がこのまま1位か2位を取ってくれるなら言うことはないな」

11位付近を維持していれば目立つこともないし、天沢《あまさわ》や1年生による妨害工作に遭って時間を奪われたとしても、下位にまで落とされることもない。

自分のやるべきことは12日目終了時点まで高い順位で潜伏を続けること。

木陰でゆっくりと休んで汗が引いたところで、バックパックを背負い直すと、最後に到達したエリアから少し移動し隣のエリアへと足を向ける。

境界線よりも少しズレたところで、開けた場所を見つけようと考えたからだ。

陽《ひ》も落ち、そろそろ今日の夜営地点を決めなければという頃、既に先客がいたのか１人用テントがポツンと1つ視界に見えた。この暑い中入り口は閉め切られているため、不在なのだろうか。周囲の偵察や、あるいはトイレということも考えられる。

「良い場所、だな」

それなりに開けていて平らな場所は、この付近だとそう多くはなさそうだ。

こっちとしてもこの辺りにテントが設営できると色々と楽だ。

しかし七瀬《ななせ》が同行していた頃と違って今は男1人。

もしテントの持ち主が女子であれば迂闊《うかつ》な接触はトラブルの元だ。

というよりも、単独でテントを張っているというのはどういうことだろうか。

グループとは別々に行動しているのか、それとも元から単独の人間か。

後者であるならほぼ間違いなく知り合いの誰かということになる。

ここにテントを設置するにせよしないにせよ、持ち主は確認しておきたいところ。

オレは少しの間、この場所に立ったまま様子を窺《うかが》うことにした。

散策に出ているのなら陽《ひ》が完全に沈む前には戻って来るし、テントの中から物音がしたらその時点で声をかければいい。

今すぐ声をかけた方が効率的なのは分かっているが……そこは察してくれ。

それから10分ほど待ってみたが、戻ってくる様子も物音も一切しない。

もしかしたら早めの就寝ということも可能性としては出てくるか。

他の仲間が合流してくる気配もないため、ここは覚悟を決めることにした。

「誰かいるのか？」

テントの傍《そば》で、そう声をかける。

数秒ほど息をせず反応を窺ってみたが、物音一つ聞こえて来ない。

「悪いが、近くにテントを設営させてもらおうと思う。不都合があったら言ってくれ」

不在を前提に一応断りを入れて、オレは背中のバックパックを地面に下ろした。

もちろん相手のテントからは適切な距離を取った上でだ。

誰なのか多少気になりつつも程なくして自分のテント設営を終えた。去年の無人島で組み立てたテントよりも、随分と簡単になったものだと改めて感心する。

それだけじゃなく、誰かに気を遣う必要もない点でも一人用テントはいいなと思う。

まあ、そんなことを思っているからこそ友人が少ないのかも知れないが。

陽気な人間なら、逆に大勢で寝ないテントを退屈だと言うのだろう。

もしかしたら、オレにもそう思う日が来るのだろうか。

「……想像できないな」

絶対に来ないであろう未来だ。

「変なのが来たと思ったら、あんただったなんてね」

着替えなどの準備を進めていると後ろから声をかけられた。

どうやら傍の孤独なテントの持ち主は伊吹《いぶき》のものだったらしい。

「うるさかったか？」

「別に」

短く答えた後、伊吹はすぐにこちらを睨《にら》みつけてきた。

何か言われるかと思ったが、すぐにテントの中に戻っていく。

その姿に少し違和感を覚えたオレは、伊吹のテントを覗《のぞ》き込《こ》んでみることにした。

「ちょっといいか」

声をかけるも伊吹《いぶき》の反応は返ってこない。ただし微《かす》かに音が聞こえてくる。

「少し聞きたいことがあるんだ」

今度はそう声をかけてみるが、やはり反応が返ってこない。

単純に無視しているだけだと思われるが、こそこそと何かしているようだ。

「開けるぞ？　いいな？」

念のため30秒ほど待ってから、オレはテントの入り口を開いた。

「……なに」

中を覗《のぞ》き込《こ》むと、座り込んで何かを口にする伊吹の姿があった。

「随分と——いや、何を食べてるんだ？」

「干し肉」

「干し肉？　……配られた無人島マニュアルにはなかったな」

つまり自分で生肉を購入するなどして確保し、そこから調理したということだろう。

しかし単独で干し肉を作るのは手間暇も相当かかるはず。何より伊吹はスタート時、堀《ほり》北《きた》に挑戦的な言葉を残してすぐに指定エリアを目指していた。

生肉を持ち歩いていたら、この夏場数時間ともたずに傷んでいくのは明らかだ。

とすると、2年Bクラス全体で干し肉を作るラインを持っていたとみるべきか。

どこかのグループが一手に引き受けて干し肉を作る。

費用対効果としても相当安く済ませることが出来るからだ。携帯食としての効果の高さはもちろんだが、ジャーキーなどの調理済みで長期保存の利く食べ物はその必要ポイントの高さからコストパフォーマンスが悪い。同じ量を用意するにしても、生の牛肉から手間暇かけて作る方が、大量に安く生産できるというわけだ。

龍園《りゅうえん》たちの食料を見ることはなかったが、同じようにジャーキーを中心とした非常食を持って行動しているとみていいだろう。数食浮かすことが出来るだけでも、競争率が必然高くなる食料関連の課題をスルーすることが出来る。

「どうだっていいでしょ、あんたには関係ない」

と、勝手に想像を膨《ふく》らませたものの、真相を伊吹《いぶき》から聞くことは出来ないようだ。

それにしても――――。単独でこの試験に参加していながら、ここまで知る限りだが下位10グループに名前を連ねていない伊吹。強行に強行を重ね得点を集め続けているんだろう。

伊吹の場合、学力が伴う課題での上位獲得は絶望的。

となると主な得点収入源は指定エリアへの到達ボーナスと着順報酬が中心になる。

あるいは運動神経が主に求められる課題に絞られていく。

当然、蓄積する疲労は他の生徒たちよりも多くなることは避けられない。

結果、誰が見ても明らかだが、精神的なダメージを多く抱えているようだ。

いや、既に限界を超えていると言っても過言じゃない。

「試験が始まってから、どれくらい人と話した？」

「は……？」

あまり眠れていないのか、目の下にはうっすらとクマも出来ている。

「……堀北《ほりきた》とね。負けないって話、あんたも聞いてたでしょ」

「つまり、スタート時点で話してからろくに会話もしてないってことだな」

精々課題受付での、はい、いいえの受け答えくらいしか口を開いていなかったんだろう。

「少しは誰かと話をした方がいいぞ」

「敵と話すことなんてない」

「だったらクラスメイトでもいい。うろうろしてたら会うことだってあるだろ」

「別にクラスの連中を仲間だとは思ってないし」

そうやって殻《から》にこもってこもって、今の状態になっているんだがな。ともかくよくこの状態で9日間もったな。だが試験はまだあと5日も残っている。

どこかで一瞬でも緊張の糸が切れたら、一気に崩れることもあるだろう。

もちろん単独である伊吹がリタイアすれば、その時点で退学は確定的。

しかしこの特別試験、出来る限り同学年から退学グループを出したくないというのが共通の認識だ。一番の最善策は7日目の中止による休み以外で丸一日休憩に費やすこと。何もせず一日穏やかに過ごせればそれだけでも大きく体力が回復する。残り4日間を回復した体力で乗り切ることも伊吹なら不可能じゃない。

が、現実はそう甘くない。簡単なようで丸一日を休憩に費やす行為はとても難しい。

強引に休みを強行したとしても、精神が回復するかはまた別問題だ。

自分が休んでいる間に、ライバルたちは得点を重ねる。

その間に抜かれて下位に沈んでしまうというプレッシャーに襲われてしまうだろう。

心を空っぽにして過ごすことは並大抵の人間には出来ないことだ。

それに指定エリアを全スルーすることも、得点損失に繋《つな》がる。

更にペナルティを重ねてしまえば翌日以降も苦しめられるからな。

「もう出てって」

「……そうしよう」

相手が伊吹《いぶき》とは言っても、女子は女子。

暗くなりかけたこの時間に異性のテントを覗《のぞ》き込《こ》む真似《まね》は正しい行動とは言えない。

仮に今、ここに龍園《りゅうえん》がいたとしても根本的解決に繋がったかは懐疑的だ。

伊吹のテントを後にしたオレは、途中だった衣類関係の確認を再開する。

今日は比較的風が吹いているため、比較的涼しい一晩を過ごせそうだ。

「ねえ」

やるべきことを終えて一段落ついたところで、テントから伊吹が出てきた。

ふらっと危ない足取りで姿を見せたが、すぐに真《ま》っ直《す》ぐ歩きだす。

そして手をポケットの中に入れ、こちらに近づいてくる。

「今、得点幾つ？」

やっと出てきたかと思ったら、随分と大胆なことを聞いてくるんだな。

「敵同士だからな、オレたちは」

「教えられないってわけね」

けち臭《くさ》い、と聞こえるような小声で言われたが教えられない。

こっちが13位であることを伝えて、得する相手は無人島内に1人も存在しない。

「そういうことだ」

「だったら、私より上か下かだけでも教えなさいよ。私の点数は――」

勝手に自分の得点を曝《さら》け出そうとする伊吹を、手で制する。

「悪いがどんな形であっても答えられない」

上か下かを答えるだけでも、ヒントを与えることに変わりはない。

これは嘘《うそ》をつく場合でもそうだ。

下だと答えておけば安牌《あんパイ》にも思えそうだが、得点の確保に苦戦していると知れば強気にオレを追い込もうとする勢力が出てくるおそれもある。勝手に情報が独り歩きしてしまうことは避けないとな。

ポケットに手を入れたままで、伊吹が舌打ちする。

「……あっそ、もういいや。あんたのことは相手にするだけ時間の無駄だった」

「そういうことだ。それにおまえの本命は堀北《ほりきた》だろ？」

堀北の名前を出した途端、ダルそうにしていた伊吹の気配が一変する。

ポケットから手を出すと中指を立ててこちらを睨《にら》みつけてきた。

「あいつに会ったら伝えといて、絶対負けないってね」

「それはいいが、中指を立てる相手はオレじゃないだろ」

「あんたも一緒よ。堀北《ほりきた》と仲良くしてるわけだし」

いや、していない。

していないが伊吹《いぶき》にしてみれば似たような扱いということだろう。

点数を聞くためだけに出てきたのか、伊吹はまたテントの中に戻っていこうとする。

「ちょっと待て」

呼び止めると、背中を向けたまま振り返る伊吹の方へと歩み寄る。

明らかに警戒する伊吹の腕に手を伸ばすと、即座に警戒心を最大にして回避する。

「は？　やろうっての？」

勝手に喧嘩《けんか》を売ってきていると判断したのか、そう言って握りこぶしを作った。

「全くやる気はない、が――――」

再び素早く伊吹の腕に手を伸ばし、逃れる隙を与えず手首を掴《つか》み上《あ》げた。

「っにすんのよ！」

慌てて蹴りをくり出してきたのでもう片方の手でそれを防ぐ。まだ仕掛けて来るかと思ったが、毒気を抜かれたように息を吐き視線を明後日《あさって》の方向へと向ける。

「あんたに勝てないのは認めるけど、いつか絶対会心の蹴りを叩《たた》き込《こ》んでやる」

勝手にそんな物騒な目標を立てないで欲しい。

「で？　私を妨害しとくように堀北に頼まれた？」

こちらの真意が伝わらないどころか、妙な疑いまで持ち出す始末。

堀北と同じクラスメイトのオレの言葉が届くはずもない、か。

普通に考えれば、伊吹がそう簡単に休息を受け入れるはずはなく、望み薄だ。

「脈が速いな」

「は⁉」

「それに口の中も乾燥してるように見える。唇の乾きも酷《ひど》い。明らかな脱水症状だ」

だが、このままでは遠くないうちに警告アラートが鳴ってもおかしくない。

いや、もしかすると既に一度は警告アラートが鳴っているかも知れない。

大人しくテントの中で座っていたのは、疲労も大きいだろうが脈拍異常によるアラートを抑えるためでもあったんじゃないだろうか。

「別に喉なんて……もう乾いてないし」

「もうってことは乾いてたってことなんじゃないのか？」

手首を放すと、伊吹は露骨に噛《か》みつくような顔を見せつつ距離を取った。

「勝手なお世話。こっちは別に何も困ってない」

そう言って引き返す伊吹の後を、オレはすぐに追って追い越す。

「ちょっと何――――何してんのよ！」

言葉で言っても聞く相手ではないため、オレは伊吹《いぶき》のテントに身体《からだ》を入れその中からバックパックを引っ張り出した。

「中を見せてくれ」

「はあ？　男に見せるわけないでしょ。いや女でも見せないけど」

「だよな」

許可をくれるはずもないので、勝手にバックパックを開ける。

「何勝手に！」

バックパックの中には衣類やアメニティ、干し肉などの僅かな食料。

そして空になった500ミリペットボトルが1つ入っているだけ。

ゴミの回収は課題などの設置場所で行ってもらえるため、余計なものはとっくに手放したか。ペットボトルには水滴すらついておらず、相当前に飲み干したことが分かる。

その他、連絡手段を取るトランシーバーも見当たらない。

「いつから飲んでないんだ」

「あんたに答える必要なんて――」

「いつから飲んでない」

今度はオレも厳しい視線をもって、口調を強めて聞き返す。

「……丸一日、と、少し」

「そんな状態で歩き回ってたのか？」

「歩き回ってない。今日は、ここでずっと休んでた」

「安い嘘《うそ》だな。午前中にこの場所にGPSの反応はなかった」

「サーチ、してたわけ？」

もちろんしていない。要はハッタリだったが十分通じたようだな。

堀北《ほりきた》に勝つため必死になっている伊吹が休む選択を簡単に取るとは思えなかっただけ。

「警告アラートは鳴ったのか？」

「……一時間くらい前ね。だから仕方なく早めに休むことにした」

腕時計の警告アラートは、継続して異常が出ない限り鳴り止《や》むシステム。

そして時間が経《た》てば緊急アラートに移行することはなくまた警告アラートに戻る。

「このまま水分補給出来ないと、休んでても鳴りっぱなしになる」

速く刻みだした脈拍は抑えることが出来ず、緊急アラートに移行する。

その時には脱水も進み、メディカルチェックを受ければリタイアの宣告も免れない。

「明日には何とかするし、いざとなればスタート地点まで行くから放っておいて」

「ここからスタート地点までは2㎞以上の距離がある。移動中に倒れてお終《しま》いだな」

「じゃあ課題でもなんでもクリアするだけよ」

「それが出来ないから、今苦労してるんだろ」

暴論には正論をぶつけて、伊吹を鎮めていくしかない。

オレは自分のテントからバックパックを持ってくる。そして今日課題をクリアして手に入れたばかりの500㎖のペットボトルを2本取り出した。

「トレードだ」

「は？」

「ちょうどオレは食料不足で困ってる。逆に水は少し供給過多で余ってる状態だ。今の伊《い》吹《ぶき》となら対等なトレードが成立すると踏んで交渉を求める」

もう冷えてはいないが、水の入ったペットボトルを見て伊吹が喉を鳴らす。

「どうする？　もう一度言うが対等なトレードだ。オレもそれなりに食料を分けてもらう」

「誰があんたなんかと……」

「断ってもいい、だが二度は交渉しない」

こちらが強気な態度を崩さないと、伊吹の言葉が止まる。

「このまま脱水症状でリタイアすれば堀《ほり》北《きた》に負けることは確定だな。ちょっと前に堀北に会ったが、顔色も良く食料や水に困ってる様子もなかった」

今、もっとも伊吹を動かすのに重要なキーワード。

それは退学するぞと脅すことではなく堀北の名前を出すこと。

「分かった……そのトレード、呑《の》む。けどどれくらい渡せばいい？」

伊吹の食料も、このままでは2日ともたずに尽きてしまう。

だが僅かしか受け取らないとなれば対等なトレードとは呼べなくなるだろう。

「残り食料の半分。これで手を打つ」

「それでいいわけ？」

「食べるものに困って雑草を食べるよりはよっぽどいい」

　こうしてオレと伊吹は、互いの持ち物である水と食料をトレードする。

　物品の交換が終わると同時に、伊吹はペットボトルの水を一気に喉に流し込んで半分ほど飲み切る。普通なら大事にしろよと言うところだが、脱水症状が出始めていたことを考えると、一刻も早く補水しておくべきだ。

　こちらが様子を見ていたのが気に入らなかったのか鋭い目つきが蘇《よみがえ》る。

　脱水症状が多少改善されたとしても、明らかに精神状態は普通じゃない。気持ちに余裕のない強烈なストレスを抱えたまま、伊吹は自分自身と向き合い続けなければならない。

　果たして、あとどれくらい心身を保つことが出来るのか。

　数時間か数日か。願わくば最終日を乗り切るまでもって欲しいものだ。

　テーブルが異なる伊吹とは、ここで別れればもう試験中に会うことはないだろう。

　ここは一言くらい、改めて声をかけておくべきか。

「お礼は言わないから。対等なトレードなんでしょ？」

「別にお礼は求めてない」

「だったらなに」

　一日中神経を研ぎ澄ませているため人《し》との接触に敏感なのだろう。短期戦なら役に立つ能力も、今はそれが自らの首を絞め続けている。

「今の時点で下位の方に沈んでないなら、明日一日くらい体力回復をメインに過ごすのも悪くないんじゃないか？　あるいは食料と水だけを狙う作戦に切り替えるのも手だ」

「得点捨てろって？　は、冗談やめてよね」

　こちらの提案に対し、伊吹《いぶき》は息巻いて怒りだす。

「私は退学が嫌で頑張ってるんじゃない。堀北《ほりきた》のヤツに勝つことだけが目標なの」

　それは分かっている。

　分かっていて、勝つための確率を上げるためにアドバイスを送っているんだが……。

　伊吹はオレがXだったと知った時から最大限嫌ってきているからな。

　余計なフィルターがかかっているせいで、真意までも伝わらなくなっている。

「もうあんたと話すことはないから」

　そう言って、伊吹はテントの中に戻って行ってしまった。

　説得が無駄だとは思っていたが、一応警告として伝わりはしただろう。

　とりあえず、これで今日明日伊吹の体調は問題ない。

　あとは自力で立ち直り、食料と水を確保してもらうしかないな。

　単独である以上、得点も多少気がかりではあるが、強気に勝負を挑んでくるところを見れば、下位の方に沈んでいるとも思えない。

　まだまだ時間はたっぷりとあるが、今日は体力を使ったので休むことにしよう。

　ムシムシした時間が続く中、気を落ち着かせ一夜を明かすことにした。

1

朝一番。外でトイレを済ませエチケット袋と共に戻って来ると、テントの傍《そば》で怪しい動きを見せていた伊吹を見かける。

「何をしてるんだ？」

「ッ！」

無心にバックパックを漁《あさ》っていたようで、驚いた顔を隠すことも出来なかったようだ。

「勝手にタブレットでも見ようとしたのか？　それとも別に欲しいものがあったのか？」

生憎《あいにく》と、画面ロックを設定しているため第三者の突破は不可能だ。

「んなことしない！　私はただ……対等ってのが本当だったかを確かめたかっただけ」

そう言ってオレのバックパックから離れた。

「あんたのバックパックには飲みかけの水が1本しか残ってなかった。これのどこが余ってる状況だったわけ？」

離れた時間は1分足らずだったが、ちょっと迂闊《うかつ》だったか。

バックパックの中身を確認するには十分な時間だったようだ。

とは言え咎《とが》める権利はオレにない。昨日はこっちが勝手に伊吹のバックパックを確認したしな。昨晩飲んだからだと誤魔化《ごまか》しても、空のペットボトルの所在を聞かれるだけ。無人島内にゴミを捨てるのはルールに抵触するからな。

「私を助けて、恩を売ろうと思ったわけ？」

「おまえが調べなきゃ、恩を売ることにはならなかったと思うけどな」

「うっ」

図星を突かれ伊吹《いぶき》がちょっと頬を引きつらせる。

「つまり、真実がどうあれアレは対等なトレードだったってことだ」

「なんか納得いかないけど……分かった。それならあんたには何も返さない」

「むしろ恩を売ったら返してくれてたのか？」

「返さない」

「……そうか」

単純に自分が納得できなかったために調べずにはいられなかったということか。

その後は会話も止まったため、オレは一度テントの中に戻った。

まだ時刻は6時半を過ぎたところだったが、伊吹が活動する音が聞こえてきた。

オレは入り口を開けて様子を窺《うかが》う。すると早くもテントを片付け始める様子。

これが特別試験2日目や3日目なら、やる気に満ちてるな、の感想で終わるんだが。

声をかけるなという雰囲気を強く出していたため、再びテント内に。

やがて朝7時を迎えて1回目の指定エリアが発表され、Ｅ４が指定される。オレは迷わずＧＰＳサーチを行い1点を消費、全生徒の位置を入手することにした。

1点を消耗する価値は十分にあるサーチだ。10位と点差が詰まっているため、思わぬ形で抜いてしまうこともある。1点使っておけばオレと黒永《くろなが》グループとの差は12点に広がるため、着順報酬で1位を取って11点獲得しても逆転することはない。

着順報酬を競いあうことになりそうなライバルは地図上に3グループほど。

しかもその中には『強敵』であるあの人も含まれていて絶好の位置にいる。状況次第では基本移動を放置し物資の補給を最優先するつもりだったので丁度いい。このサーチによって、オレは目的の課題周辺にどれくらいの生徒がいるかも確認することが出来る。つまり競争率がどれくらいになるかを早い段階で予測することが可能だ。

準備を済ませてからテントの外に出ると、既に伊吹の姿はどこにもなかった。

試験開始前に動くメリットはあまりないが、少しでも早くオレから逃げたかったのかも知れない。

2

設営ポイントから近い位置の指定エリアだったが1時間半ほどかけて到着する。腕時計に届いた合図と共に確認すると着順報酬はなく到着ボーナスの1点止まり。道中で課題を回収していたのだからもちろん不満はない。

標高の高い位置からは、少しだが無人島を見渡すことも出来る景観が広がっていた。

「随分と遅い到着だな綾小路《あやのこうじ》」

視線の僅か先。崖下《がけした》を見下ろす鬼龍院《きりゅういん》が、そう言って声だけをこちらに向けてきた。

「どうやらそうみたいですね」

事前に調べがついたオレと同じテーブルの中で、一番厄介だと判断した人物だ。

「着順報酬の競争相手に手強《てごわ》そうなライバルがいると思っていたが君だったか？」

「それはどうでしょうか。別テーブルでも同じエリアになることは間々《まま》ありますし。それよりも鬼龍院先輩は上位10組に興味はないと思ってましたよ」

鬼龍院は11位以下から一気に顔を出し今朝は9位に躍り出ていた。

「この無人島試験が存外に面白くてな、年甲斐《としがい》もなくテンションが上がってしまった」

年甲斐もなくというが、オレとは1歳差でしかない。

「もうしばらくは今のペースでやっていくつもりだ」

「1位は狙わないと？」

「表彰台は全員が鎬《しのぎ》を削りあって狙ってくる。私も遊びでは済まなくなるからな。しかし南雲《なぐも》や高円寺《こうえんじ》が崩れてくるというなら、少し話は変わってくるかも知れない」

「崩れる、ですか。今のところとてもそんな風には見えません」

「南雲のヤツが高円寺をそのまま自由に放っておくと思うか？」

どうやら鬼龍院にも、この先の展開はある程度見えているようだ。

「戦力の拮抗《きっこう》した状態では、南雲も絶対に勝てるとは言えない。ここまでは様子を見てき

ただろうがそろそろ動き出す頃だ。ということは、南雲《なぐも》対高円寺《こうえんじ》という展開も十分にあり得る。状況次第ではどちらも得点を伸び悩ませる展開も起こりうるだろう」

あるいは、どちらかが潰れ、順位を下げていくといったことも可能性としてはある。

「相手を蹴落とすことも、重要な戦いですからね」

いつ仕掛けるのかという部分は読めないが、このままいけば間違いなくぶつかり合う。

少なくとも南雲側が高円寺を止めることは間違いない。

「君は上位を狙わないのか？」

「生憎《あいにく》と、とてもじゃありませんが10位内に入れるビジョンも見えませんよ」

「そうか。君なら私と近いくらいの得点は重ねていると思ったんだがな」

随分とオレに対して興味を持ってくれているようだ。

いや、正確にはオレだけというわけではないだろう。

全校生徒全体に対し、どんな戦略で戦っているかを鬼龍院《きりゅういん》なりに見て分析している。

「そろそろ多数のグループが効率を落とすだろう。諦めずに頑張ることだ」

つい最近まで知らなかった存在の生徒だが、相当な実力者であることは垣間見《かいまみ》える。

ＯＡＡだけでは分からない、直感や洞察力にも優れた3年生。

「それはそうと、ここまでタブレットを見る限りだが、リタイアしたグループが1つもないことについてはどう思っている」

「一時たりとも油断できない状況が続いている、としか」

「私は昨日、スタート地点に立ち寄って情報を仕入れた。食料や水不足に悩み始めたグループは共倒れを避けるためにグループの仲間を一部切り離す作戦を取ったりして、急場を凌《しの》いでいるらしい」

「賢明な判断ですね」

何点集めようが、グループ全員がリタイアしてしまえばその時点で失格、退学が決まる。それなら効率が落ちようとも1人もしくは2人をスタート地点に帰してしまう方が安全だ。水は幾らでも手に入る他、衛生面でも守られるため病気を避けやすくなる。

「下位10組は願ってるでしょうね、どのグループでも構わないからリタイアしてくれと」

「なりふり構わなくなった人間はどんな手でも使ってくる。油断するなよ？」

「それは女子の鬼龍院先輩の方が心配すべきことでは？」

「ふむ。確かに可憐《かれん》な乙女としては、危機感を覚えた方がいいかも知れんな」

こちらが冗談めかして言ったことだったが、意外にも真剣に考えこむ。

「もしもの時はそうだな……力ずくで乗り切ることにしよう」

そう言ってグッと握りこぶしを作る。

回答は全くもって乙女らしくないものだった。

「どこまで本気なのか分かりませんね」

「フフ、すまないな時間を取らせて。私も君も、1分1秒を惜しむ必要があるからな」

そう言って、鬼龍院は軽く手を挙げ歩いていく。

方角的に課題への挑戦といったところだろう。

「君は行かないのか？　今ならまだ挑戦権は残っているかも知れない」

「遠慮しておきます。鬼龍院《きりゅういん》先輩と競って勝てると思えませんから」

現時点で課題の空きは、最大でも2グループほどとみている。3グループ以上ライバルがいるうえ、鬼龍院も向かうとなれば参加できる可能性は低い。

見送っていると、鬼龍院は急ぐべき状況で足を止め振り返った。

「そういうことか——いや、あえて直接行って確かめて来ることにするよ」

まるでこちらの戦略に気が付いたかのように、そう言い残し鬼龍院は課題へと向かっていった。

3

10日目も陽《ひ》が沈み、夜の9時過ぎ。

上位下位10組のグループと保存してあるGPS情報を確認していた時だった。

テントの外からチラチラと明るい光が動いた。

「こんな時間に移動か……？」

危険だが夜中のうちに踏めなかった最終指定エリアを目指すことは十分考えられる。

思わずテントの中からその光を追う。こちらに向けて照らしている訳ではなく、歩きながらあちこちに光を向けているといった様子。懐中電灯の光の動きは不安定で、何かを必死に探しているようだ。様子が気になったオレはテントの外に出てみることにした。

懐中電灯の光は森の中を薄く照らしながら少しずつオレの元から遠ざかっていく。

やはり誰かを必死に探しているように見える。

天沢《あまさわ》がこちらに何か仕掛けるために近づいてきて、オレを探している？

いや、もしそうなら不用意に懐中電灯を使うとは思えない。

ＧＰＳで距離を詰めた後は、暗闇に乗じて近づいてくるはずだ。

「……夢《ゆめ》ちゃ～ん」

懐中電灯の方から、か細い声が少しだけ聞こえてきた。声の主が誰かは分からないが、あだ名を除けば夢という名前は学校でも１人しかいない。

２年Ｃクラスの小橋《こばし》夢のことで間違いないだろう。とすると、声の主はそのクラスの関係者とみるのが正解だろうか。確か小橋のグループには女子の白波千尋《しらなみちひろ》がいたな。

ともかく声の主は今にも泣きだしそうな雰囲気。このまま無視してもいいが、２年Ｃクラスの生徒ということは、今はＡクラスの坂柳《さかやなぎ》とも深い繋《つな》がりがあるはず。

オレはテントからタブレットを取り出し、機能として備わっているライトを付ける。

電灯の機能としては光源が頼りないが、向こうに気付かせるには十分だ。

程なくしてこちらのライトに気づいたのか懐中電灯が向けられる。

「夢ちゃん？」

そう言いながら慌てた様子で声とライト、そして近づいてくる音が聞こえてきた。

眩《まぶ》しい光が照らされた後、ゆっくりと懐中電灯の持ち主の姿が見えてきた。

「夢《ゆめ》ちゃん！」

「いや、悪いが夢じゃない」

「あ……」

木々の奥から姿を見せたのは、やはり白波《しらなみ》だった。

「えと、綾小路《あやのこうじ》くん……こんばんは」

全く親しくない間柄だが、どこか少しだけ安堵《あんど》した様子を見せる。

それだけ心細い状況が続いていたということだろうか。

「1人で夜中に行動するのはかなり危ないぞ。小橋《こばし》と竹本《たけもと》は？」

「あ、その……場所、分からなくなっちゃって……慌てて歩いたら、方角が訳わからなくなっちゃって……」

どうして夜中に1人で森に、という野暮《やぼ》なことは流石《さすが》に聞いたりしない。

360度同じような景色が広がっている森の中だ。多分こっちの方だったはず、という軽い気持ちで進んでしまうと、瞬く間に方向感覚を失ってしまう。

結果的に白波はグループとは大きく離れてしまったとみるべきだろう。

「逸《はぐ》れてどれくらい経《た》つ？」

「どうかな……15分か…20分くらい……？」

真逆に進んでいたとしても絶望するほど離れているわけじゃないだろうが、少なくともお互いの声が届かない範囲にまで来てしまっていることは間違いない。

「とりあえず、無闇《むやみ》に歩き回るのは更に遭難《そうなん》するだけだ」

「う、うん」

オレは先頭に立ち、ひとまずタブレットで明かりを照らしながらついてくるよう指示を出す。こっちまで遭難することになると面倒だからな。

テントも荷物もそのままにして、白波とグループを探しに出るわけにもいかない。

多かれ少なかれ、何人かはこんな風に迷うようなトラブルにあっているだろう。

あとはたまたま元に戻れるか、時間がかかるかの違い。

ただし戻れなかった場合、真夜中の森で夜を過ごすのは簡単なことじゃない。

肉体的には大きな問題はなくとも、精神的に一気に削られてしまうからだ。

程なく自分のキャンプ地に戻り、オレは落ち着きのない白波に声をかける。

「虫も多い、ひとまずテントに入るといい」

「えっ!?」

驚きというよりはやや恐怖心が混じったような声。

「オレは入らないから安心していい」

ちょっとこっちの説明に問題があったが、理解の追い付いていない白波を強引にテントの中に入らせ、入り口を閉める。

「ご、ごめんね……休んでたところに……」

「別にいい。それよりも小橋《こばし》と竹本《たけもと》は普通に元気な状態なんだな？」

「うん」

とすると、今頃は戻ってこない白波《しらなみ》に慌てている頃だろう。

捜索に出るか、それともその場に残るのかの話し合いをしているとみるべきだ。

「誰かが逸《はぐ》れた時の取り決めは？」

聞いてみるも、白波は首を左右に振る。

「男子の竹本が単独で白波を探しに出る可能性もあるが、二次遭難《そうなん》になるおそれもある。かと言って２人がテントと荷物を置いて探しに出るのも結構なリスクだ」

テントや荷物をまとめて２人で移動を開始すると、白波が単独で戻れた時にもぬけの殻《から》になっていることもあるため有効的な手段とは言えない。

極力安全を重視するなら、テントを見失う位置までは出歩かず、周辺で明かりと大声を頼りに白波が気づいてくれることを期待する形が望ましい。だが細かい取り決めもしておらず女子が１人逸れたとなれば、平常心を保てるかどうか。

慌てて探しに出てしまうことも往々にしてあるだろう。

「どうしよう……」

こちらに何か意見を求めてきたというより、独り言。些細《ささい》なミスとも言えるが、別の見方をすれば大きなミスとも言える。焦りに襲われるのもけして無理からぬことだ。

問題なのはグループの2人だな。いや、場合によってはそれ以上か。

「グループは小グループの3人のままか？　それとも4人以上に増えてるのか？」

「それは……」

ここまで詳しい説明をしてくれていた白波だったが、言葉に詰まる。

自分のグループのことはよく理解しているはずなので、この躊躇《ためら》いの理由は別にある。

一之瀬《いちのせ》のクラスは今、坂柳《さかやなぎ》のクラスを中心に協力関係を結んでいる。

もちろん、その垣根を超えた友情グループも存在はするが、大多数はその大本の取り決めによって作られている。当然、オレに詳しい内情を話すことは情報漏洩《ろうえい》とも言えることだ。そういう意味では、グループに変化が加わったかどうかを安易に口にしなかったのは白波の的確な判断だったと評価できる。

「分かった。詳しい状況はオレに話さなくていい。オレの考えをひとまず聞いてくれ」

そう前置きをして、言葉を続ける。

「もしオレが白波のグループの仲間だったとすれば、今の状況にはまず気が付いている。戻る道を失って、暗い森の中を女子が1人で彷徨《さまよ》っていると判断するだろう」

コクっと小さく頷《うなず》いた白波。

「もちろん放っておくことはしない。まずは声を張り上げて音での合流を図る。ただ、さっきも言ったが、これで反応がないとなると次の手が必要だ。もし、たとえば小橋が1人で逸れたと仮定したら、白波と竹本はどうする？」

「……多分だけど……2人で夢《ゆめ》ちゃんを探しに行くと思う……」

「二次遭難《そうなん》ともなれば怪我《けが》をしてリタイアの危険が出てくるとしてもか？」

「友達だから放っておけないよ」

一之瀬《いちのせ》のクラスらしい答えだな。メリットデメリットとは別の問題。Aクラスの竹本《たけもと》は最初引き留めるかも知れないが、恐らくは助ける方に回るだろう。一番手堅い方法としてはこのままオレのテントを使わせて向こうからの合流を待つことだ。

いざとなれば向こうもGPSサーチを使ってこちらを探しに来るだろう。

ただ、この暗闇だと近場でも一度や二度のサーチで上手《うま》くいくかは分からない。

「得点に余裕は？　サーチを2、3回使っても順位に心配はないか？」

「それは――どうだろう。あんまり、良くはないと思う」

けして高い順位をキープしているわけじゃない、か。影響のない範囲で終わるのか、その点数の消費が明暗を分けるかは試験が終わってからでないと分からないからな。

白波《しらなみ》としても得点を使って探しに来る行為に胸を痛めるだろう。

やはり待機しておくのが一番手堅いが……探しに出ないパターンや、見つけきれないパターンの可能性もけして0じゃない。こうなるとオレがテントを使えないため外で夜を越すことになる。ここまでリズムを崩さず運んできたペースが乱れる一因になるだろう。

行動を起こすなら、今の段階……か。

「体力は？」

「え？」

「歩くだけの体力は残ってるか？」

「う、うん。それは大丈夫、だけど……」

オレはテントから出るよう促し、白波が出てくるのを待つ。

「今から合流できるように移動する」

「でも……どうやって？」

「闇雲に歩いても解決する問題じゃないからな。これを使う」

オレは手にしていたタブレットを見せる。

「ＧＰＳサーチを使えばどの方角なのか、そしておおよその距離を把握できる」

しかし、それでも簡単な合流とはいかないだろう。

この暗闇の中で森の中を正しく進むのは至難の業《わざ》。

白波などの一般生徒には、繰り返しＧＰＳサーチを使わないと不可能だ。

「どうして、助けてくれるの……？」

「どうして？　今回の試験は一応学年別の戦い、その側面があるからな」

「でも、ＧＰＳサーチまで使って……」

オレにしてみれば１点２点の使用はそれほど大きな負担にはならない。

11位を越えない程度の得点であればいつでも集めることが出来る。

そのことを話しても仕方がないので、ここはもっともらしいことを言っておく。

「強いて言うなら……一之瀬《いちのせ》のクラスだから、かも知れないな」

そう答えた瞬間、振り返って見えた白波《しらなみ》の顔が少しだけ固くなった。

「……もしかして……」

何か不味《まず》い発言でもしたか？

「ん？」

「もしかして綾小路《あやのこうじ》くん、帆波《ほなみ》ちゃんと……」

そこまで言葉にしたものの、白波は口を閉じてしまった。

オレは何となくだが、言いたいことが何であるかを遅れて理解する。

先日出会った一之瀬のクラスメイトたちに言われたことを色々と思い出したからだ。

「何でもないからな」

先回りするように答えたが、白波の表情は暗いまま固くなってしまった。

とりあえず話題を中断しサーチを開始。小橋《こばし》と竹本《たけもと》2人のGPSが重なり合うように表示されたことからも、まだ一緒にいることは間違いなさそうだ。白波のグループを探して歩いていく。それから10分ほど小橋たちのGPS反応の方向へ歩いただろうか。

「千尋《ちひろ》ちゃん!!」

暗い森の隙間を縫《ぬ》っていると、バックパックを背負った小橋がこちらを見つけた。

傍《そば》には同じグループの竹本もいて、同じくバックパックを背負っている。手にもバックパックを抱えていることからも、全ての荷物を持った上で白波を探しに来たようだ。

真《ま》っ直《す》ぐこちらに向かってきていたことを考えると、GPSサーチした線が濃厚か。

結果的に全員で、一度オレが設置したテントの場所まで移動することになった。

「ありがとね綾小路《あやのこうじ》くん、千尋《ちひろ》ちゃんのこと助けてくれて」

「いや、最終的には見つけられていたと思うし、余計なことじゃなかったらいいんだが」

「余計なことないって。もっと遠くまで行ってたら怪我《けが》のリスクもあったし、何より見つけるのにも苦労しただろうしな」

クラスの違う竹本《たけもと》としても、白波《しらなみ》が早急に見つかったことに胸を撫《な》で下《お》ろしている。

追いかけることになれば1回や2回のGPSでは済まない可能性がある。

「ちょっと聞きたいことがあるんだが、トランシーバーは持ってないか？」

オレはこのタイミングで竹本にそう切り出した。

「え？　トランシーバー？　持ってるけど――」

多少なり感謝をしているとしたら、すんなりと借りられるかも知れない。

「良かったら少し坂柳《さかやなぎ》と会話させてもらえないか。スタート地点に気にかけてるDクラスの生徒が戻ってないか聞いてみたいんだ」

「そういうことなら協力する。ちょっと待ってくれ」

嫌がることもなく、それがお礼になるならと竹本はすぐにトランシーバーを取り出す。

学校が提供するトランシーバーは当然デジタル式で、秘話モードと呼ばれる機能が備わっている。言わば他人に傍受《ぼうじゅ》されることなく特定の人物とだけ会話できる機能のことだ。

この試験でトランシーバーを用意したグループは、情報漏洩《ろうえい》を防ぐためにコードを用意しているはず。竹本はトランシーバーで坂柳が出るか呼び出してくれる。

程なくして坂柳からの応答があったところで、オレにトランシーバーを渡してくれた。

「ちょっと内密に話だけさせてくれ」

快く頷《うなず》いた3人を見て、オレはありがたく距離を取らせてもらう。もちろん下手な小細工をしていないとアピールするようにトランシーバーが見えるようにだ。それからしばらくの間坂柳と通話をしたオレは、そのまま竹本にトランシーバーを返す。

「以上だ坂柳、悪かったな夜中に」

そう伝える竹本に、坂柳が一言だけ返す。

何事も問題なく会話が終わったことを証明するやり取りで、通話が終了した。

「助かった、必要な情報は坂柳からもらうことが出来た」

「それならいいんだ。あと坂柳からこれを綾小路に渡してくれと頼まれた」

「ああ、ありがとう」

オレは竹本からトランシーバーを受け取る。

「お礼を言うのはこっちの方だよ～、ねえ？」

「うん、ありがとう綾小路くん。助けてくれて」

改めて白波を含む3人にお礼を言われ、この日はここで4人夜を過ごすことに。

普段聞くことのできないAクラスとCクラスの話を耳に、オレは眠りにつくのだった。

○包囲網。高円寺《こうえんじ》VSフリーグループ

後半戦が始まっても衰《おとろ》えることのない高円寺の快進撃。『10日目』の今日まで、南雲《なぐも》グループに張り付くように得点を重ねてきていた。本日の試験が終わった午後5時過ぎ、トランシーバーでの会話を終えた3年Bクラスの桐山《きりやま》は、静かに一度目を閉じる。上位陣の得点が公開された4日目に高円寺が名前を連ねていたことには多少驚いたが、あの時点で桐山にも南雲にも焦りのようなものは全くなかった。

単独である以上、すぐに限界が来ると誰もが思っていたからだ。

「桐山。なんか南雲の対応が後手後手って感じがしないか？　本来なら後半戦が始まった頃には独走態勢に入ってるはずだろ。それが対処を先延ばしにしたせいで10日目でも決着がついてない、完全な互角なんだからな」

3年Bクラスの生徒、三木谷《みきたに》がタブレットを見せながら話しかける。タブレットに映し出された総合点は南雲グループが236点。高円寺が230。その差は6。着順報酬で1位を取れれば逆転可能な位置につけられている。大グループになり、増員カードもあるため人数では大幅に上回っている南雲グループは、時間内に間に合いさえすれば到着ボーナスで7点を確実に確保できる。一方で高円寺は1点止まりだが、その分着順報酬を得やすい単独であり、全グループナンバーワンの1着での着順報酬獲得数を誇っている。

「南雲はこのまま逃げ切れたとしても、お前は下手したらこのまま3位だ。もし単独の2年に負けることがあったらサポートしてるこっちの評価は一気にガタ落ちだぜ」

桐山たちは現在総得点が188点。少しずつ高円寺との点差が広がり始めている。

「そう言えば、去年高円寺が入学してから少しして噂《うわさ》になったことがあったな。2年生や3年生に馴《な》れ馴《な》れしく近づいてプライベートポイントの買取をちらつかせていた頃だ。あの時はどう思った」

「金持ちだからって調子乗のんなよ、くらいしか思わなかったぜ」

「学力もそれなり、身体能力は高そうだったが目立った好成績でもなく、実家が金持ちというだけの変わった生徒。それがこの学校の生徒全体が持っていたイメージで間違いない」

桐山の回答に、三木谷が一度頷《うなず》く。

「高円寺が評価されてこなかった最大の原因は物事に対する真摯さを持ち合わせていなかったことだ。生徒が本来あるべき姿と逆を行き、試験に対しても最初から放棄《ほうき》するような姿勢が強かったことにある」

2年生だけでなく、その事実は3年生にも広まっていることだった。

もしも高円寺が真面目で誠実な人間であったなら、もっと早く南雲の中で警戒すべき敵として認識されていた。出る杭《くい》を打とうとする行動が見られただろうと桐山は言う。

「何があったのかは分からないが、この無人島試験において高円寺は文字通りの本気を出してきた。そして結果、全生徒で一番の強敵になってしまったということだ。特に疲れを感じさせないスタミナが恐ろしい。最後までこのまま突き抜けるかも知れないしな」

単独で動ける利点を最大限に生かしながら、無尽蔵の体力で突き進んでいるのだ。

ここまでくると3年生としても、手を考えざるを得ない。

このまま放置すれば間違いなく高円寺《こうえんじ》は上位3グループで試験を終える。

場合によっては南雲《なぐも》を食う展開にもならないとは限らない。

後輩に負けるというだけでも問題だが、単独グループに負けたとなれば末代までの恥だ。

倒さなければならない相手として早急な処理が求められる。

無論、手荒な真似《まね》は極力避けるべき。

仮に3年生が高円寺を奇襲し手傷を負わせてリタイアさせたなら、当然問題になる。

上位入りを阻止するために手荒な真似をしたとなれば審議は必至だ。

極力穏便に、高円寺を沈めなければならない。

「どうするか方針は決まったのか？　桐山《きりやま》」

「ああ。やはりフリーグループを使う」

フリーグループ。それは南雲が用意したBクラスからDクラスまで各クラスから5グループずつ選出した3人1組からなるグループのことで、南雲の手足となって活動する存在のことを指す。合計15グループ存在し、そのうち2人が指示に従う役で、残り1人はペナルティを踏まないよう指定エリアを追う役を与えられている。

つまり1つのフリーグループにつき、自由に動ける生徒が2人いる。

「ま、そうなるよな。で、幾つ使うんだ？」

「俺が預かっている6グループ全部だ、全て動員する」

「6？　それマジで言ってるのか？　相手は1人だろ、どんなに多くても俺のグループと合わせて4グループで十分だろ。あとの2グループはおまえのグループに――」

そう言いかけた三木谷《みきたに》の言葉を遮《さえぎ》るように桐山は続ける。

「脅威は高円寺だけだ。それ以外は潰した後でも十分にフォローが効く。得点の閲覧が出来るのは12日いっぱいまで。明日からの2日間で徹底的に高円寺を封じ込める。単独の高円寺は一度でも推力を失えば二度と浮上してこられないからな」

仮にどこかのグループと合流したとしても、それは同じ事。

「そうだ、南雲は他にも気になるグループがあるって言ってなかったか？　高円寺に空いてるグループを全部ぶつけたら、そっちに割く人員が不足するぞ」

そのグループが何であるか三木谷は聞かされていないが、上位10組に入っているとすれば2年の龍園《りゅうえん》グループか坂柳《さかやなぎ》のグループ、あるいは宇都宮《うとみや》たち1年グループのどれか。

「その心配はもうないだろう。南雲の杞憂《きゆう》に終わったということだ」

どのグループを警戒していたか、当然桐山は知っている。

しかしそのグループはこの10日間一度も上位10組に顔を出してはいない。

今更得点を早いペースで重ねたところで、表彰台には到底届かない。

「その点は南雲の失策だな」

「……珍しいよな、南雲《なぐも》がその手の判断を見誤るのは」

「見えない亡霊に肩を掴《つか》まれていたんだ、無理もない」

南雲が唯一認めた男、堀北学《ほりきたまなぶ》の残した唯一の存在。

俯瞰《ふかん》的に戦局を見ることが出来る南雲の目が曇っても無理はない。

「じゃ、6グループに高円寺《こうえんじ》を任せて俺たちは普通に得点を集めるってことでいいな？」

「いや、高円寺を封じ込める指揮は直接俺が取る」

「おまえが？　それはちょっと効率が悪いんじゃないのか。俺にやらせろよ」

現状3位につけている桐山《きりやま》グループが、高円寺の躍進阻止に動けば得点に影響する。

「おまえに指揮を任せろと？」

「こっちは今回が『勝負どころ』なんだよ。勝ち上がりを決めたおまえと違って、南雲の評価を稼がなきゃならないんだ、任せてくれよ」

三木谷《みきたに》はそう進言するも、桐山は聞く耳を持つ様子はない。

「それはダメだ。フリーグループを6つ使って失敗となると、かなりの痛手だからな」

「けどおまえだって2位を取る必要があるんだろ？　余計なことに時間を割くなよ」

手柄を焦る三木谷は、食い下がる。

「俺か南雲以外に、高円寺を止められるヤツはいない。この話はこれで終わりだ」

その言葉を聞かされ、三木谷は少しだけ眉間に皺《しわ》をよせ嫌な顔をする。だが桐山はそんな三木谷に視線を向けることもなかったため、気が付くことはなかった。

　1人の生徒を止めるため、急遽《きゅうきょ》桐山率いる6つのグループが夕方に移動を始めた。

　普通の相手ならともかく高円寺の底が知れない実力は桐山にとって不気味に映る。

　問題は明日11日目、朝7時の時点で指定されるエリアがどこであるかだ。

　高円寺が東西南北どちらに移動を始めるかにより、包囲網の範囲は変わる。

　そのためキャンプ地を決め動かなくなるであろう夕方の時間帯から、明日の朝7時までの間に高円寺への包囲を完成させるのが理想的な流れだ。

　幸い、高円寺の現在地Ｂ3と桐山たちがいるＥ3は比較的近い位置にある。

　上位グループの得点が監視できるのは12日目終了までのため、成果の有無は明日と明後日《あさって》の残り2日間だけしか確認することが出来ない。12日目終了時点で、最低でも南雲と高円寺の差を30点は作っておきたいところだった。

「今日はどこまで進軍するつもりなんだ？」

　長旅のスタート、三木谷は退屈しのぎに桐山へと質問する。

「出来る限りだ。夜間の進行がリスクなのは承知で、悪くとも高円寺の周囲1マス内には到着しておきたい。朝7時までに追い付く必要があるからな」

　一度移動が始まると、それを捕まえる難易度は2つも3つも上がってしまう。

「ま、2日もあれば蹴落とすのは楽勝だとは思うけどな。こっちは桐山グループ6人を含めて7グループ、全部で18人もいるんだからよ」

　三木谷が振り返ると、16人の3年生たちの姿を見ることが出来る。

「油断はするな。広い森の中だ、逃げ切られるおそれも十分ある」

「2年にしちゃヤベェヤツなのは分かるけどな。それでも年下に変わりはないだろ」

桐山《きりやま》も三木谷《みきたに》も、直接高円寺《こうえんじ》の驚異的な身体能力を見たわけではないため、どうしても正確な評価が難しい。それでも幾つかの課題を共にした3年生からは、その高円寺の身体能力に関するデータは上がってきている。

「慎重にやる。相手を最大の敵と認識しろ」

「最大ねえ」

やはり三木谷のような人間には任せられなかったと、桐山は心の中で独り言つ。

倒すべき敵となったのなら、息の根を止めるつもりでかからなければならない。

中途半端な対応をすれば、自分たちが食われる立場に急落することだってあるのだ。

1

翌日11日目、朝6時半過ぎ。

桐山グループと、三木谷含むフリーグループ6つが高円寺の包囲に成功していた。

「状況は？」

「まだテントに動きはないみたいだ。ゆっくり寝てやがるな。体調でも崩して一日寝たままだったらこっちも楽なんだけどな」

　三木谷がフリーグループのメンバーと話を始める。

「なあ、テントから出てくる前に囲んで妨害したらどうだ？　片付けられないようにしたら、高円寺のヤツも動きようがないだろ」

　そんな提案をする三木谷に、フリーグループの連中もそれは楽だと同調する。

「確かに片付けを妨害すれば、それだけ指定エリアに向かう時間を遅れさせることは出来る。だが、その状況を第三者に見られたらどう言い訳するつもりだ？　妨害するにしても一目でそうだと分かる稚拙な行動は慎《つつし》むべきだ」

　ルール違反を犯すにしても極力危険性は排除しなければならない。

「ＧＰＳサーチすりゃいいだろ、どうせ捨てる得点は幾らでもあるんだからよ」

「俺たちのタブレットでは教員の位置までは把握できない。サーチも絶対ではないことを忘れるな。当初の予定通り高円寺がテントを片付けて移動を開始するタイミングで仕掛ける。もし1年や2年、あるいは課題の設定に向かう大人に遭遇した時には、すぐに高円寺から2メートル以上距離を開け」

　触れ合うほどの距離まで詰めることはするなと桐山が釘《くぎ》を刺す。

　7時が近づいてきた頃、ついに状況に変化が訪れる。

「動き出したぞ、高円寺だ」

　こちらに見張られていることなど露ほども想像していないのか、鼻歌交じりにテントの撤収を始める。手際自体はよく、7時を迎える前に出発準備は完了したようだ。

そしてタブレットを手に7時の試験開始を待っている。

「行くぞ」

出ていくのにベストのタイミングだと判断した桐山《きりやま》が高円寺《こうえんじ》の元へと歩き出す。

その様子を少し離れた距離からついていく三木谷《みきたに》とフリーグループメンバーたち。

静かに近づいてく桐山たちの存在に気付いているのかいないのか、高円寺はタブレットの操作を止めず顔を上げる素振りも見せなかった。総勢18人に取り囲まれた後も同様で変わらず、まるで周囲の存在など目に見えていないかのような立ち振る舞いが続く。

こちらに気付いているのに気づかないフリをしていると判断した三木谷が詰め寄ろうとするが、それを桐山は目だけで軽く制する。

「少し時間をもらえるか、高円寺」

名前を呼ばれた高円寺だが、視線はタブレットを見たままで顔を上げようとしない。

「私に何か用かな？」

先輩に対する態度では到底ないが、桐山は一切咎《とが》めることなく続ける。

高円寺六助《ろくすけ》という人間に一般的な常識などないことは、百も承知だからだ。

「今回の特別試験、おまえがここまで活躍するとは思わなかった。それだけの実力がありながらどうしてこれまで、真面目に参加して来なかった」

「それは今、ここで話すような内容なのかな？　間もなく朝7時だ、君たちも急いで指定エリアに向かう準備をするべきじゃないのかね？」

「分かってるだろ高円寺。おまえは得点を取りすぎたんだ」

何も理解していないような口ぶりだが、そんなはずはないと桐山が言う。

「今日一日、おまえにはこの場所から動かないでもらいたい」

「私に得点を稼ぐな……ということかな？」

「そうだ」

当然、こんなことを言われても高円寺が首を縦に振るはずがない。

「君が誰だか知らないが、それが無理な相談であることは少し考えれば分かることだ。しかしそれでもここに大勢を引き連れてきたということは……聞き入れない場合は移動を邪魔する覚悟を持ってきているということだね？」

「このまま特別試験を続けても、おまえが1位を取ることはない。単独のお前に対して1位の南雲《なぐも》は7人で、3位に付けている俺たちも6人だ。ここまで快進撃を続けてきたことは認めるが疲れが出てくるこの後半戦、獲得できる得点も下がっていくとみている」

「それなら私のことなど構わなくてもよいのではないかね？」

「念には念をということだ。それに、単独のおまえと上位を競っているというのは、3年生の立場としては受け入れがたい。もちろん素直に従ってくれるのなら悪いようにはしない。生徒会長である南雲を味方につけておけば、おまえの学校生活はより安定する」

強硬手段で抑えつけられるか、素直に従って南雲に恩を売るかという2択を高円寺に対して用意する。

時刻がちょうど7時となり、タブレットに11日目最初の指定エリアが表示される。

それを確認した高円寺《こうえんじ》はゆっくりとバックパックにタブレットを片付ける。

動くのか動かないのか、桐山《きりやま》たちが様子を見守っていた瞬間。

「私は先を急ぐので失礼するよ」

拒否する言葉が発せられたと同時に、高円寺は瞬間的に加速しフリーグループの間を抜け駆け出した。

「な、おいッ!!」

囲まれているとは言っても、人がすり抜けるほどの余裕は十分にあったため、その隙をついた形だった。桐山も含め全員が毛ほども油断していなかったと言えば嘘《うそ》になるだろう。

3年生の命令を無視して逃げ出す確率など低いと甘く見ていた。

「追うぞ!」

そう叫ぶ三木谷《みきたに》だが、その間にも高円寺は森の奥へと姿を消していく。

「慌てるな、高円寺のペースに合わせると痛い目を見るぞ」

「のんびりしてる場合かよ! 取り逃がしたんだぞ!」

「着順報酬は取られるかも知れないが、そこまでだ。もし高円寺が逃げ回ることを選択したのなら悠長に課題に参加出来なくなるということ。逆に堂々と課題に参加するようならそこで追いつけばいい」

高円寺がどのエリアに向かったかは逃げて行った方角だけで決めつけるのは危険だが、

ＧＰＳサーチがある以上隠れることは不可能であることを桐山はよく理解している。

それでも焦りがあるのか、三木谷は駆け足気味に高円寺を追い駆け始めた。

2

三木谷を先頭に桐山たちとフリーグループは高円寺を追跡していた。

「高円寺の位置は？」

「それがよ、さっきから全く動いてない。3回サーチしたがそのままみたいだ」

休憩時間でもないのに、全く動かないというのは不自然。

不可解な高円寺の行動が何であるのかタブレットを桐山も覗《のぞ》き込《こ》む。

「近くに課題が出ているわけでもなさそうだな」

「ああ。あと200メートルほどで高円寺に追い付くぜ」

「今度は油断せず、確実に追い込む。いいな」

「言われるまでもない」

高円寺に引き離されたものの、追いかけ始めて約6時間後、意外な形で再会する。

動かなかった原因は、真昼間にもかかわらず眠りについていたからだ。

3年生たちは呆《あき》れつつ一度顔を見合わせる。

代表者として三木谷が近づき、高円寺の顔を見下ろしながら語気を強めて言い放つ。

「起きろ高円寺《こうえんじ》。逃げ出しといて昼寝なんて随分と余裕なんだな。それとも10日以上も全力で駆け巡ってたんだ、流石《さすが》に疲労困憊《ひろうこんぱい》で眠らずにはいられなかったか？」

眠りたくなくても眠らざるを得なかった。

逃げ出した状況で眠っていた理由を考えると、三木谷《みきたに》にはそれしか思いつかなかった。

ゆっくりと目を開けた高円寺は、静かに微笑《ほほえ》む。

「当然だろう？　私だって君たちと同じ人間さ」

「だったらそのまま、今日は大人しく休んでろ。ここまでの疲れが溜《た》まってるだろ。先輩の優しい意見には耳を貸すもんだぜ」

「今日は休む？　おかしなことを言うんだねぇ」

囲まれている状況に慌てることもなく、高円寺は立ち上がる。

見下ろしていた三木谷だったが、身長180センチを超える高円寺が立ち上がると視線は自然と逆転する。

その目には活力がみなぎっており、先ほどの高円寺よりも一回り大きく見えた。

「……無理すんなよ。少し休んだだけで疲れが抜けるなら誰も苦労しないんだからな」

威圧を感じながらも、強気に詰め寄る三木谷。

「心配ご無用だよ。私の体力は既にパーフェクトにまで回復しているからねぇ。常人と一緒に語ってもらっては困る」

単なる虚勢とも取れるが、桐山《きりやま》は余裕を見せる高円寺に言葉を向ける。

「確かに元気には見える。だが三木谷の言うようにおまえはこの10日余りを誰よりも全力で駆け抜けた。着順報酬1位を繰り返し取っているだろうことからも疑いようはない。ただ常人離れしたスタミナの持ち主でも、とっくに限界を迎えているはず」

「限界を迎えるようでは、それは常人の域を出ていないと私は考えるがね」

「つまりおまえは、まだ限界ではないと？」

疑いの色を強める桐山に対し、高円寺は即座に切り返す。

「私は超ショートスリーパーなのでねぇ。極めてレム睡眠が少ない体質なのさ」

「あ？　レム睡眠が少ないからなんだってんだ、なあ？」

高円寺の発言に突っかかる三木谷だが、ここで初めて桐山の表情が硬くなる。

「ショートスリーパーか……それが本当なら重大な問題だな」

「どういうことだよ桐山」

「人間の一日の平均睡眠時間は7時間から8時間程度が理想とされている。健康を維持する上ではそれ以上でもそれ以下でも快適な眠りを取れたとは言えないからだ。だが、ショートスリーパーは6時間未満でも健康を維持できる素質の持ち主のことを指す」

睡眠はレム睡眠とノンレム睡眠を交互に繰り返す。レム睡眠とは、言わば脳が活動状態にあり覚醒している段階。一方のノンレム睡眠は脳が眠っている状態。

ショートスリーパーはレム睡眠の時間が少ないため、僅かな休憩でもしっかりと脳と身体《からだ》を休めることが出来る。

「堂々と眠るなんておかしいと思ったが、そういうことか……」

並外れた体力を持つ高円寺《こうえんじ》だが、それでも長期に及ぶ激しい移動や課題を繰り返していれば、通常疲労はどんどんと蓄積していく。

指定エリア到着後の余った時間や課題が近くに無い時間。

ここでしっかりと眠ることで高円寺は高い水準で体力を保つことに成功していた。

超ショートスリーパーという発言が本当である場合、高円寺は体力が常人を凌駕《りようが》しているだけでなく、回復力も同様に常人離れしていることを意味する。

ここで初めて、桐山《きりやま》の中に僅かな焦りが生まれる。

ペース配分を考えつつも、誰もが疲労し疲れを感じている。

歩くだけで足は休みたいと悲鳴をあげ、もう試験をしたくないと心が折れそうになる。

それが生徒たちの深層心理にある共通認識。

その前提があるからこそ、高円寺を封じることは難しくないと考えていた。

前提が崩れ去ったとしたら———。

「ところで、まだ私に何か用かな？」

「体力があろうとなかろうと関係ない、大人しくし———」

苛立《いらだ》つ三木谷《みきたに》が高円寺に命令しようとしたところで、桐山が割って入る。

「別に用なんてない、俺たちのことは気にするな」

直接的表現を極力避け、穏便にことを進めようとする。

そんな生温《なまぬる》い態度に三木谷は不満を更に抱えながらも従う。

「フフ、そう言いつつも随分と好戦的な様子だ」

3年生の忠告や脅しの類《たぐい》を、なんら気に留めた様子はない。

会話をしている最中、3か所目の指定エリアが発表されると、高円寺はタブレットを見てすぐにその方角へと歩みだした。

「忠告なんて聞く奴《やつ》じゃないぜ桐山」

「そうかも知れないな」

「それに超ショートスリーパーとか抜かしてやがったが、きっとハッタリだ」

しかし既に多くの生徒が効率を大きく落とす中、高円寺は初期からほぼ変わらず良いペースを維持している。日々絶え間なく肉体を鍛え上げていることは明白で、無人島の特別試験もトレーニングの一環としか捉えていない。そんな風に分析する。

「仕方ない、戦略を切り替える。課題を封殺するぞ」

ここでついに桐山も決断し、それぞれに高円寺を追い詰めるよう指示を出す。

しかしその内容には不満があるのか、三木谷は唇を尖《とが》らせる。

「今指揮を執っているのは俺だ。輪を乱すな三木谷」

「ちっ……」

常にマイペースである高円寺に困惑しつつも、3年生たちは広く展開を始めた。

18人は三角形の陣形を取りつつその中心に高円寺を置く。

更に桐山《きりやま》はトランシーバーで連絡を取りながら仲間を呼び出す。

これから何が行われるのかなど考えることもなく、高円寺《こうえんじ》は歩き続ける。

動きを止めたり、静止したりすることはしない。

桐山が立てていた計画は全部で3つ。1つ目は単純に言葉で説得し高円寺に1位を諦めさせること。もちろんその過程の中数人で囲い込みプレッシャーを与えるなどする方法も含んでいる。次に2つ目の作戦は制止を聞かず行動する高円寺を囲い込んだまま移動するというもの。そして3つ目は高円寺が狙う課題に先回りしてしまうというものだ。

フリーグループが6つと桐山の合計7グループが妨害することで、必然的に課題参加のハードルは相当高くなる。更に高円寺を潰すためだけに全員で立ち回れば、課題の勝率を下げることも可能になる。

課題はそれぞれ参加条件が異なるが、そのパターンは決まっている。

『それぞれ人数別に参加できるもの』『グループ単位で参加できるもの』の2つ。

後者の場合グループが全員揃《そろ》っていないフリーグループは参加条件を満たしていないことになるが、人数別で参加する課題は基本的に2人以上である場合が殆《ほとん》ど。つまり単独で行動している高円寺が参加できるのは1人から参加できる条件の課題に限られるため、この場にいる3年生は同様に参加資格を持つということになる。

しばらくは取り乱すこともなく付け回していた3年生たちだったが、少しずつ焦りのようなものが生まれだす。

歩く高円寺の速度は、傍目《はため》に見れば競歩と見間違うほどに速く、追いかけるだけでスタミナの消費が激しい。単に同じ速度で歩くだけでも、強烈に疲れを感じ始めていた。

慣れない歩行速度に合わせざるを得ないため、どっと疲れが押し寄せて来る。

いっそのこと走ってくれた方が楽なくらいだ。

「高円寺！　強がってんじゃねえぞ！」

空元気で突き進んでいるだけだと判断している三木谷《みきたに》が焦り叫ぶ。

「やれやれ騒がしいねぇ。それじゃあ、少しだけペースを上げさせてもらおうかな」

そんな言葉と共に、高円寺が歩き出す。

「今度は逃がすな！　囲め！」

距離を取りつつ追っていた3年生たちが同時に高円寺へと詰める。

だが、閉じ込める前にその網を高円寺が一瞬で抜けていく。

「嘘《うそ》だろ――――!?」

そんな3年生の言葉は風にかき消される。

駆けだした高円寺の足は、まるで整備されたグラウンドを駆けるように鮮やか。

そしてスプリンターも顔負けの速さで木々の間を抜けていく。

12人からなるフリーグループと呼ばれるメンバーたちの多くは体力自慢。

ＯＡＡ上でも身体能力はＢ以上ばかり。

多くの課題を独占するために南雲《なぐも》と桐山が集めた、いわば兵隊たちだ。

「追え！　絶対に逃がすなよ！」

「待て三木谷《みきたに》、勝手な行動をするな！」

「うるせえ！　二度も逃がしてたまるかよ！　捕まえて強引に引きずり倒せ！」

指示を無視して、三木谷たちは高円寺《こうえんじ》を追いかけていく。

「バカが……」

追いかけるか一瞬迷った桐山《きりやま》だが、冷静にタブレットを見て戦略を練り直す。

意味もなく高円寺が走り出したとは考えづらい。

指定エリアを目指しているのか課題を目指しているのかを検討する。

「近場で高円寺が参加できる課題はE３の１箇所。だが報酬は１位で８点か……。着順報酬１位の10点を最優先してもおかしくはないが……ヤツの指定エリアはどこだ？」

方角的にＤ４が濃厚だが、それ以外のランダムエリアということもある。

「……分析するのに向かない相手だな」

思考が滅茶苦茶《めちゃくちゃ》な以上、理屈は通用しない相手であることを桐山は痛感する。

3

結果、高円寺が目指したのはE３の課題だった。

瞬く間に目的の課題に到達し、参加を受け付け。すぐにその足を止めた。

遅れること数分、三木谷たちが高円寺に追い付く。しかし高円寺の後に1人が受け付けし定員となったことで課題が終わるまで待つことを強いられる。課題は『英語』のテスト。1年生から3年生まで参加者は存在するが、内容のレベルは統一されている。

結果は3年生でも秀才とされる堂道《どうみち》が1位を取ったが、僅差で高円寺が2位を獲得。4点が付与される結果となった。

教員たちの目があるため、課題の場所から高円寺が離れたところで一気に三木谷たちが詰め寄る算段だったが、その監視の目が消える前に高円寺は駆け出す。

追い付くことのできない速さを持つ高円寺を追いかけ回すだけの後手後手を強いられることとなった。

次に高円寺を囲い込めたのは、三度目の指定エリアに到着した午後3時前。

三木谷たちは三度追い詰めることに成功する。

「なかなか君たちも頑張るねぇ」

「俺たちもなりふり構ってられないんだよ！」

11日目、課題という課題を先回りしようとした結果、一度たりとも阻止できず。

3年生としてのプライドはズタズタに引き裂かれたと言っても過言ではない。

そしてこの結果を知った南雲《なぐも》は強く落胆するだろう。

もはや、こうなっては穏便という言葉は意味を持たない。

「これは最後の警告だ高円寺」

桐山《きりやま》はフリーグループに高円寺《こうえんじ》を包囲させ、そう告げる。

「明日1日だけでいい。俺たちに従って何もせずジッとしていろ。それだけだ」

1日抑え込めば、それで南雲《なぐも》は1位のまま確実に逃げ切れる。

重要なのは高円寺に再び1位を取らせないことにある。

「お、おい南雲は2日間抑えろって……！　明日と明後日《あさって》やるべきじゃないのか？」

「明後日はもう上位グループを確認できなくなる。猛追してくるグループは無いと思うが、誰かを抑え込むよりも自分たちの得点を伸ばすことに集中すべきだからな」

これは高円寺の状況を身近で見た桐山の独断だった。

「高円寺に合計3日を割くのは得策とは言えないだろう」

「なら、最小限の見張りだけ残して2日足止めさせればいい！」

「それを高円寺が呑《の》むと思うのか？」

1日だけなら高円寺は上位2位か3位をキープできる可能性は十分ある。

しかし2日も放置となれば表彰台からの転落のおそれも出てきてしまう。

「敗北する状況を素直に受け入れるはずもない」

「それはやり方次第だろ」

ここまで不満を抱えつつ桐山に従ってきた三木谷《みきたに》が反旗を翻《ひるがえ》す。

「……おまえに出来ると？」

「出来るさ。やってみせたなら、俺にAクラス行きのチケットを用意してもらう」

そう言い、三木谷は桐山を押しのけるように一歩前に出た。

そして高円寺に対し言葉を向ける。

「話は聞いてただろ。明日、明後日とおまえにはここでジッとしていてもらう」

「そういうお願いかね？」

「いや、命令だ」

「聞けない願いなのだが、断るとどうなるのかな？」

「最悪おまえには退学してもらう」

そう言って、三木谷は数人の仲間を高円寺へと近づけた。

言葉にはせずとも、それが暴力による制圧であることは火を見るよりも明らか。

脅しを受けても高円寺は不敵な笑みをやめず、3年生たちの出方を窺《うかが》っている。

「答えないってことは従うってことでいいのか？」

「私は誰にも従わないさ」

「なら、従わざるを得ないようにしてやる。いいな？　桐山」

「高円寺が従っているうちは、おまえの判断に任せる」

鼻で笑うように、三木谷は強気な姿勢を崩さない。

だが11日目最後の指定エリアが発表されると同時に高円寺は立ち上がる。

それを見て慌てて三木谷も直接指示を飛ばし、囲い込んだ。

「言ったろ。ここでジッとしてろってな」

肌が触れ合うほどの距離のため、高円寺《こうえんじ》が移動するには強引に3年生たちを押しのけるしかない。

「美しい状況とは言えないね。私は男色を好まない」

「ならどうする。もしおまえが突き飛ばすような真似《まね》をしたら宣戦布告と取る」

「フフ、そうかね」

笑いながら高円寺は一歩を踏み出す。

もちろん、その大きな一歩は目の前にいる三木谷《みきたに》に触れるには十分な移動だ。

しかし腕を使って強引にどかそうとするような素振りはない。

ただ普通に歩き出したため、肩と肩がぶつかり合うような形になる。

要は手を上げず力で強行突破しようという試み。

突き飛ばしと取れなくもないが、三木谷は体躯《たいく》の良さからも踏みとどまることに自信を覗《のぞ》かせる。足が速いことと、パワーは別問題であることを証明する機会。

「っ！」

だがまるでゆっくりと大岩がぶつかってきたような感覚を覚えた三木谷は、気が付くと道を明け渡すように横へと強制的に移動させられていた。

対して高円寺は、障害物に当たったという様子も見せず、粛々《しゆくしゆく》と歩き出す。

「てめ、待て！」

慌てて高円寺の肩を掴《つか》む三木谷だが、生半可な力では止めることも出来ない。

ここで見す見す高円寺を行かせてしまっては間抜けな展開を繰り返す。

そう判断した三木谷が抵抗するも、高円寺の足は止まらない。

桐山《きりやま》にそんな様子を見られた三木谷は、舌打ちをした後頭を切り替える。

仲間を１人呼びつけ、高円寺を２人がかりで止めようとする。

引きずられるような形で足止めに加わった諸岡《もろおか》が体勢を崩した。

そして大げさに倒れ込み、痛がる素振りを見せた。

それを見るなり、三木谷は正面に回り込んで高円寺の歩みを強引に止めた。

「ってぇ！　腕折れたかも！」

サッカー選手のアピールのように派手に喚《わめ》き散らす諸岡。

「大変なことをしてくれたようだな、高円寺。諸岡が怪我《けが》しただろ」

「まるで当たり屋だねぇ」

「何を言おうと、諸岡を突き飛ばした事実は変わらないぜ」

全員が立場の逆転とばかりに、高円寺を完全に逃がさないための囲い込みをする。

先程までの控えめな戦略は鳴りを潜めた。

「流石《さすが》に私としても見過ごせない展開になってきたようだね、さてどうしたものかな」

「俺ら先輩を殴り飛ばしてでも進んでくって顔してやがるな。だが、万が一片っ端から殴り飛ばしたとなると大問題だぜ？」

手を出せるはずがないよな、と先回りして釘《くぎ》を刺す。

しかし高円寺《こうえんじ》は否定することなく三木谷《みきたに》の後に続けた。

「私は私の進撃を止める人間に容赦するつもりはない、まして牙を剥《む》けてくるのならね」

暴力をも辞さないという答えに、三木谷の表情が一瞬固まる。

「俺たちが学校側に申告すればどうなる」

「どうなるもなにも、後輩を大勢で沈めようとした君たち3年生の名に汚点が刻まれることになるだけじゃないのかな？」

三木谷たちの腕時計が正常に動いていることは確認するまでもない。そうでなければ高円寺より先回りして課題にエントリーするという狙いそのものが成立しないことになる。

「そろそろいいかな？　君たちに付き合わされたお陰で、着順報酬獲得に陰りがさしたのだから」

指定エリアが発表されてから既に10分以上が過ぎた。

ライバルたちは続々と高円寺が向かうべき指定エリアに向かっていることだろう。

ここから巻き返しの1位も可能性としては十分あるが、どうなるかは不透明だ。

「悪いが……行かせねえよ」

固い決意の元、三木谷は高円寺とやりあうことも辞さないと口にする。

「いつまでも優しくはしてられないんだぜ、こっちも」

「私に対して牙を剥くということかな？」

ここまで高円寺の空気感に惑わされていた3年生たちだが、自分たちの役目を思い出す。

後輩相手に大勢で囲む情けない図だとは理解しつつも、それが生き残るための唯一の策ならなりふり構ってはいられない。

　通常なら、そんな後のない気配を相手も悟るものだが高円寺は違った。

　自分以外に興味を持たない男は、ここでどう対処することが美しい展開になるかだけを考えていた。無人島生活の中でも手入れを欠かさない女性顔負けの艶《つや》やかな金髪。わずかに乱れたその前髪に軽く触れ微笑《ほほえ》む。

　それに一瞬畏怖《いふ》した三木谷は距離を取る。

「タイムイズマネー、早く来たまえ」

　迎え入れる態勢を整えた高円寺が両手をゆっくりと広げ、3年生たちの攻撃を受け入れる仕草を見せた。

「いいんだよな三木谷？　マジでやっちまって」

「……ああ。いざとなったら高円寺を抱いて落ちるだけだ。やるぞ！」

　掛け声と同時に、一気に3人の生徒が高円寺へと突っ込む。

　1人が背後から羽交い絞《じ》めにするため、残りの2人は正面と左側から。

　一見すると同時に飛び掛かっていて対処が難しいように思えるが、この3人が特段喧嘩《けんか》慣れしているわけでも、連携がとれているわけでもない。

　ただ似たようなタイミングで高円寺に対抗しようとしているだけ。

　誰も本気で殴ろうとしていない、どちらかと言えば他人任せな思考が中心。

高円寺《こうえんじ》は全てを華麗なステップで避《よ》け、驚いた3年生同士を正面衝突させる。

「って、おい気を付けろ！」

「そっちもな！」

美しいコンビネーションとは程遠い。3年生たちがいがみ合うように文句を言いあう。

「おまえら本質を見失うな、狙いは高円寺だろうが」

この場で喧嘩《けんか》慣れしている三木谷《みきたに》が、自爆しかけていた仲間に呼びかける。

4

僅かな時の後、高円寺の周りには疲れ果てた3年生たちが膝をついて息を荒らげていた。

一発たりとも拳を向けることなく、攻撃を無効にし続けることで心を折ったのだ。

「はあ、はあ……くそっ、何なんだよテメーは……。マジで化け物だな。つか、さっきも俺たちを振り切ることだって、もっと簡単だったんじゃないのか……」

畏怖《いふ》して三木谷が離れた時も、隙を突くことが出来たと気付く。

「いつまでも付きまとわれるのは面倒だからねぇ。枯れ葉が何度も私の頬を叩《たた》くのは気持ちの良いものではないさ」

それを聞いていた桐山《きりやま》は、この苦しい状況下でも慌てず分析する。

「なるほど。確かに今の三木谷ならどこまでもおまえを追う覚悟だったからな。ここまで圧倒的な実力差を見せつけられたら心が折れてしまうだろう。しかし反撃もせずに相手の心を折るなんて芸当、思いつくのもそれを有言実行できるのもおまえだけだろうな」

指定エリアの着順報酬を捨ててでも、ここで3年生の反撃の芽を摘んでおく。

そう判断した高円寺に桐山たちは足元をすくわれることとなった。

「大丈夫か、三木谷」

「あ、ああ。怪我《けが》はない……っつ」

転んだり、自爆の形で地面に叩きつけられることになった生徒もいたが全員がほぼ無傷。せいぜい僅かに手を擦りむいた程度で済んでいる。

圧倒的な力の前に、拳を振るうまでもない差を見せつけられた形だ。

「では私は行くが構わないかな？」

「好きにしろ高円寺」

「では、失礼するよ。アデュー」

もはや誰にも止めることは敵《かな》わず、高円寺は去ってしまった。

そのあと、三木谷が傷心したまま呟《つぶや》く。

「何なんだよあいつ。ホントに高校生か？」

「計算通りにはいかない相手は、いつ何時でもいるものだ。南雲《なぐも》のようにな」

「結局俺たちはいつまでも、こんな地べたを這《は》いずることしかできないのかよ」

自分の不甲斐《ふがい》なさに、悔しさで握りしめた拳を地面へと打ち付ける。

「あんな変人の後輩に！　バカにまで！　されて！　くそ！　くそっ！」

「まだ俺たちの戦いは終わってない」

既に姿の見えなくなった高円寺《こうえんじ》の方角へと視線を向け、トランシーバーを手に取る。

「おまえ、俺の失敗を南雲《なぐも》に報告するつもりか？」

「そんなことをして何の得がある。俺はもう勝ち上がりを決めている人間だぞ」

「そ、そうだったな」

「心配するな三木谷《みきたに》、高円寺が規格外なことは最初から想定済みだ。だがどんな相手にも必ず弱点は存在する。大は小を兼ねる、と言うだろ」

三木谷はそんな桐山《きりやま》の言葉にどこかありがたさを感じながら、静かに頷《うなず》く。

しかし一方で桐山は、最初からこうなることを想定していたため僅かな動揺もない。

確実に邪魔者を排除したと確信している高円寺に、一泡吹かせるための戦略。

大人数で妨害しておきながらほぼ実害を与えられなかった。結果、3年生など大したことがないという印象を高円寺は強く抱いただろう。それこそが桐山の狙いだ。

5

11日目、午後5時前。最後の指定エリアJ10にギリギリ辿《たど》り着《つ》いたオレは、その景色に一度目を奪われる。得点や物品を課題から収集することは重要だが、それ以上に気を付けることは得点操作。常に11位付近をキープするのは意外と難しい。指定エリアを踏んでペナルティを受けないようにすることと、10位の得点獲得に合わせてこちらも張り付くように点数を取っていく必要があることだ。

昨日の試験10日目は3回目の基本移動でＦ４の次にＢ９のランダム移動が発表され、早々に断念。次の４回目のＣ９も辿《たど》り着《つ》かず2連続でスルーすることになった。今朝1番の基本移動Ｃ８で何とか追い付きペナルティが回避できたのもつかの間、今度はＨ９のランダムエリアに間に合わず、Ｉ９で追い付くというタフな時間が続いた一日だった。

一度でも長距離先にエリアを指定されると、それに振り回される移動が続いてしまう。

全体の得点が伸びて来ない一番の理由を改めて痛感した。

きつい斜面と岩場だらけの道を抜けた先に辿り着いたＪ10だが、前方から話し合うような男女の声が聞こえてきた。

風に乗ってきているためか、上手《うま》く聞き取れないがどことなく聞き覚えがある声だ。

知り合いかも知れないと思い少し覗《のぞ》いていくことにした。

その声は西側、つまり海の方角から聞こえて来る。

そこでオレは1つのグループと遭遇する。2年Ｂクラスの女子3人で構成されたグループで、メンバーは磯山渚沙《いそやまなぎさ》、諸藤《もろふじ》りか、椎名《しいな》ひよりの3人だ。

……と、更に2年生の別グループの3人もいる。見かけるのは試験開始日以来だな。

石崎大地《いしざきだいち》、西野武子《にしのたけこ》、津辺仁美《つべひとみ》だった。

元々テーブルは違ったはずだが、今回の指定エリアは重なったか？

「あら？　綾小路《あやのこうじ》くんじゃないですか」

5人は会話中でこちらにはまだ気づいておらず、オレの前方にいたひよりだけが気配を感じてかこちらの存在に気が付いた。目が合うなり手を振ってきた。

「思ったよりも元気そうだな」

「皆さんに頑張っていただいてます。グループの最大人数も6人にまで拡大しました」

それで石崎《いしざき》たちと合流したってことか。

正直能力としては物足りない生徒も多いようだが、ひよりは頭脳面では強く貢献できるだろうからな。そっちのサポートだろう。しかしその分身体能力はお世辞にも高いとは言えない。グループメンバーを考えても、バランスよく機能していると言えるだろう。

「最初から石崎たちと合流する予定だったのか？」

「そうですね。合流の優先順位が幾つかありまして、その中の1グループです」

否定することなく認め、視線を向けた先では、石崎たちが疲れを癒《いや》すように間もなく沈み出すであろう太陽を見つめながら談笑していた。

基本的に2年Bクラスで構築されたグループだけに仲は良さそうだ。

唯一違うクラスの津辺《つべ》も上手《うま》く溶け込んでいる。

「綾小路くんは、体調はお変わりないですか？」

後続から誰もやって来ない様子を見ても、特にひよりは気にしていない様子だ。

「ああ。今のところなんとかな」

「心配はいらないかと思いますが、気を付けてくださいね。怪我《けが》1つでリタイアしてしまうおそれもありますし」

「分かってる」

手招きされたので、オレはひよりの横に腰を下ろすことにした。

「あと3日ですね」

「そうだな」

特に、深い意味があって聞いてきたわけじゃないだろう。

それ以降、オレたちは静かに海を見つめて英気を養う。

大体友人やそれに近しい人間に会った時、今の状況はどうかと聞かれるケースが多い。

生き残りを賭けた戦いである以上、どうしても気になるものだ。

ところがひよりは、オレに対して点数がどうであるかを聞いてくる気配はない。

興味がないというよりも、オレが退学するはずないと信じているように感じ取れる。

「おい綾小路《あやのこうじ》じゃん！」

やっとこちらに気が付いたのか、石崎《いしざき》が何故《なぜ》か物凄《ものすご》く嬉《うれ》しそうな笑みを見せた。

残りのメンバーもすぐにこちらに気付いたようだが、近づこうとする石崎の肩を掴《つか》む。

「なんだよ」

「邪魔しないの」

「は？　別に綾小路が嫌がってるわけじゃないだろー？」

「そうじゃなくって……」

「まあまあ。そういうところが石崎くんの良いところじゃない」

「いや、良いとこ？　単に空気が読めてないだけともいうんだけど」

「それは……うん、否定できないかも」

西野《にしの》と津辺《つべ》も随分と打ち解けあうようになったな。

無人島での長期間にわたる戦いで、多くのグループに見られる光景だろう。

共に退学を避けるために全力で協力し合っていれば、些細《ささい》な壁の隔たりなどあっさりと乗り越えてしまう。

しかしそれは同時に、残酷なことでもある。

この特別試験が終われば再びクラス別の戦いが再開され、蹴落としあう未来が待つ。

その時、正常な判断が出来なくなる生徒も少なからず出てくるだろう。

「邪魔しちゃ悪いな」

Ｄクラスのオレがいると積もる話も出来ないだろうと判断し去ろうとしたが、慌てて石崎が駆け寄って来るとオレの肩を掴んだ。

「男１人で肩身狭いんだよ、ちょっと付き合ってくれよ綾小路～」

「付き合うって……」

「どうせもう今日は試験ないんだし、おまえもＩ９辺りでキャンプ予定だったんだろ？」

指定エリアであるＪ10は風も強く地面も岩だらけのため、テントを張るには適していない。そういう意味では石崎《いしざき》の言う通り海沿いを避けてＩ９辺りにするつもりだったが……。

「素敵なアイデアですねっ」

賛成とばかりに、立ち上がったひよりも近づいてくる。

この２人は比較的オレと仲がいいため問題も少ないが、他の女子はどうだろうか。

「いいんじゃない？　綾小路《あやのこうじ》くんは人畜無害そうだし」

「そうだねー」

と、どうやら反対意見は１つもないようだった。

何というか、厳しい特別試験に挑んでいることを忘れてしまいそうになるくらい、居心地が良く和やかな空気を持ったグループだと思った。

この手の雰囲気は一之瀬《いちのせ》のクラスに多く見られる傾向だが、龍園《りゅうえん》のクラスも少しずつ変革が起こり始めているということだろう。

6

「綾小路先輩、綾小路先輩っ……！」

眠りについていた深夜、オレを呼ぶ声が聞こえて目が覚めた。

その声は静寂な周囲に聞かれないような小声で、テントのすぐ傍《そば》から聞こえる。

腕時計で確認した時刻は真夜中の2時半を回ったところだった。

「私です、七瀬《ななせ》ですっ」

すぐに意識を覚醒させテントから外に顔を出す。暗闇の中タブレットの光で七瀬の慌てた姿が映し出される。

「こんな時間にどうした……怪我《けが》はないか？」

「平気です、先輩と同じＩ9に居ましたから。実は夕方、遠くから姿もお見かけしていたんですが、宝泉《ほうせん》くんと行動を共にしていたので接触は避けることにしました」

「……それで？」

「至急、お伝えしておきたいことがありまして……。今日……いえ、もう日付が変わってしまったので正確には昨日になりますが、宝泉くんから12日目に綾小路先輩に対して1年生で大掛かりな仕掛けを打つと聞かされました」

「大掛かりな仕掛け？　七瀬もそれに参加するように言われたのか？」

「あ、いえ、えっとですね、順を追ってお話しします」

呼吸を落ち着かせ七瀬が説明を始める。

何日目の段階かは不明だが、宝泉は高橋《たかはし》、八神《やがみ》、椿《つばき》、宇都宮《うとみや》に呼び出されたがそれを無視した。だがそのメンバーの遣いと思われる生徒がトランシーバーを持って9日目に現れ、改めて宝泉に協力を要請してきた。その内容はこうだ。

無人島試験終盤、オレをリタイアに追い込むというもの。

そして単独で行動する上級生を同様に追い詰めてリタイアさせることを狙っていると。

具体的な内容は当日に連絡するとのことで、トランシーバーは今も宝泉《ほうせん》が持っているらしい。だが宝泉は協力しあう気など更々なく、協力するフリをして利用する算段だと七瀬《ななせ》は聞かされたようだ。やはり終盤に仕掛けてくるか。『事前』に手を打った甲斐《かい》がある。

「決行日や具体的な内容をギリギリまで伝えなかったのは正解だな」

もし、日付や内容までこちらに漏《も》れることがあればその対策もしやすい。

事実裏切る可能性のある宝泉には未《いま》だ詳細な作戦内容は届いていない。

「指揮しているのは？」

「分かりません。ただ、トランシーバーで話していた相手は椿《つばき》さんがメインでした」

「あまり表立って色々するタイプには見えなかったけどな」

「それは同意見です。Cクラスはどちらかと言えば宇都宮《うとみや》くんを中心に動いている印象でしたから。ただ、宇都宮くんと宝泉くんは仲が悪いと言いますか、話し合いになるとすぐに喧嘩腰《けんかごし》になるので、意図的に椿さんを仲介役にした可能性も」

それもあるし、八神《やがみ》や高橋《たかはし》といった人物が裏で糸を引いていることもある。

「決行日が分かっただけでもありがたい。深夜とはいえあまり長居はしない方がいいだろう。オレに情報を流したと知られると後々面倒なことにもなる」

こっちはともかく、七瀬の今後の学校生活に支障をきたす可能性があるからな。

良くも悪くも、宝泉とは同じ1年Dクラスで過ごさなければならない。

宝泉に悟られる前に帰るように指示を出す。

「はい、また何か大きな動きがあったらご連絡します」

「あぁいや、それはありがたいがこの無人島試験はここまでで十分だ。もし1年生の動きを察しても教えに来る必要はないし、下手に手助けしなくていい」

「しかし――――」

「七瀬には十分な情報をもらった。あとは宝泉天沢《あまさわ》のグループの1人として、やるべきことをやった方がいい」

ここで七瀬が信用を全て失ってしまえば、今後情報が降りてくることはなくなる。

そうなると利用価値もグッと下がってしまう。

「綾小路《あやのこうじ》先輩がそう仰《おっしゃ》るなら……分かりました」

深く頭を下げ、そうと決まればと七瀬は小走りに闇夜の中に去っていく。

後ろ姿が見えなくなったところで、オレはタブレットを取り出し少し考える。

すっかり眠気は消し飛び、画面と見つめ合う時間が始まる。

七瀬が耳にした情報そのものは本物だと断定していいだろうが、その情報通りに物事が進むかは別の問題だ。1年Ｄクラスの詳細は不明だが、宝泉は龍園《りゅうえん》に似たタイプの力でクラスを制圧し行動する人間。ただし似て非なる部分として、障害に対しては自身が中心となって突破を図る傾向にあるということ。

そんな中、入学当初から宝泉は七瀬を傍《そば》に置いていた。

確かに七瀬《ななせ》は普通の高校1年生が持ち合わせない強靱《きょうじん》なメンタルを持っている。それなりの学力と身体能力の高さから、重宝される存在であることは疑いようがない。

だが宝泉《ほうせん》の七瀬に対しての信頼度は全く不明なままだ。

もし信頼していないとすれば、七瀬に1年の奇襲作戦を聞かせるだろうか。七瀬がオレの味方についた、という考え方は宝泉単体では持てないと思うが、違和感のようなものを覚えたとしても不思議はない。天沢《あまさわ》が噛《か》んでいれば筒抜けの可能性もあるが……。

どちらにせよ1年生の襲撃計画は驚くことではない。元々懸賞金を懸けられているオレを無人島試験で狙ってくることは最初から想定済みだ。七瀬が報告に来てくれたことはありがたかったが、こちらの計画が変わることは何もない。

7

それからは少しだけ眠った後、朝6時を迎えたところでGPSサーチを起動する。もし今日決行するのなら、宝泉を含め主要な1年生たちに変わった動きがみられるはずだ。

「位置取りは───変わったところはないな」

唯一同じテーブルである宝泉は近い位置にいるものの、それ以外は誰もが3マス以上離れている。今はまだ何かを仕掛けている様子はない。人目につくところで襲うことは考えられないので、近くに石崎《いしざき》たちがいるうちは安全だと思っていいだろう。

ひよりや石崎たちも目を覚まし始め、今日12日目の試験の準備を始める。

全員の準備が整ったところで一斉に歩き出す。

「朝からここを登るなんてしんどいぜー」

まだ寝起きで頭が覚め切ってない石崎が不満を垂れる。

「仕方ないっしょ。いきなり指定エリア踏んだら損しちゃうんだしさ」

そんな石崎に西野《にしの》が突っ込む。

こんな調子で10日以上もやり取りしているんだろう。

残りのメンバーは聞き流すかのように、歩くことに集中している。

「綾小路《あやのこうじ》くん、試験中ずっと1人で寂しいと思ったりはしませんか？」

隣を歩いていたひよりが、そうオレに聞いてきた。

「特には感じないな。むしろ気楽さの方が勝ってる」

「私は……やっぱりちょっと寂しかったり怖そうだなって思ってしまいます」

「怖い、か。なんかひよりが怖がってる姿は想像できないな」

いつものほほんとしているから、その手の話題にも鈍感なイメージがある。

心霊的な現象が起きても『凄《すご》いですね～』と言いながら手を叩《たた》いていそうだ。

「これでも結構怖がりなんですよ、私。だから綾小路くんが凄いなと素直に感心します」

「オレよりも堀北《ほりきた》や伊吹《いぶき》の方がよくやってるんじゃないか？」

孤独との戦いが長引くほど、精神状態も弱っていくため、考えなくていいことまで考えてしまうようになる。

風の音や木々の揺れる音にありもしないものを感じ始める。

「確かに……女の子1人で無人島生活は……私には無理です」

想像して、ひよりがちょっと怖そうな表情を浮かべた。

珍しい一面を見ることが出来たのも、この無人島試験ならではだろうか。

「つーか、おまえらってホント仲いいよな」

いつの間にか先を歩いていた石崎《いしざき》が振り返り、オレたちを見てそう言う。

「あんたはもう、余計なことに首突っ込まなくていいの」

すぐ西野《にしの》に首根っこを掴《つか》まれるが、石崎は構わず続ける。

「もうおまえら付き合っちまえよ！　そんで俺たちのクラスに来ようぜ？　な？」

「飛躍させ過ぎだっつの！」

強烈な拳が西野から振り下ろされ、石崎が頭を抱えて悲鳴を上げる。

「面白いですね、石崎くんって」

フフフと笑いながら、ひよりは気にした様子もなく応える。

ま、いちいち石崎の言葉を真に受けていたら大変だからな。

オレもサラッと聞き流すことにしよう。

「痛《いて》えなあもう。綾小路《あやのこうじ》を仲間に引き入れるためなら必要なことだと思わないかー？」

「全く思わないいし。あんたこそ綾小路くんに随分とご執心じゃない」

細かい事情まで知らない西野たちにしてみればそっちの方が不思議だろう。テストで満点を取ったことだけでは、過剰な勧誘に映るのも無理はない。

「そりゃまあ、なんつーか？　……波長が合うんだよ波長が」

「波長って。あんたと波長の合う奴《やつ》なんているとは思えないんだけど」

手厳しい西野の返しに、石崎が堪《たま》らず助けを求める視線を送ってきた。

「そんなことはありませんよ。石崎くんってこう見えてアレですし」

フォローするようにひよりが言うが、揃《そろ》って全員が首を傾《かし》げる。

「アレって？」

「アレはアレです。それ以上のことはお答えしようがありません」

「……そ、そう。とりあえず良かったじゃない、椎名《しいな》さんに褒めてもらえてさ」

「お、おう！　アレってよくわかんねーが、褒められるのは悪い気がしないよな！」

多分具体的には思いつかなかっただけだと思うぞ。

そんな残酷なことを言えるはずもなく、オレは静かに聞き流した。

その後、朝７時を迎えて発表された一回目の指定エリアはＨ10だった。

ひよりたちはＪ９と違う指定エリアで、競い合うことはなさそうだ。

同学年で取り合いになるのは喜ばしいこととは言えないので、ありがたい。

「ここまでだな綾小路。またな」

「ああ。試験も残り少しだ、気を抜かずに頑張ってくれ」

石崎《いしざき》にタッチを求められたので、それに応じてから互いに別々の道を進みだす。

少し歩いて、背後から声が聞こえてきた気がした。

振り返ると、石崎やひよりがこちらに手を振っていた。

オレも別れの挨拶として手を振りH10を目指すことにした。

この日は惜しまず1時間置きにGPSサーチを繰り返したが、1年生たちの動きに変わったところは見られず午後5時を迎える。

七瀬《ななせ》が危険を冒してまで伝えてくれた12日の仕掛けという情報は空振りだったということ。七瀬の裏切りを知っている天沢《あまさわ》が情報漏《も》れを指摘した、あるいは今日決行するつもりだったが、何らかのアクシデントで延期、中止になったか。

どちらにせよ明日13日目と最終日も気を抜くことは出来ない。今日の基本移動の3回目と4回目は、ランダムエリアの影響で二度スルーを強いられた。

順位はそれほど落とさなかったが、サーチが響き16位にまで後退した。

明日は何としても指定エリアを踏んでおかないといけない。

○それぞれの思惑

時系列は、七瀬が綾小路《あやのこうじ》の下から離れた翌日の無人島試験9日目に遡る。

3人グループを組みながら、初日からずっと単独行動を送っていた宝泉《ほうせん》は朝7時の指定エリアが発表されてからもテントの中で横になっていた。

朝8時過ぎそんな宝泉の元に1人の影が近づいてきて、声をかける。

「おはようございます、宝泉くん」

「あぁ？」

「私です、七瀬です」

「んなことは声で分かんだよ。何しに来た」

「何しにとは？　私たちはグループですし、接触することは不自然ではありません」

真面目な返答だが、それを聞いた宝泉が鼻で笑う。

「おまえがそれを言うかよ。綾小路とは随分お楽しみだったみたいだが、成果は？」

「……ありません。私が敵《かな》う相手ではありませんでした」

「ハッ、どうせ女の武器も使わずに正面から挑んだんだろ？」

「女の武器……ですか？」

なんのことだか分からないといった声に、呆《あき》れた宝泉が続ける。

「胸はデカい癖に、頭の方はまるでダメだな」

「あの、胸の大きさと頭との関係性がイマイチ分からないのですが」

「もういい。で？　その報告をするためだけにここに来たのか？」

タブレットを取り出した宝泉《ほうせん》は、迷わずＧＰＳサーチをかける。

七瀬《ななせ》が誰についているか分からない以上、周囲を警戒しておく必要があると判断したからだ。しかし周辺には宝泉がマークしている人間の影はない。

「私一人で綾小路《あやのこうじ》先輩を退学させようと企《たくら》んだのは失敗でした。そこで、宝泉くんのお力も借りられればと思って来たんです。計画があるのなら聞かせてください」

勝手な行動をしておいて、今の段階で仲間に入れてくれという七瀬を宝泉は簡単に信用しない。というよりも元々誰かを信用したりはしない。

「失《う》せろ、俺は俺でやる」

「……考えが変わるまで待たせていただきます」

「んなことより指定エリアに行けよ。おまえに出来るのはペナルティを防ぐことだ」

そう言って追い払おうとするも、七瀬は去る気配を見せない。

宝泉はそれを無視し、目を閉じてやり過ごそうとする。

10分ほど経《た》った頃、七瀬が再び声をかける。

「宝泉くん」

「まだいやがったのか。時間の無駄だぜ？」

「お客さんのようです」

宝泉が薄く目を開けると、七瀬の他にもう1つシルエットが増えている。

「あ、あの宝泉くん……僕です」

「いや誰だよ。知るかテメェなんざ」

名前も言わずに声をかけて人物に威圧的な言葉を返す。

「ひっ……Cクラスの……か、片桐《かたぎり》です」

「知らねえな」

「私が代わりに話を聞きます。どうされたんですか？」

「それが、その、宝泉くんに渡さなきゃいけないものを持ってきたんです」

「渡さないといけないもの？　一体何です？」

「そ、それは宝泉くんにしか言わないようにって……」

興味なさそうに耳を傾けていた宝泉だが、何を思い直したかテントから顔を出す。

そして立ち上がると、その巨体は小柄な片桐を見下ろした。

「つまんねーもんなら殴り飛ばすぜ？」

「っ……これを！」

目を瞑《つぶ》り、恐る恐る震えながら手に持ったトランシーバーを差し出す。

「トランシーバー、のようですね」

「こ、これを。宇都宮《うとみや》くんと話すことが出来ます」

宝泉《ほうせん》に対し怯《おび》えながらも、そう伝える片桐《かたぎり》。

「ハッ。わざわざ雑魚を寄越《よこ》してまで俺と連絡が取りたいってか」

ぶんどるようにトランシーバーを取る。

「わざわざ俺に連絡を寄越すなんざどういうつもりだ。遊んで欲しいのか？　宇都宮《うとみや》」

そうトランシーバーから伝えるが、相手からの返答は戻ってこない。

宝泉はその間にタブレットを操作して、宇都宮の位置を地図上で確認する。

「気づいていないのか無視してるのか知らねーが、最初で最後のチャンスだぜ？」

最終警告に、向こう側から反応が返って来る。

『……おまえに連絡したくはなかった。だが、計画を遂行する上では避けて通れない』

「計画だぁ？　一体なんのことだ」

『もう6日目のことを忘れたのか？』

「あぁ、そういや秘密裏に集まれとか言ってたな。悪いな忘れてたぜ」

綾小路《あやのこうじ》と同行していたため、何も情報を持たない七瀬《ななせ》の表情が少しだけ強張《こわば》る。

それを横目に、宝泉は遠ざかることもなくトランシーバーに耳を傾けた。

『無視することは織り込み済みだ』

「そうかよ。で？」

『俺たちは間もなく、1年生を救済するための作戦を決行する』

「1年を救済だ？」

そう返したところで宝泉は一度宇都宮に音声を送ることを中断する。

急ぎ七瀬はバックパックからタブレットを取り出し、下位10組を表示させる。

現時点で1年生の内合計4グループが退学の危険に晒《さら》されている状況だ。

「私たち1年Dクラスのグループも2つ入っています」

「はっ、そんなゴミが消えようとどうでもいいがな。まさかクラスメイトを助けるために俺が動くとでもあいつは思ってやがるのか？」

「油断しないように。何か企《たくら》んでいるかと思います」

「うるせえよ」

そんなことは百も承知だと、再び宝泉は送信をオンにする。

「何のことか知らねぇが、それと俺に何の関係がある」

既に何らかの駆け引きが始まっていることだけは、肌で感じ取る七瀬。

一応声を殺して聞き入っている七瀬だが、その位置はGPSサーチで一目瞭然。

間違いなく宝泉の周辺を調べた上で話をしているだろう。

向こうもあえて、そのことには触れていない印象だった。

『救済するにあたって、どうしても必要な存在だから……だ』

トランシーバーのため宇都宮の表情は見えない。

しかし宝泉は本心ではない部分が見え隠れしていると感じ取る。

それを見抜けないほど宝泉は間抜けではない。

「誰かにそう言われたのか？　面白いじゃねえか」

『断るなら断れ。俺は筋を通すために話し合いをしているだけで、元々おまえ抜きでも問題なくやれると思っている』

「それならこれで終わりだな。断るぜ」

宝泉《ほうせん》はそう言って、短く返答をすると送信を終える。

直《す》ぐにでも放り出しそうなトランシーバーを握りしめたまま、ジッと反応を待つ。

『……宝泉』

宇都宮《うとみや》は苛立《いらだ》ちながらも宝泉の名前を呼ぶ。

だが、それに対し宝泉は沈黙という答えを返す。

『おまえから協力は得られない、ということだな？』

宇都宮の性格上、宝泉が断った段階で切り上げそうなもの。

それをしないのには別の誰かの思惑が絡んでいるからだと宝泉は読んだ。

「待てよ。誰も協力しないとは言ってねぇぜ」

『……なんだと？』

トランシーバーの向こう側で、宇都宮が少しだけ慌てる。

もはや届いていないことも覚悟した呼びかけだったことが窺《うかが》える。

「ここまで来て俺に跪《ひざまず》いて頼み込むなら、手を貸してやってもいいんだぜ？」

『ふざけるな。誰がおまえに頭など下げるか』

「だったらこの話は無しだ。それでいいんだな？　椿《つばき》」

宇都宮の向こう側で話を聞いているであろう椿に対し、宝泉がそう告げる。

『気づいてたんだ？　それともGPSサーチした？』

「見え見えなことに1点使うかよ。きな臭《くさ》い女ってことは、とっくに分かってんだ」

それは宝泉の嘘《うそ》だった。先ほど使ったGPSサーチで宇都宮と椿が同じ位置にいることに気付いたため、自分の直感のように伝えた。

『やっぱり宇都宮くんだけには任せておけないみたいだね』

宝泉は宇都宮と椿のやり取りを聞いて少し笑う。

「宇都宮を信頼していないってか？」

『宝泉くんとのことに限ってはね。2人が犬猿の仲なのは周知の事実だし、余計な感情が入って交渉が決裂するのは不本意だから』

「それで、1年救済ってのはどういうことだ？」

『もう分かってるでしょ？　下位10組のうち4組は1年生。しかも2組は1年Dクラスから出てる。このまま特別試験が終われば私たち1年生、そして宝泉くんのクラスが被《こう》る被《む》害は大きなものになる』

1年Dクラスを取り仕切る人間にしてみれば、本来は由々《ゆゆ》しき事態。

何とかしなければと焦りを見せていなければおかしい。

しかし宝泉は動じないどころか気にも留めていない。

「で？　まさか下位の1年を全部救済しようってんじゃないだろうな？」

『答える前に1つ。七瀬《ななせ》さんは味方ってことでいいんだよね？』

ここで初めて、七瀬の存在に触れてくる椿《つばき》。

下手な言葉の詰まりや沈黙から情報を集めようとしていた。

「一応な。ゴミばっかりのDクラスで、多少は使えそうな人間だからな」

『そう。それじゃあ気にせず話を進めるけど、正解だよ。今の下位4組も、この先下位5組に沈みそうなグループも全員救済するつもり』

「随分と大層なこと言ってるがテメェに出来るのか？　ここまで、目立った活躍もしてねえのによ。意味もなく俺の貴重な時間を奪ってんなら容赦しないぜ？」

『貴重な時間という割に、ゆっくりしてるみたいだけどね』

その椿の言葉は、宝泉《ほうせん》に対して早い段階からGPSによる監視をしていたことを示す。

「お遊びに、使いっぱしりの片桐《かたぎり》を半殺しにして送り返してやろうか？」

顔つきが強張《こわば》ると、目の前の片桐は委縮《いしゅく》した。

僅かな機嫌の変化で大抵の生徒は怯《おび》み怯《ひる》える。

『調子に乗るなよ宝泉。もし片桐に手を出せば俺がおまえを裁く』

『ちょっと宇都宮《うとみや》くん、今は邪魔しないで』

『しかし――』

向こうで言い合いが始まり、一度通信が途絶える。

「何やってんだか、なぁ？」

「ひっ！」

宝泉の笑顔が不気味に映ったのか、片桐は思わず逃げ腰になる。

「ちっ、つまんねーヤツだな。てめぇはもう行け」

「で、でもトランシーバーが……」

「これは俺が預かっておいてやるからよ」

「だけど……」

「片桐くん、悪いことは言いません。ここは宝泉くんに預けておくべきかと」

間に割って入り、七瀬がそう説得する。

下手に食い下がればどうなるか分からないです、という視線を送りながら。

背後から睨《にら》みつけて来る宝泉の瞳《ひとみ》が片桐の心を砕き、怯えるように背を向け走りだした。

途中転びそうになりながらも逃げ去っていく。

「バカが」

「強引ですね」

「それが俺のやり方だ。おまえももう分かってんだろ」

そんな2人のやり取りの後、椿から応答が戻って来る。

『お待たせ。話し合いを再開していい？』

「それはいいが、片桐のヤツはトランシーバーを置いてどっかに行ったぜ」

『君が脅したんでしょ？』

推理するまでもないと、椿《つばき》が短く答える。

「喧嘩《けんか》に弱《よえ》ぇってのは辛《つら》いよなぁ、勝負する前に決着がついてんだからよ。それはおまえも同じなんだぜ？　椿」

『確かに喧嘩じゃ私は逆立ちしても勝てない。でも、ここだけは別』

「ここ？」

『頭、頭脳のこと』

冗談とは思えない真面目な返しに、思わず宝泉《ほうせん》が笑う。

「ハ……本当に俺よりキレてんなら大したもんだけどな」

『窮地《きゅうち》に陥ったグループを、強引に救いだす方法はある。そのためには1人でも多くの協力者が必要になるの。既に上級生は同じような戦略を使いだしてるみたいだし、1年Dクラスの力も借りておきたい』

だからこそここまで好き勝手してきた宝泉にも、協力を求めたと椿が言う。

「協力したいのはやまやまだが、俺にはやることがあるからなぁ。今も大忙しだ」

指定エリアが解禁されても動いていなかったため、宝泉が時間を持て余していることは椿たちも知るところだが、あえてそう伝えて反応を見る。

『大忙しって……君が綾小路《あやのこうじ》先輩を退学させようとしてること？』

「そういうことだ。クラスのゴミが何人消えようと関係ねえんだよ」

『でもどうやって退学させるつもり？　8日目の朝になっても綾小路先輩は単独で動いてる。なのに下位10組に名前を連ねていない。退学になる条件はルール上この特別試験はグループでリタイアするか得点で下位に沈むかの2択しか存在しない』

そして得点による下位は明らかに望めない状況。

『あとここまでの1週間、リタイアした生徒は何人かいるみたいだけど、グループとしての敗退は今のところ0。厳しい環境になりはじめたここから残りの1週間、どこかでグループの敗退も出てくるかも』

『確かにそうだな。既に食料が限界に達してきてる連中もいる』

椿の傍《そば》で発言する宇都宮《うとみや》の声も入る。宇都宮たちは食料難《なん》で困っている1年生のグループに対し既に何度か差し入れる形で救済している。

『もし先に5つのグループが敗退してしまったら、綾小路先輩を退学させるのは実質不可能だよね？　1年生を救済するってことは綾小路先輩を退学させるための手助けにもなるって考え方が出来るんじゃない？』

ここで始めて宝泉の笑みが弱まり、真剣なものを含み始める。

「それで1年の救済か。ま、悪い話じゃなさそうだが……やり方を聞こうか」

『さっきも言ったでしょ、他の上級生たちと同じように学年で1つにまとまるの。下位に沈んでるグループを余裕のあるグループに吸収して、拾い上げる。必要なら2年生や3年生の下位に沈んでるグループから課題を奪う手も使いたいかな』

「そう簡単にまとまりゃ苦労しないんじゃねえか？　ＡクラスやＢクラスもある。Ｄクラスや Ｃクラスを助けるとは思えねぇな」

『その心配はいらないかな。もう、とっくに協力し合うことが決まってる。あとは宝泉《ほうせん》くんの承諾を待ってる状態だよ』

　1年Ｄクラスが結束することを約束すれば、動き出せる状況にあると言う。

「悪い話じゃねえが、それで勝てる保証はどこにもねえよな。結局のところ同じ戦略を使ってもステージが一緒になるだけだ。経験値の差分、1年が負ける結果は揺るがねえ」

　適当に話を聞いているように見せつつも、宝泉は頭の中で椿《つばき》の作戦を展開する。

　そして1年の救済確率は上がるものの、不利な状況は脱却できないと結論付ける。

『そうだね。このままだと1年生からの犠牲《ぎせい》を0には出来ないかも』

「言ってることがおかしいじゃねえか。1年を全員救済するんじゃなかったのか？」

『全学年が同じ戦略を使ったら、不利なのは1年生。それは宝泉くんの読み通り。だから最終日が終わるまでにグループのリタイアを出せばいいんじゃない？』

　ここで椿の本質、その狙いが浮き彫りになってくる。

『上級生にはまだ単独で動いてる人たちが何人かいるからね、それを沈めればいい』

「なるほどな、単独のグループが5つ落ちれば、確かに1年は全員救えるな」

『勝負を仕掛けるなら全員が疲弊し始めたタイミングだと思ってた。本来は後半戦に入った8日目から10日目に予定してたんだけど、ちょっと想定外のことがあったからね』

宝泉が6日目に姿を見せなかったこと。

悪天候で7日目のほぼ丸一日が潰れてしまって体力を回復されてしまったこと。

そのことはすぐに宝泉の頭にもよぎった。

「で？　俺に頼みたいことを具体的に言ってみろ」

『この試験の主催者からも提案があったでしょ。暴力行為で沈めても構わないって。宝泉くんは強引に綾小路《あやのこうじ》先輩を叩《たた》きのめすつもりなんでしょ？』

「まあ、それしかないからな」

そう答えた宝泉だが本心は違う。

他に幾つの戦略があろうとも、綾小路を潰すときは己の手で直接と決めている。

『でも常に移動している綾小路先輩を単独で抑えに回るのは難しい。だからここまで宝泉くんはその機会に巡り合えなかった。でも広い包囲網があれば別』

その役目を椿が担うと口にする。

『1年生の中に宇都宮《うとみや》くんや宝泉くんを始めとして、喧嘩《けんか》や暴力に自信があり、かつ抵抗のない人間がどれだけいるのかを調べた。徹底して囲い込めば逃げ道を塞《ふさ》げる』

「その場をセッティングするから協力しろってことか」

『うん』

「そんな危ない橋をそいつらが渡るか？　宇都宮はともかく無償で働くとは思えねえな」

『もちろん。協力してくれた人には成功報酬として50万ポイントを支払うことで同意してもらった。宝泉《ほうせん》くんの取り分が減るのは必要経費と思って』

綾小路《あやのこうじ》を退学させて得るプライベートポイントを分け合うという提案。

『待て椿《つばき》。暴力行為は原則としては禁止だ、50万のためだからとそれだけで動くか？』

作戦内容を具体的に聞かされるのは宇都宮《うとみや》も初めてらしい。

そんな声がトランシーバーの向こう側から聞こえて来る。ここで宝泉は、意図的に宇都宮が知らなかったことを椿が漏《も》らしているのだと悟った。

通常トランシーバーはボタンを押している状態でしか相手に音声が送られない。

不都合なことを宇都宮が話すようならボタンを放せばいい。

自らが秘密主義であることを、間接的に伝えてきている。

『もちろん、これを初日の段階で頼んでも無理。心身共に荒れてきた後半戦。生徒たちにかかるストレスは相当なもの。みんな楽になりたいって気持ちと過激になりたいって気持ちの2つがぶつかり合ってる状態。もちろん、最初の一撃を加えるのには強い抵抗を感じると思う。だからこそ、宝泉くんに先頭を任せたいの』

椿は冷静に分析し実現は容易だと話す。

『車通りの少ない、目の前の赤信号を無視したいと思う人は少なくない。だけど他人の目があると最初の一歩を中々踏み出せない。でも1人が渡りだしたら状況は変わる』

その役目を宝泉に任せたいと椿が言う。

「ま、嫌いなやり方じゃねえが学校もバカじゃねえぜ」

『その時は喧嘩《けんか》両成敗。売り言葉に買い言葉で、どっちも退学させてしまえばいい。1年生に指示を出した首謀者として私が責任を持って退学するから』

「あ？」

『私この学校に未練とか無いのよね。だからすぐにでも辞めていいって感じ。私とグループを組んでる子たちにはプライベートポイントと半減カードを持たせてあるから』

計画を企てた椿だけでなく、グループに責任が渡ったとしても大丈夫だと椿が答える。

「自爆できる人間ってのはおっかねぇなあ。見直したぜ」

ここに来て強力な武器を持っていた椿に、宝泉は感嘆の言葉を贈る。

『宇都宮くんには話してなかったけど、計画には反対？』

『……いや。むしろ下手な小細工の方が無意味だと思っていた。俺なりに綾小路を観察していたが、2000万のターゲットにされたのは単なる偶然じゃない。明らかに異様な存在だからこそ狙われることになったと考えてる。ルールの中で陥れようとしても、きっと回避してくる。おまえが覚悟を持つというなら止める権利は俺に無い』

宇都宮は暴力行為に反対していたわけではなく、見通しの甘さを危惧していた。

椿が全責任を負うということなら、状況も変わって来る。

宝泉や宇都宮たちは、あくまでも使われた側だとしたら話は変わる。

何らかのペナルティを受ける可能性はあるが、学校側が何十人もの退学者を出すとは考えにくい。

『綾小路《あやのこうじ》先輩を真正面から退学させることは難しいはず。だからこそ、この無人島っていう監視の目が届ききらない舞台が用意されたんだと私は思う』

『なるほど。偶然じゃないってことか』

宝泉《ほうせん》はタブレットの地図表示をいったん閉じ、録画モードに切り替えた。

「綾小路を暴力でリタイアさせるって計画、おまえ1人で考えたってことだな？　椿《つばき》」

『そういうこと』

「おまえに従ってれば、俺たち1年生から退学者は出ない。保証できるな？」

『約束する。そして万が一の時は私が責任を取る』

それを聞き届けたところで、宝泉は満足し録画を終える。

『ちゃんと証拠は撮っておいた？　私の証言があれば安心でしょ？』

見透かした椿の言葉に宝泉は満足げな笑みを浮かべる。

「で？　いつ仕掛ける」

『それはまだ言えない。決行の情報を簡単に漏《も》らすわけにはいかないからね』

「俺が信用できないってか。秘密主義も結構だが、協力できるものも出来ねえな」

『そのためのトランシーバー、だよ』

片桐《かたぎり》から奪ったトランシーバーは、最初から宝泉のために用意されていたもの。

奪い取られようと、結果は変わらなかったということ。

「そういうことかよ」

『また折を見て連絡するから、よろしく』

そう言って椿は一方的に通信を終える。

「食えねえ女のようだな」

そう笑い、宝泉はポケットの中にトランシーバーを仕舞《しま》った。

「どうするんですか」

「どうするもこうするも、椿の戦略に乗っておいて損はねえだろ。どの道俺は1人でも綾小路を潰すつもりだったからな」

そのためには繰り返しのGPSサーチが必要になってくる。

それらも含め椿側が用意してくれるというなら、タダ乗りするのが得だと判断した。

「こっちは好き勝手暴れられて、責任は全て首謀者の椿だ。美味《おい》しすぎるだろうが」

「逆に怪しい気もしませんか……利用されている、とか」

「それはそれで歓迎してやるぜ。ま、とにかくそういうことだ」

「……私も協力します」

「あ？」

「1年Dクラスのグループは私としても守りたいですから。椿さんから詳細な情報が出てくるまで傍《そば》にいさせてください」

七瀬《ななせ》のその申し出に宝泉は一言、好きにしろ、とだけ答えた。

1

そして時は特別試験13日目、現在進行形の午前6時51分に移る。

宇都宮《うとみや》はテントの傍《そば》で空を見上げていた椿《つばき》を見つける。

「何を考えてるんだ？　椿」

「頭の中で最後の予行演習してただけ。何か用？」

「いや、一応作戦決行前に声をかけておこうと思っただけだ。もしかすると、椿とはここまでの関係になるかも知れないからな」

「そうだね」

これが最後の会話になる可能性もあるため、互いに思っていたことをぶつけ合う。

「どうして俺とのやり取りだけはトランシーバーを使わなかったんだ？」

「顔を見て話さないと相手の本心は分からないからね。宝泉《ほうせん》くんとのやり取りを聞いてたからよく分かるでしょ？」

「そうだな。何を考えてるかまでは分からなかったが、信用は全く出来ない」

「信用できないのは、宝泉くんだからでしょ？」

図星を突かれ、宇都宮はバツの悪そうに顔を背けた。

「私が1年生の中で信頼を置けるのは宇都宮くんだけだから。直接作戦を聞いて、思ったことをそのまま口にしてもらいたかったんだよね」

どこか自嘲さを感じさせる笑みを浮かべた後、また椿は無表情に戻った。

信頼されていると言われた宇都宮だが、確認すべきことがあったことを思い出す。

「準備の方はどうだ」

「さっきGPSサーチをかけた時、1枚撮っておいたスクリーンショット見る？」

そう言って椿はタブレットを起動させGPSサーチした画像を見せる。

綾小路《あやのこうじ》のキャンプ地はE5。1年生たちはD4とE6に陣取っている。

「配置は椿の計画通り完璧だな」

「まあ、ここまで念入りに準備を進めてきたわけだしね。地形も味方してくれてる」

画面を食い入るように見ている宇都宮を、椿はゆっくりと見上げた。

そんな2人のところへ1人、近づいてくる。

「椿さん、少しよろしいですか」

宇都宮と同じグループで1年Bクラスのリーダー的存在、八神《やがみ》だ。

「もう準備は済んでるから話す時間くらいはあるけど……」

怪訝《けげん》そうな顔をする椿は、八神に不満を漏《も》らす。

「実はどうしても耳に入れておきたいことがあります」

「悪いが待ってくれ、その前に八神と話しておきたいことがある」

椿に話をしようとした八神を、宇都宮は強めの口調で呼び止める。

「なんでしょう？」

「昨日は突然姿を消してどこに行っていた」

「すみません、腕時計が故障してしまって急遽《きゅうきょ》スタート地点に戻っていました」

そう言って左手にはめた腕時計を見せる。

「故障だと？　これで二度目だな」

何かを怪しむように、宇都宮《うとのみや》が警戒心を上げる。

「何を企《たくら》んでるんだ八神《やがみ》」

「腕時計が故障しただけで企みを疑われるのは心外ですね。宇都宮くんも何日か前に一度腕時計が故障していましたよね？　それも怪しいということですか？」

「俺の場合は単なる不具合だ」

「僕も似たようなものですよ」

終始笑顔の八神に対し、睨《にら》みつける宇都宮。

「ちょっと2人とも、こんな時に揉《も》めないでくれる？　一応は友達同士でしょ？」

「……すまん。作戦前で少し神経を尖《とが》らせすぎていたのかも知れん」

「僕も少し言葉が過ぎました、謝罪します」

「腕時計の交換で1日使ったの？　それとも別の理由があるなら聞かせてもらえる？」

「今日の作戦実行に関して、僕から1つ椿《つばき》さんにプレゼントを用意していたんです」

「プレゼント？」

「綾小路《あやのこうじ》先輩を追い詰める戦略ですが、必ずしもうまくいくとは限りませんよね？」

大切な作戦実行前に、八神が不穏なことを口にする。

それに過敏な反応を見せたのは椿ではなく、隣に立つ宇都宮だった。

「何を言っている八神。この作戦が失敗するとでも――――」

「失敗する気で作戦を実行するつもりはないんだけどね」

宇都宮の否定に被《かぶ》せるように、椿もまた少しだけ語気を強めて返した。

「もちろん椿さんの立てた戦略は完璧なものです。蟻《あり》の這《は》い出《で》る隙もない布陣と言えるでしょう。僕たち1年生に用意出来る最大の勢力をもって挑むわけですしね。ですから成功を疑ってはいません。ですが、打てる手は打っておく方が良いと思いませんか？」

ペラペラと喋《しゃべ》る八神に胡散臭《うさんくさ》さを感じつつも、椿は静かに問う。

「私としてはイレギュラーなことはしたくないんだけど、話は聞かせて」

実際に八神の提案を受けるかどうか聞いた後で判断すればいいと椿は心の中で呟《つぶや》く。

「今から椿さんは、繰り返しGPSサーチで綾小路先輩の位置を把握しながら追い詰めていくと思うのですが、それには大量の得点を消費することは避けられませんよね」

「そのためにこっちは予備のグループのタブレットも用意している」

補足する宇都宮に、八神は分かっていますと宥《なだ》めるように言った。

「ですが、それは効率が良いとはお世辞にも言えません。何故《なぜ》だか分かりますか？」

「綾小路先輩の指定エリアがどこか分からないから、動きの予測は出来ない」

椿の答えに満足するかのように、八神が一度頷《うなず》く。

「そうです。綾小路《あやのこうじ》先輩の動きが指定エリアに向かおうとするものなのか、課題を追おうとするものなのか、単に逃げるためなのか何を優先し何を切り捨てようとするのか……それを読み切ることが出来れば効率は飛躍的に上昇します」

「それが簡単に分かるなら苦労しない。だから何度でもGPSサーチできるようにタブレットを複数用意してるんじゃない」

「僕なりに、何かお役に立てないかと思い時間をかけて調べたことがあります。それは12あるテーブルの中で、綾小路先輩がどのテーブルに属しているのかということです」

興味なさそうにしていた椿《つばき》の髪をいじる手が止まる。

それと同時に宇都宮《うとみや》の反論も止まった。

「君に分かるってこと？」

「ええ、正確には僕ではなくこの『タブレット』が教えてくれるだけですが」

そう言って、八神《やがみ》はタブレットを1台差し出す。

「これは？」

「1年Bクラス、僕の仲間のグループから借りてきたものです。このタブレットの持ち主は綾小路先輩と同じテーブルですからね」

「つまり、これがあれば今日の綾小路先輩の動きがタイムラグなく分かるってことね」

ゆっくりと頷《うなず》く八神。

綾小路の指定エリアが同じタイミングで判明すれば先回りもしやすい。

「本当に綾小路と同じテーブルのタブレットだと言い切れるのか？」

勢いで呼び捨てになった宇都宮を尻目に、八神は椿と会話を続ける。

「どうやって調べたのか、ということですが――」

「GPSサーチを繰り返し使ってテーブルを特定していった、ってことね」

考えることもなく、椿は方法を見抜いてみせた。

「……流石《さすが》ですね。余計な行動でしたか？」

少しは椿を驚かせられると思っていた八神が、逆に驚くことになる。

「ううん、そのタブレットを貸してもらえるのならありがたいよ。今から消費する得点のことを考えると無駄打ちは極力控えておきたいし。だけどいいの？」

「僕らは一蓮托生《いちれんたくしょう》です。椿さんの成功は僕の成功にも繋《つな》がるんですよ。それに1年生を代表して僕と宇都宮くんのグループは戦ってきましたが、1位から3位までに入ることは難しくなってしまった。こうなると別のところで頑張るしかありませんから」

今日ここに集まれているのも、稼ぐ得点に大きな意味を見出《みいだ》せなくなっているため。

もし1位を狙える位置に付けているのなら、悠長に集まる余裕はない。

そして、その後更に八神は続ける。

「それにこの提案を受けていただかないと、保険を用意することも出来ないですし」

「保険？　一体何の事だ」

「最優先は椿さんの作戦で綾小路先輩を追い詰め、強引にリタイアさせてしまうこと。しかしそれが何らかの原因で失敗に終わってしまうこともある。たとえばその日一日、綾小《あやのこう》路《じ》先輩が第三者と行動を共にした場合です。他人の目があるところでは襲えませんからね」

「その心配はない。8日目以降基本的には単独で行動している」

調べがついていると反論する宇都宮《うとみや》だが、八神《やがみ》は首を横に振る。

「ですが13日目もそうとは限りません」

「確かにそうだね。それで？」

「予期せぬことで失敗に終わった場合は、指定エリアを全スルーさせる方法に切り替えて得点を奪うんです。そして明日最終日の14日目にも三度の移動がある、それを封じます」

「つまりペナルティを5回踏ませるってことか？」

「いえ、最大7回踏ませることが出来ます。綾小路先輩たちのテーブルは昨日12日目の3回目の指定エリアが遠くに出たランダムエリアD4で、その後4回目の指定エリアD2も踏めず合計2回スルーしています。課題を取る方向にシフトしたのは確認済みです」

「仮に7回となると、マイナス28点……バカに出来ない点数だな」

残された時間はたった2日。その間に28点を失うのは相当に痛手だ。

宇都宮は八神の考えていた保険の戦略の大きさに気が付く。

「綾小路先輩は現在も単独です。何点を保持しているかは不明ですが、単独ですからそう多くはないでしょう。それにこちらの襲撃でGPSサーチを使うこともある。先回りして課題も封殺していけば、下位5グループに沈む可能性も十二分にあります」

「まあ、確かにそうだね」

「この保険で綾小路先輩のリタイアに成功した場合、取り分は僕が500万ポイント、椿《つばき》さんたちが1000万ポイントでどうです？　残りの500万ポイントは失敗したグループに分け与えることで納得してもらえるでしょう」

「悪くないアイデアだ、そう思わないか椿」

八神の提案に心底驚いた宇都宮とは対照的に、椿は薄い反応を返すだけ。

「椿、俺は保険を打っておくべきだと思う」

八神の提案を飲むべきだと改めて椿に進言する。

「まあ、同じテーブルのタブレットまで用意してくれたのなら、やらない手はないよ」

だけど――――と一度だけ言葉を詰まらせ、椿は別のタブレットを取り出す。

椿は自分のタブレット、予備のタブレット、そして3台目を見せる。

「そのタブレットは？」

「綾小路先輩と同じテーブルのタブレット」

「なんだと？　いつの間に……」

八神がテーブルを特定するまでもなく、既に椿の手元には必要なものが揃《そろ》っていた。

「椿さんは僕の想像以上だ。この保険の戦略も思いついていたんですね……」

「それならそうとどうして言わなかった」

「ちょっと気に入らなくてさ。指定エリアをスルーさせるって戦略を八神くんにも思いつかれていたこと。すっとぼけようと思ったんだけど、あまりに一緒だったから」

何となく子供っぽい話に、八神《やがみ》と宇都宮《うとみや》は一度目を合わせた。

「そういうことであれば、僕が報酬を頂くわけにはいきませんね。５００万ポイントは辞退しますよ。それでは僕は少し離れたところで見守らせてもらいます」

「ありがと、正直信用できない人が近くにいるとやりづらいから助かるかな」

隠そうともしないストレートな物言いを、八神は不満げもなく受け止めた。

八神が距離を置いた後、宇都宮が話しかける。

「椿《つばき》。もし綾小路《あやのこうじ》を物理的な方法で倒せたとして、本当にリタイア扱いになるのか？」

「強引な手法だから問題がないわけないよね。最悪を想定するなら、仕掛けた私たち1年生だけが退学の可能性も0じゃない」

「もし手伝ったグループもとなれば、相当な人数が退学してしまう」

1年生側だけの退学を想像し、宇都宮の表情が固くなる。

「でも、実際その確率はほぼ0だよ。一番重たい罪を被《かぶ》るのは首謀者の私だけになるはず。学校だって1年生を10人も20人も退学にできないから」

「それはそれで問題だ。本当に1人で罪を被るつもりなのか？」

「元々例の特別試験が開示された時、綾小路先輩を退学させようって言いだしたのは私じゃん。宇都宮くんはそれに付き合ってくれただけでしょ」

「それはそうだが……」

宇都宮は入学早々、2年生とペアを組んで行った特別試験のことを思い出す。綾小路清隆《きよたか》を退学させれば2000万ポイントを得られるという特殊な試験。当初、この特別試験に嫌悪感を示した宇都宮は1年Cクラスの傍観を提案した。

しかし椿はそんな宇都宮を繰り返し説得し仲間に引き入れた。この先1年Cクラスが上のクラスを目指すのなら、2000万ポイントは大きな財産になると。

どんな手を使って退学にさせるのかと問いかけた宇都宮に、椿は即答した。

自分が綾小路とテストのペアを組み、わざと試験を放棄《ほうき》して自爆をすると。椿は退学となり、報酬の2000万ポイントは協力者の宇都宮へ。そしてそのポイントを使って1年Cクラスの今後に役立てて欲しいと告げた。

「最初にこの計画を持ち掛けられたとき、深く事情を聞くのは無しってことだったな」

「気になる？　私が退学しても良いって思ってる理由が」

「……気にならないと言えば嘘《うそ》になる。入学早々、退学したいというのは不自然だ」

「ま、思った以上に1年Cクラスが居心地の良いクラスなのは認める。だからこそ、どうせ退学するのならクラスのためになることをして辞めようって思ったわけだしね」

それだけ答えた椿だが、やはりその事情を話そうとはしなかった。

宇都宮もこれ以上聞くのはルール違反と態度を改め、視線を森の先へと向ける。

「やはり俺も行くべきじゃないか？　俺なら綾小路と1対1で戦って勝つ自信がある」

「それはダメ。宇都宮くんは1年Cクラスに必要不可欠な人材。それに私が責任を取る上で同じように裁かれる可能性もあるからね。綾小路《あやのこうじ》先輩は他の子たちに任せて」

「普通の相手ならそれで十分だ。だが綾小路は2000万ポイントの賞金首、普通じゃない。先手で仕掛けた宝泉《ほうせん》が上手《うま》くやれてない以上、打てる手は打つべきだ」

「そうだね。宝泉くんクラスだと思ってかかる方が確実だね」

それでも椿《つばき》は宇都宮《うとみや》にGOサインを出さず、ここに残るように指示を出した。

「……分かった。俺は近くでおまえの戦いを見守ることにする」

「ねえ宇都宮くん」

邪魔をしないよう距離をとろうとする宇都宮の背中に椿が声をかける。

「なんだ？」

「相当強いみたいだけど、どこで戦うことを覚えたの？　不良でもないんでしょ？」

「別に大したことじゃない。余計な詮索《せんさく》は必要ないだろう、お互いに」

「そうね。だけど一応聞いておく。私に余計な隠し事はしてないよね？」

「隠し事？　何もない。俺は戦うことしか脳がないからな」

「それならいいの」

そして迎える朝7時の、試験開始。トランシーバーを片手に、そしてもう片方の手でタブレットを持ち、椿が口を開く。タブレットに表示された綾小路の行き先はC3。

「各グループへ通達、敵が向かう指定エリアはC3。D4にいるグループは現状待機、E6のグループは北上を開始して挟み撃ちにして。見つけても許可を出すまで接触は禁止よ」

椿がそう指示を出し、静かにトランシーバーの送信を終える。

「綾小路先輩の排除が終わったら、学校に私の存在がバレる前に2年生と3年生の単独グループを幾つか撃破――――狙うのは誰がいいかな」

椿は誰をターゲットにするか、その最後の考えのまとめに入っていた。

2

オレが異変に気づいたのは、朝7時を迎え指定エリアC3が発表された段階だった。

ここ数日恒例となったGPSサーチを行い、まずは着順を競い合うライバルを探す。

その中で、1年生の主要メンバー『宇都宮』『椿』『八神《やがみ》』の3人が固まっていることに気付いたからだ。宇都宮と八神は同じグループなので何ら不思議はないが、椿がいるというのは引っかかる。それに、それ以外の主要グループメンバーの姿が見えない。

先日七瀬《ななせ》から聞かされたことを思い出し直感する。1年生が仕掛けるのは今日なのだと。

1年生のグループは当然島の各地に点在しているが、昨日の夕方に確認した時から大きく位置を変えていた。オレを取り囲むD4とE6にかなりの数のグループが集結している。

「動き出す、か」

広い無人島内とはいえ、敵がGPSサーチを限界まで使うつもりなら、正面から鉢合《はちあ》わせることを避け続けるのは難しい。七瀬とオレが同じテーブルであることは数日で分かっていたことだ、向かうべき指定エリアはバレていると確信していい。

とすると、このまま単純にC3に向かうことは避けなければならないが、この終盤に来てペナルティを踏んでしまうのは大きなリスクだ。

昨日の段階で、こちらは指定エリアを2連続スルーしてしまっている。残り7回指定エリアを踏めなければ、果たして順位はどこまで下がってしまうか……。二度スルーしたタイミングを狙ったのかたまたまなのかは分からないが、仕掛けを打つには絶好と言える。

「最低限の戦い方は知ってるみたいだな」

無理して夜中や早朝に仕掛けなかったことは正しい。

もし視界の悪い夜中に仕掛けてオレを逃がせば、いくらGPSサーチがあっても捕まえることは不可能だ。逆に早朝だと、オレの指定エリアが分からず方針が定まりにくい。

しかしなかなかの数だ。宝泉《ほうせん》などごく少数の実力者たちが何かを仕掛けて来る可能性は念頭に置いていたが、想定の規模を超えている。

宝泉の位置は昨日の夜と変わらずD4にある。指定エリアに向かえば鉢合《はちあ》わせだな。

1年生たちに襲われたとなれば、学校側はオレを擁護《ようご》する可能性は高い。

しかし、同時に学校全体にオレの存在は不穏で奇妙なものとして定着する。

普通の学校生活を送るという目標は、同時に失われてしまうことにもなる。

何も知らない多くの教師たちですら普通じゃない生徒として認識を変えるだろう。

課題の地点には教師もいるため安全は保障されるが、多数に追い付かれてしまうのは賢い選択と言えない。他の生徒たちと共に行動する手もあるが、1年生はもちろんのこと、南雲《なぐも》の息のかかった3年生も敵だと判断しておくべき。

1年生の体力が尽き追跡を諦めるまで逃げ延びるのが今取れる選択肢と言える。

テントを片付け終わり準備が整った10分後にもう一度サーチをかけると、包囲している1年生たちのGPS反応が、ぐいぐいと迫って来るのが見て取れた。

七瀬《ななせ》の言っていた『見つかれば暴力沙汰《ぼうりょくざた》になる』という言葉は実現することになる。

この戦略を率いている人物は退学を恐れていない。

万が一の時には首謀者として、責任を取る覚悟を完全に持っているのかもな。

それなら、万が一にもオレが不用意な交戦をすることは最大限避けるべき。昨日と合わせ計6回の指定エリア全てを無視することになってもだ。

川と山に囲まれた状況で、つい山越えをして逃げたくなるが配置の関係上賢い選択とは言えない。多少危険でも、南側へ抜ける方が良いだろう。

恐らく指定エリアから遠ざかる選択を選べば、敵も深追いはしてこないはず。

バックパックからあるものを取り出し、オレは歩き出した。

3

「様子はどうですか、椿《つばき》さん」

午前8時、順調なら1年のグループが綾小路《あやのこうじ》と接触している頃。

未《いま》だトランシーバーからその報告が上がってこないことを気にした八神《やがみ》が聞く。

「慌てないで、ここまでは全部計画通り。怖いくらいに順調に進んでる」

「それは良かったです」

綾小路は距離を詰める1年生グループに捕まらないよう綺麗《きれい》に迂回《うかい》している。どれくらい置きかは不明だが、定期的にGPSサーチを使っていることは明らかだ。1点でも多く吐き出させることが出来るなら、それに越したことはない。椿《つばき》は暴力行為も辞さないつもりだが、それをしないで潰せるのが一番理想的だと考えていたからだ。

このままスルーを重ねてくれるのなら、非接触で勝てる道も見えてくる。

我慢できず強行突破を目論《もくろ》んでくれればそこで叩《たた》けばいいだけのこと。

追い込めるのに追い込まず、少しだけ逃げやすい道を作ってやっている状況だった。

椿は遠慮なく貯《た》め込んだ得点を吐き出し、10分刻みでGPSサーチを起動する。

昨日までの12日間、試験に勝つために得点を貯め込んできたわけじゃない。

この時この瞬間に全ての得点を吐き出すため。

午前9時が過ぎ、綾小路の三度目のスルーが確定する。

次にタブレットが示した綾小路の行き先はD2。現在C6に逃げ込んでいる綾小路は、邪魔がなかったとしても指定エリアを踏むことは難しい。

2グループが綾小路清隆《きよたか》を追い詰めるために移動を続けている。

10分置きの更新でも、その動きはよく分かるほどだ。

このまま行くと、綾小路はＢ４、Ｃ５の間を抜けて北上する可能性がある。

そのため残る3グループをＣ４に集結させておくよう指示を出す。しばらくは様子を見ていいと判断し、椿は1時間サーチを止め休憩に入った。午前10時を過ぎたところで、状況の確認をするために全員の位置を確認する。綾小路は椿の読み通りＢ４、Ｃ５の間を抜けようとしている。追いかける2グループもＢ５に入るところだった。

「抜けさせない」

Ｃ４に入ったグループに、綾小路が下山してくるところを狙うよう指示を出す。

先回りして、Ｂ４、Ｂ３の方へと誘導する狙いだった。

ここから再び10分置きにサーチをし、全体の位置取りを把握する椿。読み通り綾小路は先回りされた1年生から逃れるようにＢ４を北に向かう。それを見て3グループをＣ４から北上させ逃がさないよう追い詰めていく。

「1つよろしいでしょうか椿さん」

「……なに」

離れたところで、同様にタブレットを操作している八神が視線を向ける。

「もっと細かい指示を出せば、綾小路先輩を追い詰められるのでは？　少し詰めの甘い進行に見えます」

「鬱陶《うっとう》しい……」

八神《やがみ》に聞こえない小声でそう言って、椿《つばき》は無視を決め込むことにした。

更に30分ほどしてトラブルが発生する。

C4から北上するよう命じた3つのグループが殆《ほとん》ど移動していなかったからだ。

何か移動中のトラブルがあったとしても、3つもグループが止まるだろうか。

今度は10分よりも更に短い5分でGPSサーチで位置を更新する。

「やっぱり動いてない……」

綾小路《あやのこうじ》がB3に抜けようとしているのに3グループはC4を出ていない。

このままではC3に逃げられてしまうおそれがある。

「どうしたの？　何があったの？」

トランシーバーで呼びかけるも、反応が返ってこない。

「おかしい」

これは単なるグループ内のアクシデントではないことを察する椿。

「どうしました、椿さん」

表情に陰りを見た八神が、断りなくタブレットを覗《のぞ》き込《こ》んだ。

「何があったんです？」

「送り込んだ1年生の5つのグループのうち3つが動きを止めたの。動きを止めた3グループに共通すること、それは2年生のグループが重なるようにして同じ位置にいる」

400人以上いる無人島の試験では、様々なグループとすれ違うことも珍しくない。

　そのためここまでは椿も気に留めていなかった。

「応答して」

　椿が再度トランシーバーで呼びかけるが、待てど暮らせど応答が返ってこない。

「単なる事故トラブルということもあるのでは？　この無人島では多くのグループが常に指定エリアや課題を求めて移動していますし、決めつけは逆に危ないと思います」

「偶然3つのグループが2年生に阻まれてるのに？」

「それは、そうですけど……」

　更に5分、逸《はや》る気持ちを抑えながら耐えた椿が、GPSの更新をかける。

「一応動き出しましたが、かなり鈍そうですね」

「ぴったり2年生のグループが張り付いてる」

　その間にも綾小路はB4を抜けB3で下山、C3に向かおうとしていた。

　こうなると後を追っている2グループに任せるしかないが……。綾小路の背後を追っていた2グループも気づけば動きを止めてしまっている。

　そして、同様に2年生のグループが張り付いている。

「確かに2年生に妨害を受けているように見えますが……だとすると誰が――」

　勝手にタブレットを触って詳細を確認しようとした八神。

「ちょっと、邪魔しないで」

「っと!?」

払いのけるように八神《やがみ》をあしらう。

「一応仲間だからこの場にいてもらってるけど、勝手に手を出すことまで許した覚えはないよ」

気迫の籠った目に睨《にら》まれ、八神が一歩下がる。

「……分かりました。ですが意見は言わせていただきます。足止めしている2年生が誰なのか確認した方がいいのでは？」

「分かってる」

言われるまでもなく、確認するつもりだった椿《つばき》が操作を始める。

妨害行為をしていると思われる2年生のメンバーたち。

しかし、5グループの中に気になる生徒は1人も混じっていない。

「2年生のリーダー格の人物は参加していないようですね」

「しかもAクラスからDクラスの生徒まで満遍なくいて、目立った偏りがない」

「つまり特定のクラスだけではなく、2年生全体の意思で動いていると？」

八神の言った通りなのだが、椿は引っかかりを覚える。

綾小路《あやのこうじ》を守るために学年が一丸となるとは思えなかったからだ。

「……そういうこと」

状況から見えて来る1つの答え。

「この5つのグループは何故《なぜ》自分たちが足止めを任されたかを理解してない」

「何も知らされずに、協力していると？」

「理由なんて何でもいいだろうからね。2年生を守るために1年生の基本移動や課題を妨害して来いと頼まれた軽いお遣いくらいの感覚なんじゃない？」

この状況を受けて今日のGPSサーチの記録を振り返る。

スクリーンショットをスライドさせ2年生がどこにいたかを追う。

「手際が良すぎる。今日襲うことは最初から筒抜けだった、そう考えるしかない」

「残る特別試験は2日しかありませんでした。向こうの警戒が強いことはおかしなこととは思いません。綾小路《あやのこうじ》先輩自身懸賞金が懸けられていることはご存じのはずですから、予《あらかじ》め根回ししていたんでしょう」

後半になればなるほど、襲われる日は絞られていくため不思議ではないと八神《やがみ》が言う。

「仕掛ける私たちは今だけ襲撃に時間を割けばいい。だけど2年生は四六時中綾小路先輩を守ってるわけにはいかないでしょ？　特別試験があるんだから」

残り2日しかないということは、1点でも多く稼いでおきたい時間帯でもある。

「それは確かに……」

「それにもう1つ気になるのは、こっちのグループが簡単に回り込まれてること。バラバラに動いていても、5つのグループを捕縛することは簡単じゃない」

そのカラクリに八神は答えられず、口元に手を当てて考え込む。

「どうしてか分からない？　それは向こうに指揮官が隠れてるってことの証明」

「椿《つばき》さんのように、統率を取っている人物が裏に潜んでいると……？」

椿が頷《うなず》き、島全体の地図を広げる。

このGPS反応のどこかに、今戦局を自分と同じように見ている人物がいる。

そして的確な指示を出し1年生のグループを抑え込んだ。

「僕としては作戦を一時中断することも検討するべきかと」

「どうして？」

「まさか強行突破させる気ですか？　危険です」

「それはしないよ。今捕まってる5グループの生徒じゃ、そんな芸当は出来ないし」

「では、何故《なぜ》中断しないんです」

「どっちにしても同じことだからね」

「同じ……ですか」

この状況は、椿にとっては最初から想定済みのこと。

むしろ妨害するグループが現れてくれたことに感謝しているくらいだった。

「指揮してる相手が誰だか知らないけどね、目に見える情報だけが全てじゃないってことを教えてあげる」

「一体何をする気ですか」

「恐らく向こうの指揮官は、昨日の夜に動かした1年生の5グループに気が付いた」

「なるほど、夜間もサーチを欠かさずしていたということですね」

「さっきも言ったけど2年生には2年生の試験がある。こっちが5つのグループを用意してるんだから、向こうも同じように5つのグループをぶつけて上手《うま》く立ち回ろうとする。6つも7つも用意してたら、特別試験の方が疎《おろそ》かになるしね」

「しかし念のために1つ2つ多めにグループを用意している可能性はあるのでは？」

「そうだね。でも今見た限り、不規則な動きを見せた2年生のグループは5つだけ。同じ数で対処できると判断した自信家なんじゃない？　でもそれが命取り」

椿《つばき》はトランシーバーを手に取り、新たに指示を送る。

「これで邪魔する相手はいなくなった。今なら君の望む展開に出来るよ」

「誰に連絡しているんです？　周辺にはもう動かせるグループは1つも……」

「言ったでしょ。目に見える情報だけが全てじゃないって」

指示を出した後、椿は考える。誰がこの戦局に関与しているのかを。

「綾小路《あやのこうじ》が逃げながら？　いや、流石《さすが》にそれは無理。他クラスを操って統率がとれるほどの求心力はないし、そんな余裕も今はない」

傍《そば》に立つ八神《やがみ》にも聞こえないほどの、本当に口を動かしただけの呟《つぶや》き。

椿は考え事をするとき、周囲に聞こえない程度で言葉にして推理する傾向がある。

どんなに小さな音量であったとしても、声にすることで頭の中がクリアになる。

たとえるならぐちゃぐちゃに詰まったタンスから、整理整頓のために服を1着ずつ取り出して入れ直す作業をしている。

「今この局面に関与している人間に接触して綾小路が協力を求めていた、とみていい。それなら早い段階からこの時に備えることが出来たはずだから」

「え、なにか言いました？」

「何でもないの気にしないで」

繰り返し囁《ささや》いていたことで、八神の耳にも言葉らしきものが届いたのか。

少し鬱陶《うっとう》しそうに椿は答えてタブレットに再び視線を落とした。

4

眩《まばゆ》いダイヤモンドのように輝く海を見つめ、坂柳《さかやなぎ》は水を一口だけ口に含む。

水分補給をするためというよりも、唇に潤いを取り戻す目的が強い。

時刻は朝の7時5分。ちょうど椿が作戦を実行に移し始めたタイミング。

「動き出したようですね」

タブレットに目を落とした坂柳は、トランシーバーを片手に指示を飛ばす。

坂柳は10日目の夜、11日目の夜、12日目の夜、その3日とも夜中にGPSサーチをかけ続けた。綾小路を囲い込むためには、試験の時間外を狙って動く必要があるからだ。

「こちらもスタンバイは済んだようですので、始めましょうか」

『それはいいけどさ、同じエリアに進んだからって出会える保証はないだろ？』

トランシーバーから、1人の気だるそうな声が戻って来る。

坂柳《さかやなぎ》と同じクラスの司城《つかさき》だ。

今日は1年生を妨害し課題を封じると説明し、現地に向かわせている。

「ここまでの12日間で、無人島内部は少しずつですが地形の変化をもたらしています。それがなんだか分かりますか？」

『地形の変化？　……要は、人が通った後ってことか？』

「そうです。日々無人島は生徒や教員たちが動きまわっていますからね。実際、今司城くんも安全かつ早いルート選択のため、自然と利用しているのでは？」

微弱な変化だが、雨が降ったこともありハッキリ人が通った跡を残す道も少なくない。

「何より目標地点が決まっているのであれば、ルートを推測するのは難しくありません」

『直接見てないはずなのに、道が見えてるみたいだな』

タブレット上でしかないが、確かに坂柳には無人島が立体的に見えている。

誰がどのように進んでいるのか、頭の中でリアルにシミュレーションしている。

そしてその先、この全体図を描いている人物の影を捕らえに行く。

それからしばらく海を眺めて過ごした坂柳は、30分ほどで再びタブレットを見た。

「さて、指定エリアや課題を目指している時間、全く動いていない人物たちはごく僅かですからね――」

更にそこから学年を1年生だけに絞っていくと、一瞬で極限まで絞り込める。

そして3つ、7時の試験開始から動いていないGPS反応を見つける。

「八神拓也《やがみたくや》くん、宇都宮陸《うとみやりく》くん、椿桜子《つばきさくらこ》さん、果たしてどなたが私のお相手なんでしょうか？　あるいはその3人ともでしょうか」

クスクスと笑いながら嬉《うれ》しそうに目を細める。

坂柳はこの面白い戦いを持ってきてくれた人物のことを思い返し始めた。

それは3日前の話。特別試験10日目の夜中にまで戻って来る。

坂柳の元にトランシーバーを持たせていた竹本《たけもと》グループから連絡が入った。

『こんな時間にどうしました？　困りごとですか？』

何らかのアクシデントかと思った坂柳だったが、そうではないようだ。

『いや、そうじゃないんだ。実は綾小路《あやのこうじ》がおまえと話したがってる』

「綾小路くんが？」

思いがけない名前に、ちょっとだけ眠くなっていた坂柳の意識がクリアになる。

『ちょっと借りが出来てる状態で、話をしてもらえると助かるんだが――――』

「もちろん構いません。代わってください」

『ちょっと待ってくれ』

しばらく沈黙が続いた後――――。

『坂柳か？』

「こんばんは、綾小路くん」

無人島試験の真っ最中とは思えないほど、優雅な挨拶で切り出す坂柳《さかやなぎ》。

『クラスの連携は上手《うま》くいってるようだな』

「ええ。龍園《りゅうえん》くん、堀北《ほりきた》さんとも連絡が取れましたので。順調に進めております。詳しくは聞いていませんが竹本《たけもと》くんたちがお世話になったようですね」

『坂柳のグループも躍進中で、今は5位か。十分上位を狙える位置につけてるな』

「不安材料が全くないわけではないですけれど」

『そうなのか?』

「一之瀬《いちのせ》さんとはお会いになりました?」

『いや、この試験中は一度も会ってないな。どうかしたのか』

「少し様子がおかしいと連絡が入りまして。心ここにあらずといった状態が数日続いてるとのことで気がかりではあります」

長丁場の特別試験だ、体調を崩したり気を落としたりすることは珍しくない。

「それで私に何の用です?」

『1つ坂柳に頼みたいことがある』

「どうぞ遠慮なく仰《おつしや》ってください。クラスメイトが助けられた借りは返しますよ」

『ホワイトルームに関してだ』

「それはまた、随分と興味深いお話のようですね」

月城《つきしろ》理事長代理の話は坂柳も知るところなので、それを踏まえ七瀬《ななせ》が月城から送り込まれた刺客の1人だったことを説明する綾小路《あやのこうじ》。だが、それとは別にホワイトルーム生が潜んでいること。それが天沢一夏《あまさわいちか》である可能性が極めて高いことを説明する。

「もっと早く教えてくだされば良かったのに」

まるでお楽しみの機会を逃したとでも言うように、残念がる坂柳。

『どれも確証のあることじゃなかったからな』

「天沢一夏さんという方を、私が潰せば良いのですね？」

『……いや違う』

サラッと凄《すご》いことを言っている坂柳に慌てる綾小路。

『実はもう1つ、目の上の瘤《たんこぶ》がある』

本題である南雲《なぐも》と月城による懸賞金に関することを、綾小路はここで坂柳に開示する。

坂柳は幼い頃の綾小路の内情を知る、2年生の中で唯一の人物だ。

しかしこれまでこの手の話をしてこなかったのは、当然綾小路が抱える問題が大きく、そして坂柳を『味方』としてカウントしていなかったことにある。

元々この学校では、クラスが違う時点で卒業まで敵という図式は変わらない。

勝つために坂柳がホワイトルームに関する部分を利用してくるおそれも考えられる。

が、そのリスクがそれほど高くないことは彼女と接するうちに分かってはいた。

そして今回、その少ないリスクと新しいリスクを天秤《てんびん》にかけた結果、逆転現象が起こったということ。

「つまり近いうち、綾小路《あやのこうじ》くんを狙って1年生が行動を起こすということですね」

『そういうことだ。坂柳《さかやなぎ》に対処を頼みたい』

「しかし、同じホワイトルーム生ならまだしも、それ以外の方に綾小路くんを追い詰めることは出来ないと思うのですが」

『恐らく1年生は強行手段に出る。オレを退学させるには単独グループである部分を突いてくるのが一番手堅いからな。となると、強制的に課題を封殺し、更に踏み込むとするなら指定エリアへの移動を妨害してくることが考えられる』

何人来ようと、綾小路が強引な方法を取れば退《しりぞ》けることは難しくないと坂柳は考える。

だがそれはけして好ましい対処方法とは言えない。

「もし1年生が総力を挙げて倒せない相手だったとなると、綾小路くんの名前は一気に学校中に広がることになるでしょうね。私としては——喜ぶべきか悲しむべきか、複雑なところではあります」

『出来れば悲しんで欲しいところだ。それに月城《つきしろ》もまだ何か企《たくら》んでいる可能性がある。出来ればそっちに集中したい』

「事情はよく分かりました」

『坂柳の負担が大きくなることは避けられない』

「分かっています。常に監視を続けるのであれば、どうしてもGPSサーチを定期的に使用しなければならないリスクが付きまといますから」

どうしても、坂柳側に頼らなければならない部分が出て来る。

「ご心配なく。こちらは既にAクラスが所属するグループの全得点を把握しています」

『それはまた――入念に連絡を取り合ってるんだな』

「下位10組の点数が12日目までは分かる仕組みですし、どのグループがピンチで、どのグループに余裕があるのかを把握することは極めて重要なことですから。ある程度余裕があり、されど上位10組には届かないグループは幾つもあります。つまり1組につき数回GPSサーチを使うと仮定しても、最終日まで余裕で網羅《もうら》することが出来るでしょう」

完璧な統率が取れている坂柳のAクラス、そしてけして裏切ることのない一之瀬《いちのせ》のCクラスが手を組むことで実現可能な戦略。Dクラスには、出来るようで出来ない戦略だったと言える。トランシーバーを確保する費用もバカには出来ない。

「綾小路くんを狙う1年生を食い止めればよろしいんですよね？」

『協力してもらえるってことでいいのか？』

「課題クリアに協力するだけでは、少し退屈な試験でしたし、それに今回のお話は私にとってもメリットになりうるもののようです」

『というと？』

「竹本《たけもと》くんがお世話になった借りにしては大きすぎるということです。つまりこれは新たな〝貸し〟になるということですよ？」

『耳の痛い話だが、成果を出してくれたなら〝借り〟ておく』

「決まりですね。では、私は準備に取り掛かりますので」

『あぁそれから、もし良かったらこのトランシーバーを借りたままにできないか？』

「もちろんそのつもりでした。お互いに連絡が取れる方がやりやすいですし。では、一度竹本《たけもと》くんにトランシーバーを戻していただけますか？　事情をお話ししてから綾小路《あやのこうじ》くんに渡すよう伝えますので」


――坂柳《さかやなぎ》はそんな10日目の夜のことを思い出し、素敵な思い出とばかりに微笑《ほほえ》む。


タブレット上では坂柳の向かわせた5つのグループが1年生たちを足止めする。

「さて、これで怪しい5つのグループの動きは止めました。この襲撃を計画した人物の特定をさせて頂くことにしましょうか」

トランシーバーを手に、坂柳はAクラスの生徒へと連絡をする。

5

「あの、椿《つばき》さん」

「まだなにかあるの？」

「どんな手を残されているのかは知りませんが、こんな時のことを想定して5つのグループには細かい指示を出しておくべきだったと思います。２年生に包囲されてしまう前に５つのグループを逃がすのはそれほど難しくなかったのではありませんか？」

送り込んだ1年生のグループは全部で５つ。５つを誰かがマークしていたのだとしても広い無人島で捕まえることは容易ではない。こんなにも簡単に５つのグループが捕まったのは、戦略ミスだと八神《やがみ》が語る。

「無理やり逃げ出したとしても、先輩たちに絡まれて怖かったからなど言い訳は幾らでも後で用意することが出来ました。もっと早くにご相談いただけていれば……」

「私が失念していたから、こうなったって？」

「厳しいことを言うなら、そういうことになります」

不満げな八神を見て、椿は答える。

「ま、終わったから教えるけど……実際のところは逆なのよね」

「逆、ですか？」

「私のグループが捕まったんじゃなくて、私が相手のグループを捕まえたの」

「え、っと……すみません少し僕の理解が追い付いていないようです」

「綾小路先輩を退学させるために送り込んだ5グループ。仮に姿が見える位置まで追い詰めることが出来たとしても、身体能力に大きな差があると逃げ切られちゃうよね？　噂《うわさ》じゃあの宝泉《ほうせん》くんと近い実力を持ってるとかいないとか。最初から今のグループをぶつける気はなかったってこと」

そう話す椿《つばき》に、八神《やがみ》は首を傾《かし》げる。

「それを言い出すと、最初から送り込んだ5つのグループでは綾小路《あやのこうじ》先輩に勝てないと言っているようなものです。この作戦の意味がありませんよ」

「目的は2つ。1つは綾小路先輩の思考を探ること。何を好んでいて何を嫌うのか」

トントン、とタブレットを人差し指の腹で叩《たた》きながら説明する。

「彼は指定エリアに向かうよりも、1年生と接触することを嫌った。教師がいる課題や2年生、3年生をも避けてね。ここから読み取れるのは、自分が目立つことを極端に嫌っていて、それを回避するためにはペナルティをも厭《いと》わないと考えている」

「行動パターンを知るためだとしても、やはりグループが捕まる必要はありません」

「もっと重要な意味があるじゃない。こうして綾小路先輩を守ろうとしてるグループが釣れたんだから」

その言葉を聞いて、八神がハッとする。

「避けるべきは綾小路先輩を排除している最中に邪魔が入ること。そして綾小路先輩を排除できるだけの実力者は宇都宮《うとみや》くんを除けば宝泉《ほうせん》くんだけ――――」

ようやく椿の狙いが分かり、八神が宝泉のGPSを探そうとする。

しかし、どこにもその姿は見えない。

「目に見えるだけが全てじゃない……そう言うことですか」

説明を終えると、椿は一度余計な雑念を払う。

「最後にひとつ聞かせてください。もし宝泉くんが今回の件を引き受けなければ、この作戦は成立しなかったと？」

「うーん、ちょっと違うかな。宝泉くんは絶対に作戦に乗って来る確信があったから、この作戦を実行することにしたってのが正しい。もともと1人で戦う気満々だったみたいだしね。それでも万が一引き受けてもらえなかったときは、宇都宮くんを行かせただけ。どちらにせよ私は1対1が求められる環境を完璧なものにした。あとは勝敗を問わず2人がやりあってくれればそれで万事解決ってわけ」

単独で行動している綾小路は、リタイアを余儀《よぎ》なくされる。

6

学生の中でもひと際大きな体躯《たいく》の男が、森の中を勢いよく駆け抜ける。

目標はただ1つ、2年Dクラス綾小路清隆《きよたか》を倒すこと。

この無人島試験において、いや一般常識において暴力行為は推奨されるものではない。

しかし、監視カメラの張り巡らされた学校と違い、この無人島には監視の目がない。

身に着けた腕時計1つでは、具体的な事実を確かめることなど不可能。

椿桜子《さくらこ》が発案した綾小路包囲網。

そんなものには端《はな》から興味のなかった男だが、作戦に乗ったのには理由がある。

広大な無人島で1人の人間を見つけ出すことは容易ではない。

実現するには繰り返しGPSサーチが必要となる上、邪魔者が入れば水の泡。

指揮を執る人間がいれば、そういった邪魔者の排除にも役立つ。

そう考えたからこそ、宝泉《ほうせん》は椿《つばき》の指示に従うフリをすることを決めた。

労せず綾小路《あやのこうじ》を見つけ出し、誰の邪魔も入ることなく1対1で仕留めるために。

綾小路までの距離があと僅かまで迫ったところで、宝泉はトランシーバーを投げ捨てた。

ここから先、椿に従うことはないという意思の表れ。

自らのタブレットを取り出し、GPSサーチを行って最後の詰めを行う。

目の前、距離にして300メートルほどの位置に綾小路清隆《きよたか》のGPSを確認する。

他の1年生たちの誰よりも距離を詰めている。

あとわずか。

本気の殴り合いが出来ることに、宝泉は早くも喜びを噛《か》み締めていた。

しかし———

そんな宝泉のルートに立ち塞《ふさ》がるように、1つのGPS反応が目の前を遮《さえぎ》った。

単なる偶然、そう思い誰のものであるかを確認しようともしなかった宝泉。

その視界の先に綾小路を捉えることに成功する。

「見つけたぜ綾小路センパイよう！」

興奮を抑えきれず叫ぶ宝泉に気付き振り返る綾小路。

「宝泉か」

冷静に宝泉を見つめ、歩みを止めた綾小路。

「待ちに待ってたんだぜこの時を！」

「もっと早い段階でオレに会いに来ると思ってた。思っていたより冷静なんだな」

「やり合う時に邪魔が入ったら興醒めだからなぁ」

「何の話だ」

「誤魔化《ごまか》すなよ。七瀬《ななせ》がチクリに行ったことは知ってんだよ、優しい警告ってヤツだ」

「なるほどな。わざわざ七瀬に一日早い襲撃を伝えて備える時間を用意したのか」

「気に入らねぇ小細工だとは思ったが、俺にとっても好都合な提案だったからな。上手《うま》く利用させてもらうことにしたんだよ」

強く握り込まれた左右の拳が打ち合わされ、宝泉が叫ぶ。

あと10秒もしないうちに、本気の殴り合いが始まると信じて疑わなかった。

「それは無理な相談だぜ？　宝泉」

「あぁ？」

1対1の場が作られたはずのこの場所に、影もなく1人の男が立ち塞がる。

「おまえはさっさと失《う》せろ。邪魔だからよ」

その男はまるで宝泉が現れることを予見していたかのように待ち構えていた。

綾小路は軽くその男と目を合わせると、更に深い森の奥へと消えていく。

すぐにでも追いかけたい宝泉《ほうせん》だったが目の前の男を無視することは難しい。

「なんでテメェがここにいるんだ？　――――龍園《りゅうえん》」

「それはこっちのセリフだぜ宝泉。こんな所に用はないはずだろ？」

龍園からのその一言で、宝泉はすぐに事態を理解する。

「あぁ？　……ハ、どうやらこっちの考えてることはどっからか筒抜けってことか」

すぐに状況を理解した宝泉が愉快そうに笑う。

「他の1年が2年に捕まってたのは偶然じゃなかったってわけだ」

綾小路《あやのこうじ》を追い詰めるために椿《つばき》に派遣された連中は、全員2年生のＧＰＳと重なるようにしてその場から動くことはなくなっていた。

それは全て、椿が1年をコントロールしているように、2年にも学年をコントロールしている人物がいたことを証明している。

「おまえか？　いや、そういう感じでもねえな」

龍園が指揮をしているのだとしたら、タブレットやトランシーバーは必要不可欠。

しかし見たところ龍園はバックパックを背負っている様子もない。

それに前線で戦う人物がグループを複数指揮することは難しいだろう。

「状況の整理は終わったかよ」

「分かんねえな。俺がどう動こうとテメェには関係のない話だろうが」

事態こそ理解したものの、何故《なぜ》龍園が綾小路退学を阻止する一員となっているかは理解できていない。

「関係あるのさ、生憎《あいにく》とな」

薄く笑いながら、龍園は宝泉へとゆっくりと歩み始める。

「色々と動いてこっちは懐事情が寒いからな。必要に応じて傭兵《ようへい》の真似事《まねごと》さ」

「金ってことか。だが、おまえが俺を止められると思ってんのか？」

「なんだ、止められないとでも思ってんのか？　おまえは」

至近距離。手を伸ばせば届く距離で互いに不気味な笑みをぶつけ合う2人。

先に手を出したのは龍園。視線を宝泉から外すこともせず、握り込んだ左拳を宝泉へと向ける。体格差からなるパワーと体力の差は歴然なため、顎を狙い撃つ。

「おっと……随分とやんちゃな左手じゃねえか」

先手を取られたとはいえ、既に臨戦態勢だった宝泉に油断はなく、龍園の左拳を胸の手前で軽く受け止めてみせ口を開けて笑う。

「臭《くせ》ぇ息吐いてくれるなよゴリラ」

「口だけは上等だな、2年生としてのプライドと実力を見せてくれよ？　なあ！」

掴《つか》んでいた左拳を一瞬放したかと思うと、即座に腕を掴み直し引きずり込む。

そして龍園の額に自らの額を叩《たた》きつける宝泉。

「ッ!!」

激しく脳を揺さぶる意外な一撃に、龍園が激しくよろめく。

龍園《りゅうえん》はけして場数を踏んでいないわけじゃない。

むしろ並の不良よりも遥《はる》かに前線に出て戦っていた実績を持っている。

だが、相対する宝泉《ほうせん》のその数は更に数倍上回る。

「オラァ!」

回避するための姿勢を維持できない龍園は、そのまま宝泉の前蹴りを腹部に食らう。勢いよく地面に背中から倒れ大きく隙を見せるが、宝泉は高笑いしてその場から動かない。

「威勢よく吠《ほ》えて10秒も経《た》ってねえんだぜ? 笑わせてくれんなよ」

「ハ……クソ硬《かて》ぇ石頭だな。実際に石でも入ってんじゃねえのか? クソゴリラ」

すぐに立ち上がり、龍園は再び宝泉を挑発するようなことを口にする。

それを聞き、宝泉はどこか呆《あき》れたように軽く後頭部を掻《か》いた。

「どうにも期待し過ぎたな、俺が。やっぱりおまえじゃ話にならねーんだよ」

「おまえが満足する相手がいるとも思えねえけどな」

「いるだろうが、テメェの後ろを呑気《のんき》に歩いてった綾小路《あやのこうじ》がよ。さっさとやらせろよ」

「あ?」

その宝泉からの言葉を聞き、ここでずっと浮かべていた龍園の笑みが一度消える。

「なんだ、テメェも知ってる口かよ宝泉」

「知ってる? あぁ、表向き何でもない顔してるのはマジだったわけか」

「あいつの裏の顔を知ってる人間は少ないと思ってたが、そんな共通点があったとはな」

互いに納得するように、会話のような独り言を重ねる。

「初めておまえに興味が湧いてきたぜ宝泉。いつどこでやりあった、結果は？」

「おまえも綾小路にご執心ってわけかよ龍園」

龍園がこの学校に留《とど》まり続けている最大の理由でもあるのが綾小路へのリベンジ。

それがある以上喧嘩《けんか》であれなんであれ、綾小路が負けることなど許さない。

たとえ目の前の宝泉が、高校生の枠に収まらない喧嘩屋だとしても。

その殺意のようなものが混ざった熱気を感じ取った宝泉が鼻を鳴らす。

「安心しろよ。ヤツとは決着はついてねえ、いや始まってもないと言うべきか」

右へ左へと首を動かし骨を鳴らしながら龍園へと近づく。

「俺の拳を平然と止めたヤツはこれまで見たことがなかったからな。いやそもそも、ナイフで刺されながら痛そうにすらしねぇヤツはこれからも見ることはないだろうぜ」

ナイフ、刺される、という言葉から、すぐに龍園の頭の中で記憶が掘り起こされる。

一時期綾小路が手に包帯を巻いていたこと、その傷跡のことを。

「ち、俺抜きで随分と面白そうなことしてんじゃねえか」

龍園は拳を2発受けながらも、宝泉を見る目の色には何一つ変化はない。

そんな不気味な様子を見ても警戒心を上げるようなことはせず、宝泉は更に詰める。

元から喧嘩において慢心や油断のようなものは持たず常に戦闘態勢にある。

目の前の敵が、中学で悪名を二分した龍園であればなおのこと。

地を蹴り、巨体とは思えぬ素早さで詰め寄ると、身構え顔を防御しようとする龍園《りゅうえん》のガードを弾《はじ》き飛《と》ばし、拳を顔面へと捻《ね》じ込《こ》ませた。

腕によるガードがなければ、鼻が折れていてもおかしくないほど振りぬかれた腕。

立ち上がって間もなく、龍園は再び大地へと叩《たた》きつけられた。

宝泉《ほうせん》の中で、タイマンにおける実力差は明白であることを今の一撃で確信する。

すぐに上半身を起こす龍園だったが、その瞬間を狙うかのように強烈な蹴りを顔面に捉えられ、勢いよく後方に倒れ込んだ。

「寝たり起きたり大忙しだなぁ？」

戦いが始まって1分弱、既に誰の目にも勝敗は明らかなように見えた。

「ってえなこの野郎……」

「ハハァ！　思った通りだぜ龍園！　おまえはその程度なんだよ！」

喜びそう叫ぶ宝泉だが、それは同時に叫ばされたとも言える状況だった。

元から喧嘩《けんか》の実力にはひっくり返すことが不可能なほどの差がある。

にもかかわらず、龍園の戦う意思が全く折れる様子を見せなかったからだ。宝泉が喧嘩をしてきた相手の8割は一撃叩き込んだだけで心を折る。残る1割は虚勢を張る。そして残る1割は2発目か3発目を食らった時点で絶望する。

しかし、目の前の龍園はダメージを負いながらも瞳《ひとみ》の色に何一つ変化が見られない。

だからこそ、その差を分からせるために言葉を使って屈服させようとした。

そんな精神面でのやり取りは、龍園が一歩リードしたことになる。

「楽しそうだが、もう勝ったつもりか？」

痛みを感じつつも、龍園は笑みを崩さず再び上半身を起こす。

「笑わせんな、テメェ如《ごと》きで俺に敵《かな》うと思ってんのかよ」

目の前まで迫った宝泉が、龍園の胸倉を掴《つか》み上《あ》げる。

「結局、テメェは雑魚を使ってしかのし上がれない男ってことだ」

「今どき1対1で勝つことが全てじゃねえだろ？　現に中学の時、俺とおまえの世間の評価は変わらないものだったからな」

事実を突きつけ、龍園は宝泉を揺さぶろうと試みる。

「こそこそ逃げ回って直接対決を避けてたみたいだからな。涙ぐましい努力だぜ」

揺さぶりが全く無意味だったわけではないが、ダメージを負わせるほどの効果は無し。

殴り合いで圧倒的に優位な宝泉の、その立場は何も変わらない。

と、掴まれたままの龍園が左手を大きく振るった。

そして宝泉の傍《そば》で手を広げ、握り込んだ土を目に向けて叩きつける。

「っと！」

不意を突く攻撃を見せたが、宝泉はその土を空いた反対の手で防ぐ。

「甘《あめ》ぇんだよ！」

「そうかよ！」

今度は更に右手を振るい、そこにも握り込んでいた砂を宝泉《ほうせん》に目掛け放つ。

「だから甘《あめ》ぇんだよ！」

本命の右手、そこから放たれる砂も、宝泉は難なく腕を使い避《よ》ける。

倒れ込んだ龍園《りゅうえん》を掴《つか》み上《あ》げた時から、握り込まれた両方の拳には気が付いていた。

「喧嘩《けんか》で雑魚がすがる手は、昔から相場が決まってっからなぁ！」

今度はやり返すとばかりに宝泉の拳が龍園の顔面、その右側を素早く捉える。

威力よりも速度を重視した、ジャブのようなパンチ。

それを今度は左側、そして右側と交互に撃ち込んでいく。

サンドバッグに繰り返し拳を打ち付けるボクサーのような攻撃。

意識が飛びかけるほどの強烈なラッシュを受けながら、龍園の眼光が宝泉の瞳《ひとみ》を一瞬射抜く。直後、吹き飛ぶように倒れていく龍園を見ていた宝泉は、一瞬視界が揺らぐ。

「っ……と」

やられながらも身体《からだ》を捻《ひね》った龍園が、倒れる間際に放った回転蹴り。

それが宝泉の顎先を僅かにだが掠《かす》った形。一発ももらうつもりがなかった宝泉は苛立《いらだ》ち、詰め寄って龍園の前髪を左手で掴み上げる。

「一矢報いて満足か？　あ!?　殺すぞコラ！」

ガードする腕が上がる前に、右拳を繰り返し龍園の腹部に叩《たた》き込《こ》んでいく。

「俺に喧嘩で勝てる相手なんざ1人もいねぇんだよ！」

7発目の拳が突き刺さったところで、龍園の腕時計からアラートが鳴り響く。

「はっはっは！　平静を装っちゃいるが身体は限界だって悲鳴を上げてるぜ？　おまえより腕時計の方がよっぽど素直みたいだなぁ！」

心拍数などの異常を検知した腕時計が、警告アラートを鳴らす。

「マジで、ゴリラ、だな……喧嘩自慢だけは認めてやるぜ……」

その誉《ほ》め言葉を降伏と捉えた宝泉が、勝ち誇った笑みを浮かべ前髪を放す。起きたままの状態を維持することが出来ず、龍園はそのまま地面へと崩れ落ちた。

警告アラートが虚《むな》しく森の中に響く。

「ピーピー警告アラートが鳴りだしたじゃねえか。そろそろおまえの限界も近いってことだろ？　隠さず素直になったっていいんだぜ？」

「ハ……冗談抜かせよ。腕時計が壊れただけなんじゃねえか？」

視線を腕時計に落とし笑う龍園だが、ダメージが大きいのは誰の目にも明らかだ。

その無様な姿を見て、宝泉はつまらなそうに唾を足元へと吐き捨てた。

「じゃあな龍園。テメェは俺が楽しめる相手じゃなかったぜ」

「待てよ。何勝手に勝った気になってんだ」

「あぁ？」

「俺が一度でも、おまえに負けたとでも言ったか？」

その言葉に呆《あき》れさえ通り越す宝泉だったが、一度気を引き締め直した。一方的な虐《いじ》めのような状態ではあったものの、発言通り龍園《りゅうえん》の目はまるで死んでいない。

「その精神力だけは認めてやるよ。けどな……いつまでももったりはしねえんだよ！」

人間は痛みに弱い生き物だ。

強がっていても、宝泉《ほうせん》の拳のような強烈な威力を放つ打撃を受ければ等しく痛みが伴う。

ただ、何発耐えられるかというだけの話。

まして耐えたところで、圧倒的な差をひっくり返すことは不可能だ。

二回目の警告アラートが鳴っても冷静さを失わず、的確に龍園に痛みを与えていく。

幾度となく宝泉からの攻撃を受けたことで、ついに龍園の腕時計が緊急アラートに変わる。このままの状態で5分以上放置すれば職員及び医療班が現地に向かうことになる。

「身体《からだ》は正直だよなぁ。もういい加減、この絶望的状況を受け入れろや」

「あー……気持ちいいくらいに痺《しび》れる痛みだな……」

ところが腕時計に一切目を向けることもなく、不気味に笑いながら立ち上がる。

ここで初めて、宝泉は龍園の不屈の精神力が本物であることを知った。

「なんなんだテメェは。立ってるのも限界のくせにどうしてそんなに粘る。ここで意地を張り通すメリットなんて1つもないだろうが」

けたたましい緊急アラートを目覚まし時計代わりにでもするように、一度腕時計を耳元に持っていく。

「意地を張り通す？　ハッ、その考え方そのものが間違ってんだよ」

この時宝泉は、直ちに龍園が緊急アラートを切ると考えていた。

だが結局緊急アラートを切ることなく、龍園は腕を降ろし両ポケットに手を入れた。

「勝負はまだ終わっちゃいねえのさ」

「正気か？　……ここにセンコーどもを呼びだしゃおまえはリタイアだぜ？」

「ならおまえはリタイアを通り越して退学か？」

もし、この状況を学校側が見ればどうジャッジするかを龍園が問う。

宝泉は顎に僅かな蹴りをもらったものの、外傷《がいしょう》はゼロに等しい。

一方的な暴力が行われた、という解釈を学校側がする確率も無視できない。

「敵《かな》わないからって被害者ぶるつもりかよ、ダセェな。ダセェぜ龍園よう」

条件次第では逆転したとも取れる立場だが、その程度で宝泉は怯《ひる》むことがない。

そもそも綾小路《あやのこうじ》を暴力で屈服させると決めている以上、その地点は過ぎ去っている。

「センコーが怖《こえ》ぇならここで手をひいといた方がいいんじゃねえか？」

「抜かせや」

あえて緊急アラートを切らないことが龍園の戦略と判断し、宝泉は再び前に進む。

「俺のＧＰＳはとっくにオフの状態だ。センコーが駆け付ける前にぶっ殺しゃ何にも問題はねえだろ」

学校側が急ぎこの場所に向かったとしても、軽く30分は有する。

「クク、そうこなくちゃな」

脅しにも怯《ひる》まない宝泉《ほうせん》を歓迎する龍園《りゅうえん》は、ポケットから手を抜こうともしない。

「守る気もねえなら、もう寝んねしとけや！」

これ以上時間を無駄にしたくないと、宝泉が右拳を力強く握り込んだ。

龍園はポケットから両手を引き抜くが、その両方の手もまた握り込まれている。

「小細工が俺に通用すると思うなよ！」

直感で龍園が何かを握り込んでいることを察した宝泉だが、一切止まることはない。

バキバキに精神を折るための、渾身《こんしん》の右ストレートを龍園へと繰り出す。

それを見て、龍園は握りしめていた両方の拳を開くことなく正面から受け止める。

ガードをこじ開けようとする宝泉の腕だが、その直後――――。

「どりゃあああ！」

木々で死角になっていた場所から、2つの影が飛び出してきて宝泉の背後を取った。

「何――――ッ!?」

宝泉が不意に感じた気配に心底驚くのも無理はない。

数分前にGPSサーチを行った時、その周囲には綾小路《あやのこうじ》と龍園以外の反応はなかった。

仮に戦いが始まった直後から一直線にここを目指したとしても、到底辿《たど》り着《つ》けない。

にもかかわらず、宝泉の左右の腕を掴《つか》む男2人。その存在はまるで幽霊。

石崎《いしざき》だけならともかく、宝泉にも劣らない体躯《たいく》を持つアルベルトにも飛び掛かられては、流石《さすが》の宝泉といえども地に踏みとどまり続けることは出来ない。

利き腕である右腕をアルベルトが、反対側の左腕を石崎が抑えつける。

「んだコラァ!!」

必死に暴れるが、宝泉といえど体格のある両名を簡単に振り切ることは容易《たやす》くない。

そんな宝泉が次の瞬間目に焼き付けたのは、ガードを解いて不気味に笑う龍園だった。

「簡単な話だろ。腕時計を壊してりゃGPSで認識されることはない」

この数日石崎とアルベルトのGPS機能を無効にし、龍園に同行させていた。

1対1だと思い込んだ時点で、宝泉は龍園の戦略に嵌《は》められていたことを知る。

「まさか3対1で、やるつもりか？　あぁ!?」

「そう威勢よく吠《ほ》えんなよゴリラ。処刑はこれからだぜ？」

改めて握り込まれた両方の拳を、躊躇《ためら》うことなく宝泉の顔面へと繰り返し放り込む。

右へ左へ宝泉の顔が捻《ね》じれながらも、膝が地面につくまで延々と繰り返す。

震える膝を堪《こら》え宝泉は吠え続けるが、一切の手を緩めることなく殴り続けた。

やがて蓄積するダメージによって宝泉の膝が折れ地面へと落とされる。

丁度いい位置に宝泉の頭が下がったところで、龍園は宝泉の頭を両手で抑えつけ膝蹴りを鼻に目掛けて繰り出した。

「ガッ……！」

声にならない声をあげ、宝泉が初めて背中から地面に倒れる。龍園は2人に目で合図をし、立っているときと同じくそれぞれの腕を押さえつけさせた。

「ゴリラにゃ常に手錠してねぇとなあ。まあ色々とやってくれたじゃねえか、宝泉《ほうせん》」

髪をかきあげながら、龍園《りゅうえん》は宝泉の上にまたがる。

「舐《な》め、やがって……この糞《くそ》野郎が！」

「舐めたこと？　は、一体なんのことだ？」

「まともにタイマンも出来ねえ糞雑魚だって言ってんだよ！」

「クク、笑わせんな。ゴリラとタイマン張るほど俺はバカじゃねえんだよ」

そう言って、龍園は笑いながら拳を振り上げた。

そして迷うことなく宝泉の頬に強烈に叩《たた》きつける。

「あぁそうだ、安心しろよ宝泉。泣けなんて言わねえよ。詫《わ》びを入れても何も変わらねえからな」

無防備な状態で殴られながらも、これで沈むほど宝泉は打たれ弱くない。むしろ怒りを増し暴れ回る。それをアルベルトと石崎《いしざき》が懸命に取り押さえる。

「糞が!!　どけ、雑魚ども!!」

「暴れんなよ、調理はこれからだろ？　徹底的に磨《す》り下ろしてやるから楽しめよ」

二度、三度と拳を振り下ろすが、それでも宝泉は泣き言を吐くどころか吠《ほ》え続ける。

「流石《さすが》に喧嘩《けんか》自慢しちゃいねえようだな」

肉体面でも精神面でも、宝泉が喧嘩1つでのし上がってきたことの証明をしている。

もし仮に、最初から3対1という構図であったなら。

龍園《りゅうえん》は自分たちの方の分が悪いと判断していたことだろう。

それだけ目の前の宝泉和臣《ほうせんかずおみ》という人間の強さを認めている証明でもある。

しかしこと戦いの場において、咄嗟《とっさ》の判断が勝敗を決することは往々にしてある。

1発のパンチ、1回の転倒が明暗を分けるように。

一瞬の油断と慢心で、立場は逆転する。その後は一方的な龍園のリンチが繰り返され、流石《さすが》の宝泉も身体《からだ》から力を無くしていく。

「かてぇな。こっちの腕が痛くなってきやがった」

笑いながら赤くなった拳に息を吐きかける。

「はあ、はあ……糞《くそ》が……」

利き腕である右腕を使ってアルベルトから逃れようとするが、敵《かな》わない。

「まさかこんなヤツを手下にしてたとはな……想定外だったぜ」

単純な力比べで言えば、宝泉にも負けていないであろうアルベルトを睨《にら》みつける。

「ようデカブツ……テメェなんで龍園の下なんかについてやがる。あ?」

単純な戦闘力で言えば、龍園を上回る力をアルベルトが有しているのは明らかだ。

「ま、確かにアルベルトは俺が1回2回やっただけじゃ逆立ちしても勝てねぇ男さ」

「だったらなんでだ」

「分かってねえな宝泉。単に怪力自慢が頂点に立つばっかりじゃねえんだよ」

そんな説明を受けても、常に単独で戦ってきた宝泉には到底理解の及ばないものだった。

「クク。ま、アルベルトの場合は単に仲間思いが過ぎるってだけだろうがな」

無用な喧嘩《けんか》を好まず、龍園に従うことがクラスをまとめる最善の策だと判断した。だからこそ、時に非道な行動にも迷わず手を貸す。指示通りに動くことで仲間を一時的に傷つけることもあるが、それが最終的にクラスメイトのためになると信じて、龍園についていくと決めているからである。本来は暴力を好まない心優しき男だ。

「これで勝った気になんなよ龍園ッ！」

「おまえとしちゃ、納得はいかねえだろうな。こんな形で負けることはよ。だが俺にとっちゃ過程なんざ関係ねえのさ。最後に立ってたヤツが勝者なのさ」

1対1でやる美学など最初から持ち合わせていない龍園にとって、宝泉の挑発など無意味なもの。むしろ、敗者の悲痛な叫びと受け取り愉悦に浸っていた。

「ぐ、く、そがッ……！」

数十発も殴られては、幾ら宝泉といえども限界を迎えてしまう。もはや左右の手を押さえつける存在がいなくなったとしても、龍園を倒すことは簡単ではない。

「覚えてろよ……ここでテメェが勝っても、次に会ったら即殺してやるからよ」

「ゴリラのリベンジを買うつもりはねぇが……やるなら上手《うま》くやれよ？　勝つってのは単純なことじゃねえのさ。もし俺を殴り飛ばせても結果的に退学になったとしたら、それはお前の負けだ」

「何抜かし――――！」

龍園《りゅうえん》の振りぬいたストレートが宝泉《ほうせん》の頬を叩《たた》き、意識を刈り取る。

宝泉の意識が飛んだことで決着がつき、龍園はゆっくりと立ち上がった。

「フーッ……骨の折れる喧嘩《けんか》だったぜ」

拳についた血を払いながら、龍園が空を向き、疲れをため息とともに吐き出す。

「にしても、とんでもないヤツっすね……マジで化け物かと思いましたよ」

「こんなのと正面からやりあうのはただのバカだぜ」

その言葉にアルベルトも同意し、頷《うなず》く。

「おまえらもご苦労だったな」

この戦いが如何《いか》に激しいものであったかを物語るように、龍園から労《ねぎら》いの言葉が飛ぶ。

「い、いえっ！　俺たちはただサポートしただけですし！　なあアルベルト！」

石崎《いしざき》もアルベルトも、大きく目立った外傷《がいしょう》は無い。

それは龍園がこの戦いに2人を巻き込む上で避けなければならないと決めていたこと。

下手に怪我人《けがにん》が増えると、この喧嘩が単なる喧嘩では終わらなくなるからだ。

「おまえらはそろそろ行け。教師連中がいつここにやってきてもおかしくないからな」

龍園の腕時計の緊急アラートが鳴ってそれなりの時間が経過している。

「あの、龍園さんはどうなるんですか……？」

「ま、この状態だからな。続行するっつっても簡単にはさせてもらえないだろ」

倒れた宝泉と共に、龍園の負った傷はそれなりに重い。

「俺はこのまま宝泉とリタイアする」

「それ、大丈夫なんですか？」

「必要なものは全部葛城《かつらぎ》に託してある。上位3組の入賞は厳しくなったがな」

もしここで宝泉を放置しておけば、まだ綾小路《あやのこうじ》の元へ向かうおそれもある。

かと言って痛めつけた張本人である龍園が姿を消せば、それはそれで問題になる。

ここで龍園と宝泉は1対1の喧嘩をして共にリタイアをした。

という筋書きが、唯一にしてもっとも綺麗《きれい》な方法だと最初から判断していた。

「……それは、残念ですね」

昨日の段階で5位につけていた龍園葛城グループには、僅かだがさらに上位に行く可能性が残されていた。それを石崎が悔やむ。

「それがそうでもねぇのさ」

何かを思い出すように、龍園が薄く笑う。

その理由が分からず、石崎とアルベルトは互いに顔を見合わせた。

「そのうち教えてやる。今はとにかく行け」

石崎もアルベルトも確実にグループとして生還するには、脱落は避けたいところ。

そのためには一刻も早く腕時計を交換しグループと合流しなければならない。

2人がともにスタート地点へと走って行ったあと、龍園は意識を失った宝泉の身体《からだ》をベンチ代わりにでもするように腰を下ろした。

7

「――報告ありがと、もう試験に戻っていいよ」

トランシーバーからの報告を受けた椿《つばき》が、静かに通話を終える。

「結果は振るいませんでしたか」

その顔色を見て、そう判断した八神《やがみ》が問う。

「宝泉《ほうせん》くんが接触したであろう地点を見に行かせたら、ちょうど先生たちが集まっててスタート地点に連れ帰るところだったみたい。2年Bクラスの龍園《りゅうえん》って人とやりあってどっちも大怪我《おおけが》だって。ま、綾小路《あやのこうじ》先輩が動き続けてたから怪しかったけど」

宝泉が1対1に持ち込んでいたならGPSはその場で動きを止めていないとおかしい。

「僕はその人について詳しくは知りませんが、あの宝泉くんを止めたということですね」

納得のいかない椿は唇を尖《とが》らせ、何故《なぜ》この作戦が失敗したのかを考える。

綾小路に示された指定エリアはC3、D2とこちらが包囲するのに絶好の配置になったからだ。だが、このプラス材料は同時に相手に時間を与えたとも言える。

「綾小路先輩の退学への追い込みはこれで終わりではありませんよね？　1年生が確実に助かるためにはそれ以外の単独グループを潰さないといけません。続きの策があるのなら聞かせてください」

そう詰め寄る八神だが、椿は視線を逸《そ》らし興味なさげに呟《つぶや》く。

「これ以上危険な橋を渡ってもためにならないよ。ここで落ちるグループを無理に助けたって、遅かれ早かれ消えていく運命にあるんだから」

「……つまり、ここで手を引くと？」

「なんか気に入らないんだよね。私の作戦は最初から通用しないことが決まってたかも」

「どういうことです？」

「懸賞金がかかってる話も独り歩きしてるし、綾小路先輩の警戒心も強い。何より1年生の仲間を信じることが出来てない以上、この計画には無茶があったってこと」

失敗したことに消沈しているというよりも不穏な乱れを椿は嫌った。

「私一人でやるべきだったたって後悔してる」

その方がずっと上手《うま》くやれたと、そう強く後悔していた。

タブレットの画面表示を落としたところで、あることに気付く。

「あれ……？」

ここで椿は、宇都宮《うとみや》の存在が無いことに気付いたからだ。

「どうしました？」

「宇都宮くんは？」

そう言われて、八神も宇都宮の存在がないことに気が付いた素振りを見せた。

「30分ほど前までは、近くにいたと思いますが……」

椿《つばき》がタブレットで見えない敵との戦いに身を投じていた時だ。

不穏なものを感じ、椿は10分前の地図を表示し、宇都宮《うとみや》の位置を検索する。

今椿が立っている場所から南西、400メートルほどの地点にいた。

「何をしてるの……」

傍《そば》にはもう1つだけGPSの反応があり、名前は――2年Aクラス鬼頭隼《きとうはやと》。

その名前を見た瞬間、椿はトランシーバーを手に取った。

8

大きな男が、視界の悪い森の中を駆ける。

その大男の狙いは、椿桜子《さくらこ》と八神拓也《やがみたくや》、そして宇都宮陸《りく》の所在するキャンプ地。

坂柳《さかやなぎ》に指示を受け今回の指揮を任されている人物のあぶり出しを任された存在だった。

鬼頭が走りキャンプ地を視界に押さえようとしていると、視線の先に人影を見つける。

その男は鬼頭の方を見ながら、まるで道を塞《ふさ》ぐかのように立ちふさがっていた。

その人物の顔には見覚えのない鬼頭だったが、すぐに味方ではないことを認識。距離があるうちに進路を変えようとするが、それを見て相手の男も歩き出す。

これで敵であることをはっきりと認識した鬼頭は、走るのを止《や》め男の方を向く。

「この先に何か用か？」

上級生相手だが、敬語を使うことも忘れ厳し目の口調で問いかける宇都宮。

「確か2年Aクラスの鬼頭隼……先輩でしたか」

冷静に、敬語を混ぜつつそう発する。元は単独だったため鬼頭のことは記憶していたが、グループ合流したためリストから外した人物だ。

だが最初から知っていると伝えるのは怪しまれる可能性があるため、あたかも今まで意識していなかったかのように装った。

「今は急いでいる」

改めて断りを入れ、鬼頭は宇都宮をかわそうとする。

しかしその肩を宇都宮が掴《つか》み阻止してきた。

「……なんだ」

その行動に苛立《いらだ》ちを覚えた鬼頭が睨《にら》みつけるが、宇都宮もまた鋭い眼光を向けるだけ。

「悪いがここから先を通すつもりはない」

「なに？」

怪訝《けげん》そうに眉間にしわを寄せた鬼頭の前に、宇都宮の拳が迫る。

その拳を、冷静に避《よ》け距離を取る鬼頭。

「どういうつもりだ」

そして詰め寄り、胸倉を掴みに行く。

「言ってるだろ。ここから先に通すつもりはないってな」

「名前は？」

「1年Cクラス、宇都宮陸《うとみやりく》だ」

宇都宮。坂柳《さかやなぎ》に命じられた、調査対象の1人。

ここに足止めに来ている段階で、指揮官としてのターゲットからは外れる。

そして宇都宮もまた、鬼頭《きとう》が誰かに指示されて来たのだと察している。

「誰に命じられてここに来たんだ」

名前を聞こうとするも、鬼頭は答える素振りを見せない。

「たとえ上級生でも容赦するつもりはない」

その言葉に鬼頭の眼光が鋭く光り、太い腕が宇都宮の首筋を狙う。

慌てず宇都宮は距離を取り、鬼頭の攻撃から難なく逃れる。しかし素早く回避した動作のせいで、ポケットに入れてあったトランシーバーが鬼頭の足元に落ちる。

「しまった……！」

慌てて詰め寄ろうとするも、鬼頭が構えることで迂闊《うかつ》に飛び込めなくなる。

しばらく硬直した睨《にら》み合いが続いていたが、その静寂は別のところから破られた。

『宇都宮くん？　何してるの？』

足元に転がったトランシーバーから、椿《つばき》の声が漏《も》れ聞こえている。

「ちっ……」

舌打ちをして、落としてしまったトランシーバーに視線をやる宇都宮。

『私の指示には従うはずじゃなかったの？』

返事がないのを怪しみながらも、椿《つばき》がそう続ける。

飛び掛かる隙を窺《うかが》っていた宇都宮《うとみや》だが、鬼頭《きとう》は片方の手で落ち着けと合図を送った。

足元のトランシーバーを拾い上げ、それを宇都宮の方へと軽く放り投げる。

「っ。どういうつもりだ……ですか」

思いがけない行動に、毒気を抜かれたように宇都宮が問いかける。

「目的は達した」

これ以上戦う必要はないと、鬼頭は荷物を拾い上げ引き返していく。

トランシーバーから聞こえる椿の声を聞いて、指揮官だと判断したということ。

鬼頭の背中は既に遠ざかり始め、無防備になっている。

『宇都宮くん聞こえているなら落ち着いて。今、ここで鬼頭先輩と戦うのは悪手よ』

返事をせず、しばらくトランシーバーを見つめている間に、鬼頭は姿を消した。

「……俺だ」

やがて1人になったところで、宇都宮はトランシーバーで応える。

『無事なの？　鬼頭先輩は？』

「今、目の前から去っていったところだ」

『なんでそんな勝手をしたの？　下手したら宇都宮くんも一緒に退学だよ？　それとも私の所に2年生を近づけないように？』

「いやそうじゃない……すまない。俺の勝手な判断だ。今回の戦略が上手《うま》くいかなかったとしても、見す見す相手に余計な情報を与える必要はないと思ったんだ。椿のところに近づけないために、阻止しておきたかった」

『過ぎたことを責めても仕方ないけど、それは宇都宮くんの考え？』

僅かな沈黙の後、宇都宮が言う。

「いや……そう、そうだ。俺が勝手に動いた」

動揺が伝わる返事だったのか、トランシーバーの向こうでしばらく椿は沈黙する。

『そう。とりあえず動けるなら帰ってきて』

「分かった」

通信を終え、宇都宮はタブレットに視線を落とす。

それからもう一度トランシーバーを持つと、コードを変え通信を始める。

「2年の邪魔な虫は追い払った。椿が指揮官だと見抜いて満足したはずだ」

『流石《さすが》ですね宇都宮くん』

「で、椿の計画は？」

『あなたのお望み通り失敗しましたよ。わざわざ綾小路《あやのこうじ》先輩に早めの警告を出さなくても、最初から成功するはずのない陳腐な戦略だったとは思いますが』

「切るぞ」

不用意に長引かせることなく、宇都宮はトランシーバーの電源をオフにした。

○月城《つきしろ》という男

朝、E3の右端で目を覚ましたオレはタブレットで地図を確認しようとする。

昨日一日1年生の進軍を避けた結果、昨日は1か所も指定エリアを踏めずに終わった。坂柳《さかやなぎ》からの連絡では午後になってすぐに退《しりぞ》いたとの報告だったが、あえて指定エリアには向かうことはしなかった。逃げの道中課題に参加して最低限の得点を稼いだだけ。

昨日13時に解禁されたランダム指定エリアはF3、その後の午後3時がG3。

地図を開き、昨日GPSサーチした午後1時時点の画像を読《よ》み込む。こちらを付け回していた1年生のグループは全部で5つ。そしてGPSを消して近づいて来ていた宝泉《ほうせん》で全てだった。それは間違いないだろう。そして宝泉が龍園《りゅうえん》との対決に移行し決着がついた後は、全グループ撤退して特別試験に戻ったことはその後のサーチで明白だった。

しかし―――。それらの敵にオレと坂柳が意識を向けている間にバラバラだった1年生の幾つかのグループが集結し、指定エリアに先回りするように動いていた。このグループが怪しいと思ったのは、午後3時を迎えオレの4度目の指定エリアG3が発表されたと同時に西に移動しF4に向かい始めたからだ。ここは道も細く、道を固められると逃げ切ることは難しいが、避けるとかなりの迂回《うかい》を強いられる。

「念のためにと危険を避けたが、その分最終日に大きなしわ寄せが来てしまったな」

リスクを避けた結果。6連続スルー、4連続ペナルティ中。今の状態を一刻も早く解除しなければならない。あと3回続けてペナルティを踏めばここから更に18点を失う。

表示された総得点は119点だが、退学回避の安全圏とはほど遠い。オレが見立てたセーフティラインは105点前後。ここを下回ってしまうと退学になっても不思議はない。そのため夜中の内に移動を強行し、ひとまず昨日の4回目の指定エリアG3を射程圏内《けんない》にまで捉えることに成功した。

順位を見ることが出来なくなっているため、この最終日は自分の順位を想像しながら戦わなければならない。12日目夜の順位は全くあてにならない。全部で157組あるのだから大丈夫と思えそうだが、実際には多くのグループが合流を終えている。つまりグループ数は既にかなりの数減っているとみた方がいいだろう。もちろんこの最終日、更に救済に動くグループもあることは明らかだ。

200点近いグループが下位グループを拾い上げれば、その瞬間にオレを上回る。この最終日、2倍になった得点による影響も無視できない。

1年生の戦略に、じわりじわりと退学の道へ追い詰められたということだ。まだ、この先に1年生が待ち構えている可能性もあるがGPSサーチはもう使えない。

午前7時に解禁された指定エリアはH3。山があるためありがたい位置とはお世辞にも言い難いが、こればかりは読めるものではないので仕方がない。ここから最短で向かったとしても2時間近くかかってしまうだろう。グズグズしていられない。

多くの生徒が得点2倍になった課題に挑むであろう日に、指定エリアを踏めるかどうか際どい戦いを強いられることになるとは。昼頃には更に順位を落としているかも知れない。

荷物をまとめて出発したところで、トランシーバーに坂柳《さかやなぎ》から連絡が入った。

『おはようございます、綾小路《あやのこうじ》くん。昨日は色々と大変でしたね』

「坂柳のお陰で助かった」

『ペナルティは大丈夫ですか？　夜中のうちに随分移動されたようですが』

こっちの動きは、ＧＰＳから坂柳の方に筒抜けだな。

「1回目の指定エリアはＨ３だ、余裕はないが間に合うと思う」

『Ｈ３ですか』

何か思うことがあるのか、坂柳は興味深そうに指定エリアを呟《つぶや》く。

オレは移動しながら坂柳との話を続ける。

『実は、１つ困ったことになってしまいまして。明け方一之瀬《いちのせ》さんが姿を消したんです』

それはまた、最終日に起こるイベントとしては厄介な問題だな。

「姿を消したというのは？　アクシデントか？」

『いえ、自発的な行動だと思われます。ここ数日様子がおかしかったですから』

そういえばそんなことを言ってたな。

「でもどうしてオレに連絡を？　何も役に立てることはないと思うが」

『実は一之瀬さんの位置を知るべくＧＰＳサーチをしましたところ、綾小路くんと同じＥ

3にいることが分かったんです。ただし正反対のD3側ですが』

同じエリアといえど、端と端ではそれなりに距離がある状況だ。

それに今、オレは既にF3に足を踏み入れてしまっている。

「坂柳たちの昨日の最終指定エリアは？」

『D5です。一之瀬さんは到着していました』

早朝に誰にも告げず行動を始めて、何故《なぜ》かE3にまで来ている？

『朝、1点滅っていることに気付きまして。グループ内の人間に確認を取りましたが、誰もGPSサーチを使った痕跡はありませんでした。一之瀬さんが使用したようですね。E3を目指していたのか、あるいはもっと先のエリアなのかは現状不明ですが、誰かに会いに行ったと考えるのが普通ではないでしょうか』

「そうだな。昨日の内に4回目の指定エリアを踏んでいたのなら、早朝に移動する理由はそれくらいしかないいな」

『もしかしたら綾小路くんに会うためかとも思ったのですが――』

「悪いが心当たりはない。この特別試験じゃ一之瀬は一度も見ていないしな。待ってれば一之瀬がF3側に来るかも知れないが、生憎《あいにく》とこっちも先を急いでる。どうする気だ？」

『私たちが向かうべき1回目の指定エリアはE6でした。着順報酬を捨てることにはなりますが、無視するしかありませんね。最悪彼女がリタイアしても、この最終日であれば大きな悪影響はありませんから』

そうは言っているが、坂柳《さかやなぎ》グループは貴重な7人編成。表彰台を狙って12日目終了時点では4位という絶好の位置にまでつけていた。ここで一之瀬《いちのせ》が欠けるのは痛手だろう。

裏を返せば、そんな重要な最終日に勝手な行動をしているということ。

誰よりも仲間のために行動する一之瀬には、到底考えられない不可解な行動だ。

「おまえも大変だな」

『アクシデントはつきものですよ。まあ、放っておいても半日すれば特別試験は終了するので問題はないと思いますが。もし見かけることがあれば事情を聞いておいてください』

これ以上は妨げになってしまうと言って、坂柳は通信を終える。

「一之瀬はどこに向かっているのか……」

オレは歩きつつバックパックにトランシーバーを片付けながら今度はタブレットを取り出す。最終日、もう充電のことは考えなくていい。残り31%もあれば問題はないだろう。

画面上で広げた地図には、自分が向かうべき指定エリアと各地に点在する課題がある。

ここまでの2週間、課題は無人島全体の本当に至る所に出現していた。

しかしこの最終日に限り1から3の島北部に位置するエリアには課題が全く出現していないことが分かる。逆に中央と南の5から10、更に言えばAからEまでの間に多くの課題が集中している。これは単純に試験最終日であるため、スタート地点に戻ることを誘導していると考えると納得はいく。さっさと指定エリアを踏んで課題に挑むのが賢い。

一之瀬の位置を知るためにGPSサーチを使いたい気持ちもあったが、今のオレは退学の危機を抱えている。ここは生存率を少しでも高めるために1点を惜しまなければ。

1

オレに示された本日2回目の移動先はI2。無人島の北東の果てだ。

なんとかペナルティを止めることが出来たため、ひとまずは安心して向かえる場所だ。

試験終了の午後3時を迎えた後は基本的に歩いてスタート地点に戻るわけだが、場合によっては巡回する船で生徒を随時回収するプランもあるらしい。近場だとJ6まで午後5時に巡回船が来てくれるようだ。

「終盤も終盤で、とんでもないところに指定エリアを出してくれたもんだ……」

島の南側に課題が集中している試験環境は変わらないのに、指定エリアは最北東とは。

明らかにハズレのテーブルだと嘆きたくなるが、仕方がない。

そう割り切れると楽なのだが、ここに来て不穏なものを感じ始めていた。

今日、朝から誰一人として他の生徒とすれ違ったり、そもそも見かけたりということがない。島は広いといえど、基本移動をしていれば姿を見たり声を聞いたりする機会は多い。

もちろん、昨日は最終指定エリアに辿《たど》り着《つ》けなかったため、自分と同じテーブルの生徒と鉢合《はちあ》わせないのは分からないでもないが……。

このことから、既に多くの生徒たちは課題の集まる南側へ降りていることが分かる。

I2を踏んでから、最終指定エリアを無視して課題に向かうのも手かも知れないな。

H3は細い川がエリアを分断している。

この川はショートカットに使えないため、どうしても迂回《うかい》を強いられる面倒な場所だ。

救いは川沿いに歩くだけでいいので迷う心配がないこと。慌てず川沿いを南西に下り、川を越えられるポイントまで辿《たど》り着《つ》いて北東へ。山に当たるまでは、川沿いに歩いていけばいいだろう。そうしてオレが川の反対側、H3の中央付近まで足を運んだ時だった。

「綾小路《あやのこうじ》くんっ――――！」

流れる川の音に耳を傾けながら歩いていたら、遠くからオレの名前を呼ぶ声が聞こえてきた。先程オレが迂回してきた川の北側。

そこに泥だらけになった一之瀬《いちのせ》が、息を切らせオレを見つめていた。

「一之瀬……H3まで来てたのか」

確か坂柳《さかやなぎ》の話によると、一之瀬はE3にいたはずだ。

今時刻が10時を過ぎたところなので、太陽が昇り始めた時刻を5時半頃とするなら、一之瀬は約4時間半歩き続けてここに来たことになる。それもかなり速いペースで。

「私……私、綾小路くんに会いに来たの！」

疲れ切った状態で言葉を切らせながらも、川の向こうからそう叫ぶ一之瀬。

「今そっちに行くからっ！」

そう言って、ふらふらになりながらも一之瀬は川沿いを走り出す。

重たいバックパックが邪魔なのか、それをその場に投げ捨てる。

どうにも足取りが危なっかしい。限界を迎えているであろう一之瀬の体力ではここまで来るのにも骨が折れるだろう。オレは来た道を引き返し、合流を急ぐことに。

5分ほどお互いに川沿いを駆け、合流出来るポイントに到着する。

一之瀬に無理をさせるわけにもいかないため、オレが北側へと先に川を越える。

「や、やっと、やっと追い付いた……待ってて、私が行くからっ」

ここまで追いかけてきて、呼び止めた責任を感じているのだろうか。

力いっぱい足を懸命に奮い立たせ、オレの元に一歩ずつ近づいてくる。

息を切らせ目の前まで辿り着いた一之瀬だが、立っていられず前のめりになった。

「っと」

倒れそうになる一之瀬を抱き留める。

「ご、ごめんなさい！　あ、あれ？　なんで？　足が……言うことときかないっ……」

慌てて離れようとしているが、膝が震えてまともに立てないようだ。

「一体どうしたんだ一之瀬」

そんなオレを見上げた一之瀬は、必死に状況を整理しながら口を開く。

「わ、私、どうしても綾小路くんに伝えなきゃいけないことがあって……！」

「伝えること？」

「悩んで、悩んで、ずっと悩んでた……友達を、クラスメイトを守らなきゃって……」

一体何の話をしているんだ。内容は分からないが、一生懸命なことだけは確かだ。

「だけど、それでも綾小路《あやのこうじ》くんのことが心配だったから……どうしてもっ」

この特別試験中、オレは特に一之瀬《いちのせ》と接点を持つようなことはなかった。

何か思いもよらないことがあったということ。

それを伝えるために4時間を超える時間、ここまで必死に歩き続けて来た。

「わ、私……腕時計が壊れて、それで、スタート地点に戻って交換してもらおうと思ってたの……その時、月城《つきしろ》理事長代理と司馬《しば》先生の2人がいて……!」

まだ呼吸も落ち着いていないほど疲れている中、たどたどしくも一之瀬が話す。

いつのことかは分からないが、恐らく数日悩み抜いたのだと思われる。

「さ、最終日まで綾小路くんが無事だったら、I2に呼び出して葬り去るって──」

『I2』『葬り去る』という言葉。確かにそれだけを聞けば、相当物騒なワードだと思うだろう。月城たちが迂闊《うかつ》にも一之瀬に会話を聞かれたのは、腕時計が壊れていてGPSの反応を辿《たど》れなかったからか。

「クラスメイトを守ること……というのは、月城に脅されたってことか?」

言い当てたオレに一瞬驚いたようだったが、一之瀬が繰り返し頷《うなず》く。

「このこと、綾小路くんに話したら……クラスメイトを退学にするって……だけど、だけどどうしても綾小路くんのこと、放っておけなかったの……!」

「気にせず見捨てるべきだ。オレはおまえの敵なんだからな」

上手《うま》くいけば綾小路という生徒を退学にしてもらえる、それくらいに考えてよかった。

一之瀬はそんな言葉を聞いて、嫌だと強く激しく首を振る。

「無理だよ！　綾小路くんは、綾小路くんは……私の敵なんかじゃない！」

オレの胸元近くのシャツを握りしめる一之瀬。

「敵だと、思うんだけどな」

「だって……だって、私にとって綾小路くんは――」

シャツを強く握った手が更にもう一度、きつく握りしめられる。

「私は、私は綾小路くんのことが、好きだからっ……！」

その言葉は、一之瀬自身が想定していなかったものだったのだろう。

言葉が出た後、自らの口を塞《ふさ》ぐように視線を逸《そ》らした。

「ち、ちが！　今のは、え、なんで私、え、えっ⁉」

本人も理解が追い付いていないのか、パニックになって首を繰り返し左右に振る。

「私、今、なんて言ったかな⁉」

自分の発言した記憶が飛んだかのように、理解できないと慌てだす。

「言っていいのか？　一之瀬がオレになんて言ってくれたのか」

「う、うん……あ、いや、ダメ！　や、やっぱり言わないで思い出したから‼」

「――ありがとう一之瀬」

「え、え、えっ⁉」

オレは改めて一之瀬《いちのせ》にお礼を伝える。

クラスメイトよりも、勝つために組んだ試験のグループよりもオレを優先してくれた。

その気持ちを蔑《ないがし》ろに受け止めたりはしない。

「もし一之瀬が警告してくれなかったら、オレはどうなっていたか分からない」

恐らく、これはオレにとって大きな分岐点だ。

もしここで一之瀬に出会っていなければ、月城《つきしろ》を想定しI2へと行くことはなかった。

確かに月城は一之瀬を脅し封じた。だがこうして、目の前に一之瀬はいる。

そして危険を顧みず、全てをオレに話して聞かせてくれた。

「さっき言ってくれた言葉は本当なのか？」

「そ、それって、だから、えっと、違うんだよ、その、そのね？」

「違うなら今否定してくれ。勘違いしてしまう」

「……えっと……勘違い……勘違い、とかじゃなくて……」

否定しようとしていた一之瀬だったが、もはや言い逃れ出来ないと観念する。

「……好き……です……」

小さな、掠《かす》れて消えてしまいそうなほどの声で、認めた。

「私も、多分そんな気持ちに、さっき気が付いたんだと思う……ご、ごめん」

何も謝ることはない。

「正直、オレが一之瀬にそう思ってもらえていたことは意外で少し驚いた」

「ご、ごめんね……嫌、だよね？」

「そんなことはない。ただ、今すぐ一之瀬の気持ちに応えることは出来ない」

「う……うん、私じゃ、綾小路《あやのこうじ》くんには釣り合わないから……」

「そうじゃない。解決しなきゃならないことが幾つか残ってる、そんな状態でイエスもノーも答えるわけにはいかないと思った」

それにこの場で恵《けい》の存在を教えることだけは避けなければならない。

あとで知ることでより傷つけ恨まれるとしても、今は無人島試験の最中だ。

まだ時間が残されている以上、戦う気力を奪う真似《まね》はするべきじゃない。

「納得いかないかも知れないが、それが今オレに言える精いっぱいの答えだ」

「うん……分かった」

嫌がることも、不満そうにすることもなく一之瀬は頷《うなず》いて応える。

「オレはこれからＩ２に向かうつもりだ。そこでやらなきゃならないことがある」

「だ、ダメだよ！　危ないよ！」

「そうしないと一之瀬も、大切なクラスメイトも守ることは出来ないだろ？」

本人だって悩みぬいたからこそ分かっているはずだ。

オレに接触して話してしまえば、月城がそのことを知るのは想像に難しくないと。

だがこれは窮地《きゅうち》ではなく起死回生であることを、月城に教える必要がありそうだ。

「ゆっくり休憩してからグループの合流を目指すんだ。いいな？」

従う一之瀬《いちのせ》の頭を一度撫《な》でて、オレはI2に向かうことを決めた。

2

I2とI3の境界線付近には岩場があり、その近くには膝より高い茂みもある。

「この辺りにしておくか」

背負っていたバックパックを降ろし、その茂みへと隠す。

ここから何が待っているか分からない以上、背中の荷物は邪魔なだけだ。タブレットも含め全て置いていくことを決める。海沿いまで戻ってくれば迷わずこの岩場まで戻って来ることが出来るだろう。

一之瀬が言っていた、月城《つきしろ》がオレを葬り去るために用意された場所、か。

恐らくオレと同じテーブルのグループたちは、全く違う指定エリアが示されているのだろう。確かめるためだけに今サーチをして1点を失う真似《まね》は避けたいところだ。

それに一之瀬が絡んでいると知って、行かないという選択肢は逆に消失した。ここでオレが向かわない選択を選べば、月城は容赦なく一之瀬のクラスに手を出す。腹いせにどこまでの罰を与えるか読み切れないほどだ。

準備を終え、オレはI2に向かうべく歩き出し始めた時だった。

「よう綾小路《あやのこうじ》。偶然だな」

タブレットを持った南雲《なぐも》が、何やら興味深いものを見る目でこちらを見ていた。

オレの置かれた状況からして、誰であろうとこの付近のエリアにいるのは不自然だ。

まさか懸賞金以外で、月城の一件にこの男も絡んでいる？

いや、生徒会長などという肩書は月城にとって然程《さほど》大きな意味合いはないだろう。

ここに姿を見せたのは、その件と繋《つな》ぎ合《あ》わせる必要はなさそうだが警戒はしておく。

「南雲生徒会長がどうしてこんなところに？」

軽く見渡しても周辺に南雲のグループメンバーと思われそうな生徒は1人もいない。

「安心しろ。ここにいるのは俺とおまえだけだ」

GPSサーチでも使ったのか、南雲はそう言ってこちらの警戒を解こうとする。

「この近くには課題もありませんけど、どこにいたんですか」

南雲が現れた方角は南東だった。

「I4の砂浜で遊んでたんだよ。もう無人島生活も終わりだからな」

最終日、ほぼ全ての生徒が血眼《ちまなこ》になって得点を集めている中、浜辺で遊んでいたとは。

「王者の余裕ってヤツですか」

その問いかけには答えず、南雲は笑う。

「にしても、さっきのセリフはそのまま返すぜ綾小路。指定エリアも課題もないこんな場所に何をしに来た。帆波《ほなみ》と会ってたのか？」

ここで彼女の名前が出てくるのは驚くことじゃない。直接一之瀬の姿は見ていないにしても、GPSサーチをしていたなら近しい位置にいたことは明白だろうからな。

「だとしたら問題ですか？」

「いいや？　今も一緒にいるってことなら色々と言うべきこともあるが、おまえは今ここに1人でいる。つまり別の目的があるってことだからな。この先のI2に何がある」

オレがその質問を聞き流すことを決めると、南雲《なぐも》は話を変えるようにこう続けた。

「もう無人島試験も終わりだろ？　おまえとは一度話をしておこうと思っただけだ。生徒会長の俺とおまえが2人で立ち話出来る状況は、学校じゃそう多くないからな」

「確かにそうですね」

こっちは単なる日陰モノの一生徒。

一方で相手は泣く子も黙る生徒会の長、不釣り合いなんてものじゃないだろう。

しかしただ単に世間話をするためにここまで足を運んだとは思えない。

「1年生たちがオレを襲撃することは承知していたようですね」

「察しは悪くないみたいだな」

オレを退学させれば2000万ポイントを与えるという懸賞金の話。

月城《つきしろ》が主導とはいえ、その間に南雲が入っていたことは紛れもない事実。

南雲ほどの男なら、日付問わずGPSサーチで状況を観察していてもおかしくない。

昨日のオレと1年生たちの動きを見ていれば襲撃は明白だろうしな。

南雲はオレと同等、いやそれ以上に今回の特別試験の全体像が見えている。

この場に難なく現れてみせたのも、こちらの行動を把握しているからに他ならない。

「懸賞金のことを悪く思うなよ？　元々は俺の発案じゃない」

「月城理事長代理ですよね」

「そこまで分かってるなら話は早いな。金の出所も全部理事長代理からだ。俺はあくまでも生徒会長としての名前を貸しただけさ」

　本人がその気だったかどうかに関係なく理事長代理からの指示とあれば、南雲にも逆らうことは出来ないだろうからな。

「理事長代理の命令とあれば、引き受けたことには納得します。でもオレの知っている南雲生徒会長なら、そんな話は蹴るんじゃないかと思ったんですが」

「懸賞金の話が出た時、もしおまえ以外の生徒だったら受けてなかっただろうな。だが、指名されたのは他でもないおまえだった。堀北《ほりきた》先輩に買われていた唯一の男だからな」

　やはり南雲はオレを通してその後ろにいた堀北学《まなぶ》を見ている。

「答えろ綾小路《あやのこうじ》。おまえはこの先で何をするつもりなんだ」

　オレなど取るに足らない存在だから気にするな、と言うのは簡単だ。

　だが南雲はそれでは引かないだろう。

　この先に待ち受けるものが何であるかが分からない以上、時間は大切にしたい。

「南雲生徒会長には無関係なことです。オレなどに構わず最後の特別試験に集中するべきでは？　高円寺《こうえんじ》との得点差は肉薄しているはず。あなたが戻らないと着順報酬も得られない。一部の課題にも参加できない状態が続きますよ」

それは、逆転される可能性を残してしまうということ。

「心配するな。この最終日、高円寺《こうえんじ》は俺が完璧に抑え込んである」

そう言うと、南雲《なぐも》は後ろポケットからトランシーバーを取り出した。

離れていても指示を出せば、それで十分だということか。

「何をしに行くのかも気になるが、答えられないなら質問を変えてやる。堀北《ほりきた》先輩が期待を寄せるだけの実力を持ってるのか俺に見せてみろよ。おまえの本気ってヤツを」

ここまで足を運んできた最大の理由はそれか。

「まさか、ここで生徒会長と殴り合えとでも言うんですか？」

「殴り合いも嫌いじゃないが、俺としてはもっと真っ当な戦いの方が好みだ。この無人島試験が終わっても、学年を越えた戦いの機会は残されてるからそこで相手をしてやる」

生徒会長直々の指名ということか。

「今回の無人島試験でも分かったはずでは？　オレと生徒会長では勝負になりませんよ」

現に南雲はこの試験1位、2位を安定して維持し続けてきた。

接戦の高円寺にも逆転のチャンスはあるだろうが、それでも厳しい戦いに違いはない。

「おまえは1人、こっちは7人だ。勝負になる方がおかしいだろ」

「高円寺は十分勝負になってるじゃないですか、変人ですが紛れもない実力者です。対してオレは上位10組に一度も入れませんでしたからね」

強敵を求めているのなら高円寺にすればいいと促す。

「ま、確かにアレは想像以上だ。今回の試験で唯一俺に攻めの一手を打たせたからな」

どこか高円寺を認めつつも、呆《あき》れたように肩を竦《すく》める。

攻めの一手とは、今まさに南雲がトランシーバーを使っていることを指すんだろう。

「3年生全体を使った着順の先回りや課題の独占は、生徒会長にしか出来ない芸当でしょうからね」

1年生や2年生と違い、3年生はほぼ全部のグループが南雲の支配下にある。

もし確実に高円寺を封じようと思った時、3年生を総動員すれば確実に封じられる。

どれだけ体力があり足が速く、そして課題のクリアに長《た》けていても無駄だ。

張り巡らせたグループが何もかも根こそぎ刈り取ってしまう。

結果的に高円寺が得ることが出来るのは基本移動による到着ボーナスのみ。

その間に南雲たちは到着ボーナスを重ねるだけで点差は広がっていく。

「流石《さすが》にそれくらいは見抜いてたか。いつ気付いた」

「ビーチフラッグスの段階から怪しいとは思ってました。桐山《きりやま》副会長たちが空いた枠をあえて埋めずに空けていましたからね。アレは生徒会長のために残していた席」

しかしオレが先に到着してしまったため、仕方なく空いたメンバーでエントリーした。

南雲はのんびりと遊びながら桐山たちの課題が終わるのを待っていたということ。

「桐山副会長とは敵対しているとばかり思っていましたが、どうも違うようですね」

「あいつは自分がAクラスとして卒業するためなら、嫌ってる俺とも手を組むのさ」

「規格外の高円寺《こうえんじ》はさておき、普通の生徒には手も足も出ないわけですね」

そう答えたオレに、南雲《なぐも》は何かがおかしかったのか笑う。

「本心じゃないな？　おまえは俺が凄《すご》い人間だとは全く思ってない」

「そんなことは――――」

否定しようとしたが、それを南雲が手で制する。

「3年を総動員して力業《ちからわざ》だけで勝っただけだと思ってるんだろうけどな、それは違うぜ。今からおまえに俺の超能力を見せてやる」

「超能力、ですか」

「12日目が終了した時点でのおまえのグループ順位を言い当ててやるよ」

公開されていたグループは上位10組と下位10組だけ。全部で157組からその20組を除けば、合流抜きで137組。もちろんオレの正確な順位を知っているのはオレだけだ。

日付が変わる前の最後の段階、オレの順位は16位だった。

「おまえの順位は……11位だろ？」

南雲はそう自信をもって答えたが、僅かに順位を外す。

しかし、それをオレは外したと笑うことなど出来ないことだった。12日目は1年生からの襲撃に備えGPSサーチを繰り返した。仮にその余計な点数の消費がなかったなら、11位も十分にあり得たことだからだ。

全部のグループの順位を把握することなどルール上不可能。

つまり南雲が言いきったことにはそれなりの根拠があるということになる。

「少し違ったか。だが15位16位くらいには入ってるんだろ？」

「そうですね。正直に感心したくらいです」

素直に認めると、南雲はだろうな、と冷静にその事実を受け止める。

「超能力なんてふざけたことを言ったが、おまえが本当に隠れた実力を持っているとしたら、その辺の順位しかないと踏んだだけだ」

どうやら、南雲という男はオレが思っているよりもずっと優秀なようだ。

「おまえは目立たないように10位より少し下の順位で、いつでも上位を出し抜ける位置につけてたんだろ？　もし俺や高円寺がぶつかり合って順位を落とせば逆転も狙えると」

オレは目立つことを避け、12日目が終了するまでは潜んでいるつもりで動いていた。

終盤の疲れと共に上位の点数を稼ぐペースが落ちた時に、状況によっては一気に点数を重ねて表彰台を狙う線を残していた。いや、残していたつもりだった。

「気づいたか？　最初からそれが不可能だったってことに」

こちらの立てていた戦略は、最初の段階から南雲に無効化されていたということだ。

「10位がずっと3年の黒永《くろなが》だっただろ？　アレは俺が10位を維持させてたのさ。見えないところで点数を稼いで逆転を狙うヤツを封殺するためにな」

10位と9位の点数は開く一方で、オレが上位を狙うのは日に日に苦しくなっていった。

それらも全て南雲《なぐも》の計画通りだったということだ。

目に見えない敵を強制的に排除し、目に見える敵だけに絞り込んだ。

「ずっとおまえに実力があるのか疑ってきたが、これで明白になった。おまえは俺に叩《たた》き潰される権利を得たんだ、喜べよ」

「最終日に生徒会長がわざわざ指揮を執って高円寺《こうえんじ》を狙っているのも作戦の内ですか」

「俺は稼ごうと思えば400点でも500点でも稼げた。だが、それじゃ多少問題もある。それに面白味がないだろ？　2年や1年に勝てるかも知れないって希望を与えてやったのさ。それに接戦で負けたとなったら、あの高円寺の悔しがる顔が見られるかも知れないしな」

南雲は最強のグループとして悠然《ゆうぜん》とこの2週間戦い続けてきた。

そしてこの最終日に高円寺を沈め、自らが1位となることで存在感を誇示する気か。

南雲が本気を出せば、特定のグループが手にする得点の全てを知ることが出来る。着順報酬を得たかどうか、課題の結果がどうだったのか、それらをGPSサーチと仲間の目を使って知ることが出来るからだ。得点が不明な最終日の今も、南雲は高円寺が何点持っているか正確に把握しているとみて間違いない。

つまり1点差で勝ってみせるような劇的勝利を演出することも可能だということ。

「ま、高円寺のことはもうどうでもいい。この学校で俺が最後にやること。それはおまえを食うことだ綾小路《あやのこうじ》」

堀北学《ほりきたまなぶ》の影を常に追い続けている南雲は、オレにその姿を重ねて見ようとしている。

完膚《かんぷ》なきまでに倒し、違う形ででも白黒つけたいと思っているんだろう。

「生憎《あいにく》と、2年Dクラスのリーダーは堀北です。仮に3年生と競い合うような特別試験があったとしても、俺が南雲生徒会長と戦うことはありません」

「だったら強引に表舞台に出てきてもらうしかないか？　懸賞金のことも含めて」

その辺の事情を一切合切明らかにすることも辞さないということか。

「すみませんが、オレは先を急ぎます。この話の続きはまた今度にしてください」

「簡単に逃がすと思うか？　おまえが俺とやると言うまで離れるつもりはないぜ？」

南雲はオレについてくるつもりなのか、後を追って来る。

もしこの先に何かが待ち受けているのなら、南雲を巻き込むことになる。相手は月城《つきしろ》だ。最悪の場合南雲は築き上げてきたもの全てを失い、権力の名のもとに退学させられる可能性もある。

ここで言葉を使い説得しようとしても、南雲は応じないだろう。

もちろん、嘘《うそ》で安請け合いをすることも出来ない。

オレは足を止め、一度振り返る。

「俺とやる気になっ――――」

誤解して喜び勇んだ南雲の胸元を、オレは前触れなく強く押した。

後輩に手を出されるとは思いもしなかっただろう、何の抵抗もなく尻餅をついて南雲は地面に崩れる。持っていたタブレットとポケットのトランシーバーが零《こぼ》れ落《お》ちる。

「な――――」

自分の身に何が起こったのかそれを理解していない、そんな様子だ。

理解が追い付く前に、必要なことを済ませてもらう。

「南雲《なぐも》生徒会長。これでもオレはあなたのことを買っているつもりです。堀北《ほりきた》生徒会長とは違う能力を持ち、見事にこの学校の頂点に立った。実際、この特別試験でも余裕で上位をキープしているだけじゃなく、完全に支配していたと言っても過言じゃない」

まだ冷静さ、怒りを思い出す前にオレは言葉を続ける。

「ただ、踏み込むべきじゃない領域というものがあるんです。ここで引いてください」

「は……ふざけるなよ綾小路《あやのこうじ》。俺に命令するつもりか？」

「尊敬すべき部分を持つ先輩だからこそ、ここで容赦する気はありません」

「あ？　何様だおまえ――――」

オレは、ありったけの殺意を込めて南雲の目を見る。

「ッ……!?」

「引けと言ったのが分からないのか？」

南雲は恐怖心を植え付けられたことを認めないように、力強く立ち上がった。

「いい加減にしろよ？　ここまで俺を舐《な》めたのは、おまえが初めてだぜ綾小路……」

その時、南雲の傍《そば》に落ちていたトランシーバーに連絡が入る。

『上手《うま》く行ったぞ南雲、これで3回連続で高円寺《こうえんじ》の課題を防いだ。次の指示をくれ』

喜んだ3年生の誰かの声が聞こえて来る。

高円寺《こうえんじ》を封じる戦略は順調に進んでいるようだ。

南雲《なぐも》はその声に一切反応しようとせず、オレを睨《にら》みつける。

『おい南雲、おまえが指示しなきゃ上の連中は動かない。高円寺を確実に2位に落とすには試験終了まで攻め続ける必要があるんじゃなかったのか？』

「出なくていいんですか」

聞こえて来るだけの会話でも、南雲にとって重要な内容であることは伝わって来る。

南雲は黙ったままトランシーバーを取ると、電源のつまみをオフに回す。

「俺にとって重要なのは高円寺じゃないんだよ」

土を払おうともせず、南雲は詰め寄って来る。

「おまえとやって徹底的に叩《たた》きのめす。それが生徒会長としての最後の仕事だ」

意地、だろうか。生徒会長としての自らを鼓舞しこちらの威圧を振り払ってきた。

「俺ッ――――!?」

オレは迷わず、南雲の鳩尾《みぞおち》に拳を叩き込む。

「あ、やの……こ！」

瞬時に呼吸ができなくなり、一時的に南雲は意識を失うようにこの場に崩れ落ちた。

オレは南雲を受け止め、日の当たらない大木にもたれさせる。

下手な忠告を聞かない以上、この場ではこうする他ないだろう。

南雲の腕時計が異常を検知したのか警告アラートを発し、5秒間鳴り響く。

目が覚めるまでそう時間はかからないはずだ。

20分か30分か。

ともかく、この先のことに南雲を巻き込まないで済む。もちろんこの先、無人島試験が終わった後に別の問題が浮上することは避けられないが。それも今は些細《ささい》なことだ。

対処すべき月城《つきしろ》の問題を解決しないことには、その先の道は開けないのだから。

3

最終日午前10時過ぎ、私――堀北鈴音《ほりきたすずね》はＩ２を目指しＩ４とＩ３の境界線を北上していた。特別試験もいよいよ残すところこの最終日のみ、最後の気力を振り絞るところ。幸いにも昨日の夜12時直前まで２年Ｄクラスは下位10組に名前を連ねていなかった。

退学の範囲である下位５組は全てが３年生のグループ。

けれど絶対の安心は出来ない。最後の最後、この５組が別のグループと手を組めば必然的に得点が上がるため、順位が入れ替わるおそれがある。６位７位のギリギリに位置するグループと入れ替わることは避けられない。極端なところ、下位の10組全てが上位のグループと組んだなら、その10組ともが下位を抜け出すこともある。

タブレットが示す私の指定エリアはＩ７。向かっているＩ２とは真逆だ。

向かうべき指定エリアを無視しての暴挙とも取れる行動。どうしてこんなことをしているのか、その答えは右手に握られた1枚の紙切れにある。これは今朝、私がテントの中で目を覚ました時に小さく折り畳まれ忍ばされていたもの。

広げてみた紙には『正午』『K・A』『退学』『I2』と不規則に4つの言葉が並べられ書かれていた。

私が最初にこれを見て思ったことは2つ。

1つはこれを書いた人はとても字が綺麗《きれい》で、お手本にしたいくらいだと思ったこと。

そしてもう1つは紙とペンが無料の支給品にはないということ。

「ノートとペンは、何ポイントだったかしら……」

無人島のマニュアルに記載されていたことはぼんやりと覚えているけれど、無価値と判断して詳しいポイント価格は覚えていない。タブレットがバッテリー切れ、あるいは急遽《きゅうきょ》故障した場合にメモを必要とすることもあるかも知れないけれど。とにかく酔狂な誰かはノートとメモを購入し、そしてこのちょっとした暗号めいたものを寄越《よこ》してきた。

「いえ、暗号と呼ぶにはあまりに簡単ね」

I2とは無人島のエリアのこと、正午は時間。これはメモを寄越したのが最終日なのだから、この14日目の今日ここで何かがあることを示している。単なる悪戯《いたずら》と言ってしまえばそれまで。でも、残った2つの言葉はそうじゃない。

退学とK・A。前者の退学はさておき、問題なのはこのK・Aだ。

もし他の生徒がこのメモを見たとしても、きっと意味が分からなかっただろう。

私はこれを見た瞬間、意味を読み取ってしまった。綾小路清隆《あやのこうじきよたか》のイニシャルだと。

「そのままの意味を考えるなら今日の正午、I2で綾小路くんは退学する……」

ふざけた話だと、私は思った。

だから朝7時の指定エリアが発表された時は無視をするつもりでいた。

でも綾小路くんのGPSがE3にあったことが少しだけ気がかりだった。

だけど時間が経《た》ってI2に近づくようなら、単なる冗談で済まされないかも知れない。

そう思った私は少し時間を置いてGPSサーチを使ってみることにした。1点を無駄にするための誰かの罠《わな》だったとしたら、それに引っかかったことになる。

結果——綾小路くんはF3からG3に抜けるところまで歩みを進めていた。

このまま、彼がI2に向かえば……。

そんな予感に駆られ、それを確かめるために北上を決意したのだった。

彼には懸賞金が懸けられている。その示唆である確率も捨てきれない。

まだ正午まで時間はあるけれど、綾小路くんはどこまで歩みを進めたのかしら。

もちろん単なる偶然で、もう別のエリアに向かっている可能性もあるのだけれど。

GPSサーチしたくなる気持ちが湧いてくるけれど、そこをグッと堪《こら》える。私の得点なら十分上位50%に入ることは出来る。でもここから先指定エリアや課題を捨てて、更にサーチまで使えばそれも分からなくなってしまう。どの道無駄足を運んでいるのなら、I

2にまで向かってしまった方がいい。

「あ！　やっと追い付いた！　待ちなさいよ堀北《ほりきた》！」

視界の先が開けそろそろ川が見えてくる頃、そんな声が背後から聞こえてきた。

「……あなたがどうしてここに？」

息を切らせながら、こちらを睨《にら》みつけてくる伊吹《いぶき》さんが姿を見せる。

偶然現れた感じでもないことから、わざわざGPSサーチして追いかけてきたようね。

「点数、点数見せなさいよ」

「ちょっと待って。一体何を言っているの？」

突然現れて、敵である私に点数を見せろと言うのは理解に苦しむ行動だ。

「言ったでしょ。この特別試験、私はあんたには負けないって」

ビッと強気に人差し指を私の目の前に突きつける。

「今確認する必要はないわ。終わるまで待てなかったの？」

「特別試験が終わって、全グループの得点が発表される保証なんてないんじゃないの」

「確かに、それもそうかも知れないわね。重要なのは上位と下位のグループだから」

数多く存在するグループの順位を生徒全員がすぐに閲覧できる保証はない。

もちろん、当たり前のように公開される可能性もあるわけだけれど。

「だから、今ここで確認させなさいよ」

最終日、どちらが多く得点を集めたのか白黒つけておきたいということね。

「愚《おろ》かすぎて信じられない発言だけれど……わざわざここまで足を向けたってことは本気なのね。何回GPSサーチを使ったの？」

「……3回。あんたが近くにいたから今しかないと思ってね」

距離があればあるほど、意中の相手に出会うのは難しくなる。

伊吹さんは3回もGPSサーチを使ってここまで来たということだ。

「それはご苦労様だったわね」

「そんな労《ねぎら》いはいらないから点数を教えなさいよ。私は131点！」

どうだ、と言わんばかりに強気に申告する。

「聞いてもいないのに教えてくれてありがとう。でも2つほど言いたいことがあるの。まず第一にあなたが本当の点数を言っている保証がないこと」

「はあ？　だったら見ればいいでしょ」

バックパックからタブレットを取り出そうとする伊吹さんを私は止める。

「第二に、あなたが本当の点数を開示したとしても私が教えることはないということ」

「は？　なにそれ。あんたもあいつと同じようなこと言うわけ？」

あいつ……？　少し気になったけれど話を続ける。

「同じ2年生だと言っても敵同士。情報を開示するリスクは取りたくないの」

今の時点で私は下位10組に名を連ねているとは思わない。

けれど、最後の最後まで点数は変動する。

最終日だとしても伊吹《いぶき》さんに与えた情報に足元をすくわれる可能性は０ではない。

「分かった。私の点数を聞いてびびったわけね？　負けてるんでしょ」

「勝っている負けているに関しても答えるつもりはないわね」

何ら情報を与えるつもりがないと繰り返すも、伊吹さんは食い気味に発言する。

「素直に認めたら？　私には点数で勝てませんでしたって」

「そういうことにしておいてあげるから試験に戻りなさい」

それで満足するのならと、伊吹さんに合わせてみせる。

「……ムカつく。本当の点数見せなさいよ」

「折れたのに納得してくれないの？」

「本当の点数が知りたいのよ。どれだけ私が大差であんたに勝ったのかも知りたいし」

「くだらないわね……」

「私にとっては重要なことなのよ」

「申し訳ないけれど先を急ぐの」

「逃げる気？」

「私は指定エリアに向かっているの。それを逃げると表現するのはおかしな話ね」

私はＩ２へと急ぐべく足を向ける。

それを逃げたと捉えたのか、伊吹さんは後を追うようについてきた。

「あなたは北の方に指定エリアがあるの？　それとも単に私を追いかけてるだけ？」

「今知りたいのはあんたの点数。それが分かったら私だって指定エリアに戻るし」

どこまでも執拗《しつよう》に私だけを気にしているということね。

ここで変に足止めをされるのは、正直ごめんだわ。

ただでさえ紙切れ1枚に振り回されているのに、時間を浪費したくない。

「……私の負けよ」

「っ、認めた？　やっと負けを認めたってわけね？」

「そうじゃないわ。あなたのその執念みたいなものに負けたと言っているの。私が集めた点数は１４５点。惜しいところまであなたも来ていたけれど、勝負は私の勝ちよ」

本来隠してしかるべき情報を開示する。

それが私の敗北宣言の理由。

「私に勝ってる？　勝ってるって言うんだったら証拠を見せなさいよ証拠を」

当然そうなるわよね。

でも、私はもう歩みを止めるつもりはない。

彼の安否を確認するために、今は一刻も早くＩ２を目指したい。

「―――分かったわ」

効率的、いいえ、それが正しい回答だとは思わないけれど。

この試験最終日私が持っている得点を伊吹さんに知られたところで、大きな影響はないだろう。今は1分、１秒が惜しい。

バックパックを降ろしそこから中の外側に入れてあるタブレットに手を伸ばす。

伊吹《いぶき》さんは厳しい顔つきを崩さないまま、私の得点が幾つであるかその答えを待つ。

手元にタブレットを取り出し、電源ボタンを押そうとしたときだった。私と伊吹さんはほぼ同時に、隠そうともしない前方からの強烈な気配を感じ、顔を上げる。

「みーつっけた」

子供が遊び相手に出会った時のように、無邪気な声。

「どうも、堀北《ほりきた》先輩っ」

いつの間にか現れていた女子生徒を見て、伊吹さんは隠そうともせず不満を表した。

「……誰」

「1年Aクラスの天沢一夏《あまさわいちか》さんよ」

たまたま同じ場所に現れた可能性もあるけれど、なんだか様子が変ね。

警戒したまま、私は一度タブレットを手にしたまま天沢さんを向く。

1年生の懸賞金の話に今朝の紙に書かれてあった内容――――まさか彼女が?

「あたしのことは気にしないで、続きやってくれてもいいんですよー？」

「そうはいかないわ。色々プライベートな話をしていたところだったから」

私が点数を極力教えたくないことは、伊吹さんにも十分伝わっている。ここでタブレットの得点を見せて勝った負けたをしたがらないのも分かってくれるだろう。

やんわりと離れるように促したつもりだけれど、天沢さんは動かない。

その様子を見て痺《しび》れを切らしたのか、伊吹さんが苛立《いらだ》ちながら言う。

「あんた邪魔なんだけど」

「須藤《すどう》先輩は元気ですか？　堀北先輩」

「は？　無視？」

伊吹さんの問いかけが聞こえていないはずないのに、天沢さんは無視する。すぐに立ち去るつもりはないのか、背負っていたバックパックを降ろして彼女は肩を回す。

「……ええ。あなたのお陰で彼が救われたことには感謝しているわ」

にっこりと笑う彼女に、私に対する謝罪のようなものは一切ない。

綾小路《あやのこうじ》くんに対する態度や対応は、私に詫《わ》びるものではないと思っている？

それとも、大前提として悪いと思っていないのか。

「邪魔だって言ってるでしょ。こっちが先約なの、どっか行きなさいよ」

「先約？　伊吹先輩も勝手に押しかけただけなんじゃないんですかー？」

まるで私たちの会話を早い段階から聞いていたようだ。

もしかしたら本当にそうなのかも知れない。

「だとしても関係ないでしょ、失せて《う》」

邪魔、から失せて、と口調が強くなる。

これ以上いくと、伊吹さんなら本当に手を出しかねない状況だ。

そんな脅しを受けても、天沢さんは面白そうに笑うだけ。

「何か目的があるのかしら、天沢《あまさわ》さん」

伊吹《いぶき》さんのことをいったん置いて、私は天沢さんへと意識を向ける。

これ以上余計な時間を割きたくないけれど、仕方ない。

「ちっ」

それに苛立《いらだ》つ伊吹さんだけれど、仕方なくといった感じで待ってくれる。

「1つ聞きたいんですけど、堀北《ほりきた》先輩はこれからどこに？」

「今は伊吹さんと立ち話しているけれど、それが終わればすぐF3エリアを目指すわ」

もちろん嘘《うそ》。私は自らの指定エリアを捨てようとしている状況だ。

でもそんなことを天沢さんに教えるメリットはない。

彼女は他の1年生たちと結託し、綾小路《あやのこうじ》くんの懸賞金を狙って退学させることを目論《もくろ》んでいる。

綾小路くんに関連することで余計なことは話さない方が無難。

そう思った私の判断だったけれど、それが誤りだったとすぐに気づかされる。

「嘘つきだねー堀北先輩。堀北先輩の指定エリアはこっちじゃないでしょ？」

「どういうことかしら。」

「誤魔化《ごまか》しても無駄だよ。妙な手口で私を罠《わな》にかけようとしているの？」

即答した天沢さんの指定エリアは、まさに次に私が向かうべき場所だ。

単なる偶然では言い当てることなど出来ない。

彼女の表情からも、最初からひっかける気で仕掛けてきたとしか思えない。

「私たち2年生には2年生の戦い方があるの。何もかも真実を話せるわけじゃないわ」

そう言った後、私はすぐにこう続ける。

「綾小路くんを陥れようとした人物に対し、警戒するのは必然の行為じゃないかしら」

ここはスムーズに話の流れを切り替える。

1年生は敵、悪びれた様子を見せる必要などないのだから。

「ふうん。まあそれもそうかも」

そう言いつつも、まるでこちらの言葉など耳に届いているとは思えなかった。

彼女の態度は既に結論ありきでここにいるような気がしてならない。

「堀北先輩はどこに行こうとしてるの？　まさか……I2じゃないよね？」

どうやら、その私の考えは悪い方向で当たってしまったようだ。

「色々とお見通しなのね。でも、私がI2に行こうと決意したのは今朝のこと。随分と察しがいいのね？」

GPSサーチを使って私の位置をピンポイントで観察していたとしても、こんなふうに先回りするのは簡単じゃなかったはず。

だとするなら、今日のこの紙切れに天沢さんも関与しているとみるべき。

そのことで問い質《ただ》そうか迷っていると、伊吹さんが前に出る。

「ちょっといつまでダラダラ話してんのよ」

そう苛立《いらだ》つ気持ちは私も同じだ。

伊吹《いぶき》さんに割く時間以上に、このままでは天沢《あまさわ》さんの対処に迫られてしまう。

「伊吹さん」

私は情報が漏洩《ろうえい》することも覚悟の上でタブレットを起動し得点の画面を伊吹さんへと見せることにした。どうしても付随して、私が得たグループ拡張3枠の存在も見られることになるけれど、終盤まで使わずに済んだのだからほぼ実害はないわ。

彼女にとってみればグループ最大枠の部分なんてどうでもいいでしょうけれど。

得点を見た瞬間、伊吹さんの微《かす》かな舌打ち。

そして頭を掻《か》きむしるようにして、苛立ちを大きく言葉にする。

「はあ?　マジで?　はあ?　最悪」

ここまでの2週間、彼女の頑張りに対して多少残酷な答えではあるけれど。

とは言え、伊吹さんもよく頑張ったと思う。

学力の低い彼女が私と競るまで得点を積み重ねたのは、見返すに十分な結果ね。

「気が済んだのなら、指定エリアに向かうのね。この最終日は得点も2倍なのだから、まだ逆転するチャンスは残っているわ」

「そりゃま、そうだけど……あんた指定エリア捨てようとしてるってどういうこと?」

さっきの天沢さんの言葉が気になるのか、そう聞いてくる。

「これはチャンスよ伊吹さん。私はワケあって今得点を稼げない状態にあるの」

全部1から説明しなくても理解してくれるわよね？と目で訴える。

「確かに勝負は、この無人島試験が終わるまで。あんたが足を止めるって言うなら、こっちは遠慮なく逆転させてもらうだけ」

呆《あき》れながら、伊吹さんは一応の形で納得したのか背中を向けて歩き出した。

これでひとまず、伊吹さんとは別れることに成功した。

バックパックにタブレットを片付けながら、私は天沢さんの対処に注力する。

「私はこれからＩ２に向かうけれど、あなたはどうするの？」

「どうして指定エリアを捨てて関係ないＩ２に行くの？　課題だって無いし。特別試験中にすることじゃないじゃない？」

「それはあなたが一番分かってるんじゃないのかしら？」

「どう言うこと？」

「とぼけないで、私が寝ているうちにこの紙をテントに放り込んだ。その狙いは何？」

折りたたまれた小さな紙を左手の親指と人差し指に挟み、見せる。

「……紙？　良かったらちょっと見せてくれない？」

猿芝居のような真似《まね》をするのね。まあ、どの道もうこの紙切れに用はないけれど。

私はその紙を元の持ち主だと思われる天沢さんに返す。

それを受け取った天沢さんは紙を開いて中身を確認する。

「不規則に並べられた文字……『正午』『Ｋ・Ａ』『退学』『Ｉ２』」

口に出してそれを読み、そして一度目を閉じる。

「ったくさ……どこまでゲームをするのが好きなんだか……」

「ゲーム？　私や綾小路《あやのこうじ》くんを巻き込んで何をするつもりなの？」

「それは分からないなぁ。あたしも先輩と同じで参加者の1人に過ぎないみたいだから」

「誤魔化《ごまか》さないで。あなたが私の目の前に現れたのが、その紙の持ち主の証明よ」

どこか困ったように笑った天沢《あまさわ》さんは、その紙を破り捨てる。

7回も8回も破き、粉々になったところで投げ捨てた。

「この4つの言葉を見て、何か不穏なものを感じたんだ？」

「綾小路くんが退学するかも知れない。そんな風に読み取るのは造作もないことよ」

「ふうん」

私よりも事情を把握しているような口ぶりが続いている。

ともかくこれ以上彼女の言葉遊びに付き合っているのは時間の無駄。

私はバックパックを背負い直し、彼女の方へと歩き出す。

「不満だなー。綾小路先輩のことなぁんにも知らないのに、クラスメイトだからって仲間気どりしてるのってどうかなーってあたしは思うよ」

横に並んだ時、そんな言葉を天沢さんが放つ。

「綾小路先輩のこと、堀北《ほりきた》先輩は何にも知らないでしょ？」

それがなんだか気に入らず、私は足を止めてしまった。

「なら、あなたは私よりも彼について詳しいとでも言うのかしら？」

視線だけを向けると、強引に目を合わせてきて大きく勝ち誇ったように笑う。

「もっちろん。あたし、綾小路先輩のことよーく知ってるよ。どうしてあんなに格好よくて、賢くて……そして誰よりも強いのか」

入学したばかりの1年生が、綾小路くんについて詳しくなったとは思えない。

つまり中学以前からの知り合いということ？

私と櫛田《くしだ》さんが同じ中学だったように？

天沢さんは構わず言葉を続ける。

「それで、堀北先輩は何を知ってるの？」

何を知っている？

彼は……綾小路くんはこの学校に入学して出来た初めての……友達。

そう、一応友達と言っても良いはず。

席がたまたま隣りだったことから、色々と話すようになって……。

最初は普通の生徒だと思っていたけれど、実は想像よりもずっと頭が良かった。

兄さんにもいち早く認められていて、格闘技にも精通している。

だけど普段はそんな自分を隠していて静かな学校生活を送りたがっている人。

彼の実力面を知る人はまだ少ないけれど、それ以外に他の人と持っている情報は大差ないのかも知れない。

「そうね、確かに私は彼について何も知らないかもしれない、それは否定できないわ」

改めて綾小路《あやのこうじ》くんのことを考えると、どうしてもそんな結論に至ってしまう。

もしかしたら天沢《あまさわ》さんには、そのことがよく分かられていたのかも知れないわね。

敗北宣言ともとれる言葉に、天沢さんは嬉《うれ》しそうに笑う。

「でも────」

「でも？」

きっと重要なのはそこじゃない。

今、どれだけ彼のことを知っているかじゃないと私は考える。

「私はこれから先、卒業するまでの間、ずっと彼のことを知り続けたいと思っている。クラスメイトとして……友人として、今のあなたよりも遥《はる》かに」

それが今の私の願いであり、嘘偽《うそいつわ》りのない気持ちだ。

彼には煮え湯を飲まされたことも一度や二度じゃない。

だけどクラスにとって必要不可欠な人であり、失うわけにはいかない大切な仲間だ。

もし今、その彼が危うい状況なら駆け付けないわけにはいかない。

それが指定エリアを捨ててまで、向かおうとしている理由。

今、改めて私は自分のしようとしていることを再認識できた。

この選択肢は、けして間違ったものではないと。

もし単なる杞憂《きゆう》に終わるのなら、それに越したことはない。

「役に立てると思ってるの？　堀北《ほりきた》先輩如《ごと》きが」

「今はまだ実力が足らないかも知れないわね。でも彼が困ったとき、助けられる存在になるつもりよ」

まだこの学校生活は、折り返しを迎えたばかりなのだから。

この時間の無駄とも取れる会話にも大きな意味はあったのかも知れない。

それを気づかせてくれたことには感謝しなければならないわね。

歩き出そうとした私の前に、天沢さんの広げた右手が立ちふさがる。

彼女の顔を改めて見ると、既に笑顔は消え失《う》せ強烈な殺意を持って私を見ている。

「あなたと話して分かったことがあるわ。実際にＩ２で何かが起ころうとしているのね。そうでないなら必死に引き留める必要なんてないもの」

これ以上ここで無駄な時間を過ごしているわけにはいかない。

「どこに行くの？」

「この流れで分からないの？　Ｉ２に行って綾小路くんを助けるの」

まさに私がさっき言った、困ったときに助けられる存在になるための一歩。

「笑わせないでよ。堀北先輩なんかに綾小路先輩が助けを求めるわけないでしょ」

訂正しろとばかりに、そんなことを言う。

「少なくとも今はそうね」

「あくまでも、先の未来では違うって？」

頷《うなず》き、私は一度振り返る。

「それからもう1つ分かったことがあるわ。あなたは私をＩ２に行かせたくないと本気で思っている。つまり、この紙の差出人じゃなかったということ」

右手を避けて通ろうとすると、天沢《あまさわ》さんは私の前に改めて立ちふさがる。

「行かせないよ堀北《ほりきた》先輩」

「止められれば止められるほど、絶対Ｉ２に行かなければならないわね。あなたのその口ぶりだと、彼は今困ったことになっているということでしょう？」

どれだけの事情を知っているのかは関係ない。

明らかに今、綾小路《あやのこうじ》くんの元で何かが起こっていることだけは確信が持てた。

「行けると思う？」

「そうね、行けると思ってるわ」

目の前に立ちふさがる障害を、強引に取り除いてでも。

「ふうん、決意だけはビンビン伝わって来るよ。荷物を置く時間だけは待ってあげる」

それはつまり、力ずくでも私を抑えるということ。

単なる言葉だけの脅しと思わない方が良いだろう。

私はその言葉を素直に受け、足元にゆっくりとバックパックを降ろした。

「先に言っておくけれど、一応私は武道経験者よ」

「知ってる」

「……そう。随分と情報通なのね」

綾小路くんだけじゃなく、私のことにまで詳しいということかしら。

「あたしも先に言っておくけど、超強いからそのつもりでいた方が良いよ」

彼女が怒りを見せた時から、普通の子じゃないということは肌で感じている。

きっとこれは出まかせなんかではないんでしょうね。

無人島試験の疲れは当然溜《た》まっている。

でもそれは目の前にいる天沢さんも同じこと。

体調に問題もないのだから、状態に関して言えば互角ということだ。

それなら、私も簡単に負けはしない。

ゆっくりと構え、目の前の天沢さんの行動を観察する。

彼女は特別決まった型を取る様子もなく、不気味な表情だけを向けている。

「綾小路先輩に会いに行くって言うなら、それを止めるためにちょっとだけ遊ぼっか」

目の前の天沢さんが左足を踏み出し――

「ッ!?」

完全に警戒していたのに、動きだしを見た直後に危険を感じ、後ろに飛び跳ねるように逃げる。伸びた腕は力が籠っておらず、こちらを掴《つか》もうとしていたのか。

とにかく初撃を避《よ》けた、そう思った私は、気が付いた次の瞬間に胸倉と右腕の服を掴まれていた。

「嘘《うそ》――――」

そんな言葉じゃない言葉を呟《つぶや》く間に、視界がぐるっと回転している。

背中に痛みが走った後、背負い投げられたのだという事実が後からついてきた。

「いっぽ～ん、なんてね」

「かはっ！」

呼吸が出来ず、私は苦しい息を吐いた。

「ダメだよ油断してちゃ。はい、仕切り直ししてあげるから立って立って」

私を見下ろしながら、天沢《あまさわ》さんは邪悪に浮かべた笑みを向けて来る。

それが如何《いか》に屈辱的なことであるかは、改めて言葉にするまでもないだろう。

一度接触しただけで十分わかる。天沢さんの実力は相当なものだ。

同じ女性である以上、仮に実力差があったとしても僅かだと思っていた。

工夫、機転、ひらめきや運、そういった1つの要素で逆転も可能なほどのもの。

でもその考えは甘かったかも知れない。

ともかく、背中に受けたダメージは笑い飛ばせるほど軽いものじゃない。

下が土だったことは幸いだけど、ダメージの回復には少し時間がかかる。

向こうが圧倒的優位な立場にいることを自負しているのなら、それを最大限にまで利用させてもらう。私は起き上がる工程ひとつに何十秒もの時間を使うことにした。

「待ってあげるから安心して。5分でも10分でも休んでいいよ」

「あなたが私を綾小路《あやのこうじ》くんの元に行かせないのが目的なら、そうするわよね」

「戦わずに済むならそれが一番でしょ？　堀北《ほりきた》先輩的にもさ」

それは間違いないわね。ここまで滞りなく続けてきた無人島試験、その終盤で喧嘩《けんか》なんてことを始めてしまっている。

下手すればリタイアして、単独の私は退学処分を受けることだってある。

「……もう一度よ」

背中の痛みが抜けたところで、もう一度構えを取る。

さっきと同じ構え。

私は武道の心得があるだけで野性的な喧嘩を得意としているわけじゃない。

習った通り、会得した実力を発揮することしか出来ない。

天沢さんの動きの速さには驚いたけれど、柔道を得意とする戦い方ならこちらにも考えはある。ある時空手の師範代に、男性は女性を押し倒すときに掴《つか》みかかって来る、その時にどうすればいいかを丁寧に教わった。

私は脳内でそのことを思い出しながら、それを改めて実践する。

手加減する余裕などないけれど、相手が天沢さんなら無用の心配だろう。

年下だという考えは捨てて、格上と戦う気持ちに切り替える。

「あははっ」

こちらが天沢さんの顔ではなく両足、両肩の僅かな変化に着目していると、面白いのか声に出して笑う。

「うんうん、分かるよ堀北《ほりきた》先輩。気持ちはよく分かるんだ。でもね？」

彼女の言葉遊びには付き合わない。

今、私は全神経を集中させて、彼女の初動を見切るこ――

瞬《まばた》きすら惜しんでタイミングを計っていた私は、彼女が踏み込んだ右足に合わせようとして、高速で迫りくる左足がわき腹より少し上に直撃したことを、またしても衝撃や痛みの後に知る。

「ツッ！」

悶絶《もんぜつ》、泣いてしまいそうなほどの痛みを受け、私は地面へと蹴り飛ばされた。

防御すらできなかった腕にできたのは、受け身を取ることだけ。二度三度と地面を転がり、どうしてそうなったのか分かっているのに混乱を強いられる。

「柔道が主体だと思ったんでしょ？　考えが甘いなー」

「う、うぅっ……く……！」

思わず蹴られた右わき腹の辺りを押さえ、目を閉じる。

それほどの強烈な痛みに、一瞬で心を折られそうになる。

こんなにも絶望的な強さを感じたのはこれで二度目。

宝泉《ほうせん》くんと対峙《たいじ》した時以来……ね。

それがつい最近のことで、立て続けだと色々と自信を無くしてしまいそうになる。

「今年の1年生は、可愛《かわい》くない生徒ばかりね……っ」

「それって、去年の堀北先輩はあたしと違って可愛げのある子だったってこと？」

意地悪前提の質問だとは思うけれど、何とも耳の痛い返しね。

タイプこそ違えど、可愛げの無さは私も引けを取っていないだろう。

立ち上がろうと足に力を入れると、ぐっと抜けていくような感覚に襲われる。

背負い投げと1発の蹴りで、こちらの体力は想像以上に削られてしまった。

「何者なの、あなた。昔の綾小路《あやのこうじ》くんを知ってるみたいだけど……」

ひとつ確かなのは、この天沢《あまさわ》さんも彼と同じく奇妙な強さを持っているということ。

兄さんと相対した時、宝泉くんと相対した時の綾小路くんの見せた強さの片鱗《へんりん》。

「そんなの先輩なんかに教えるわけないじゃない」

「そうね、あなたは簡単に答えてくれるような人じゃなさそうだものね」

ともかく、向こうが遊んでくれているのは数少ない好材料だわ。

綾小路くんの元に行かせないようにするだけだから、いくら時間をかけてもいいんでしょうけれど。前に進むためには負ったダメージを少しでも逃がさないと。

「なんていうか、色々ガッカリだよね。堀北先輩って自分が思ってるより優秀じゃないよ？　そんなんだから綾小路先輩から何も相談されないんだよ」

こちらの心を覗《のぞ》き込《こ》んでくるかのように、天沢さんの瞳《ひとみ》が私を見てくる。

「助けたいとか言って、ほんとは信用してもらえてない自分がどう思われてるのかを知りたいと思ってる」

「……そう、かも知れないわね」

「さっきも言ったけど、堀北《ほりきた》先輩如《ごと》きじゃ綾小路《あやのこうじ》先輩に頼ってもらえないってこと」

「だとしても、あなたの口からじゃなく彼の口から聞かせてもらうわ」

「それが無粋《ぶすい》なんだって分からない？」

苛立《いらだ》ちを隠そうともせず、天沢《あまさわ》さんは私の傍《そば》に近づいてくる。

「まだ櫛田《くしだ》先輩の方が見る目あるよ」

「櫛田さん？　どうしてここで櫛田さんの名前が出てくるのかしら……？」

「立って堀北先輩。もう先輩と話しててもイライラするだけだから終わりにするね」

せめてもの慈悲とばかりに、私に体勢を立て直す猶予を与えてくれる。

なら、私としても最後まで戦いを諦めるわけにはいかないわね。

立ち上がり、天沢さんの攻撃を見切ることに全意識を集中させる。

繰り返しになるけれど、こうすることしか出来ない以上仕方がない。

「ばいば～い」

軽いステップで駆け出した天沢さんが迫って来る。

受け止める？　避《よ》ける？　きっと、どちらも成功はしない。

それならせめて一矢報いて――――！

パン！と乾いた拳の音が私の耳の傍で鳴る。

だけど痛みは走って来ず、目の前に影が出来て視界を隠す。

「あなた、どうして……」

目の前に迫った拳を捕まえた生徒が、こちらを向くこともなく吐き捨てる。

その小さな背中は、去っていったはずの伊吹《いぶき》さんだった。

「ったぁ……なんてパンチしてんのよあんた」

「ナイスキャッチだね〜。ちょっと意外な登場に驚いちゃった」

私が状況を飲み込めず動けないでいると、振り返った伊吹さんが睨《にら》んでくる。

「あんたを倒すのは私。こんなどこの誰とも知らない1年に負けるところなんて見たくないのよ」

そう言って掴《つか》んだ拳を振り払う。天沢さんは再び距離を取った。

「天沢一夏《いちか》ちゃんで〜す。名前覚えててくださいね、伊吹せーんぱいっ」

「私物覚え良くないから。覚えさせたかったら、それだけの印象残していってくれる？」

「あはは、ちょっと面白いかも」

「こいつとは私が遊ぶから、あんたは行きたいとこに行ったら？」

「何を言ってるの。私に勝つためにこの特別試験を頑張ってきたんでしょう？」

「あんただって指定エリア捨ててるわけでしょ？　そんなので逆転しても意味ないし」

そんなことで戻ってきたの？　その言葉は飲み込む。

「彼女は信じられないくらい強いわ。後悔することになるかも知れない。それでもいいのかしら？」

「なにそれ。私が負けるって言いたいわけ？」

「それくらい強い相手よ」

「伊吹《いぶき》先輩ごときに負ける気がしませーん」

「……は、上等じゃない」

下手な脅しは逆効果のようで、伊吹さんの気持ちに火をつけてしまう。

「仮に天沢《あまさわ》さんに勝てたとしても、その中でやりすぎていたり緊急アラートを鳴らしてしまったらリタイアも十分ある。単独のあなたは退学になるおそれも出て来るわ」

「それ、あんただって同じわけでしょ？」

「え？　ええ、そうよ」

「私あんたより強い自信あるから」

そう言って、さっささと去れと手を払ったジェスチャーをする。

「どっちが戦うの？　さっさと決めてね〜」

「私が彼女とやるわ」

「さっき負けそうになってたヤツが言うセリフ？　邪魔だから引っ込んで」

「これは私の戦いなの、あなたには関係ないわ」

「言ってること滅茶苦茶《めちゃくちゃ》なんだけど？　あんた頭でもぶつけておかしくなってるんじゃないの？」

「それは――」

　ダメだ、中途半端なことじゃ伊吹さんを止めることが出来ない。けれど彼女に任せるようなことをここでするわけにもいかない。

　私は伊吹さんの肩を掴《つか》み、強引に後ろに下がらせる。

「なにすんのよ！」

「オブラートに包んできたけれど、言わせてもらうわ。あなたじゃ彼女に勝てない」

「ふざけないで。やる前から決めつけんな」

「事実よ。私が手も足も出なかったんだから、あなたに勝てるはずないもの」

　火がついてしまったのなら、私はとことんにまで伊吹さんの火を燃やし上げる。

「だったら目の前で証明してや――」

　私は左腕を伊吹さんに向けて差し出す。

「なに」

「負ける戦いはしたくないの、もしこの戦いに割って入るのならあなたにもそれなりの覚悟を見せてもらうわ。私と同じグループに入りなさい。そしてもしどちらかが再起不能になったら離脱してグループのリタイアだけは防ぐの」

「冗談でしょ。なんで私があんたなんかと！」

「だから言ったじゃない。覚悟を求める、と。覚悟なしに、この戦いに入り込まないで」

「気に入らない……」

「気に入らなくて結構。でも、参加するのなら頼りにしたい」

「マジで死ぬほど最低よね。だけどあんたが1年に退学にさせられたんじゃ面白くない」

互いの意思が反発しあっていることは分かっている。

だけど、腕時計と腕時計が重なる位置で止まる。

リンクに必要な時間は10秒。

止めようと思えば天沢《あまさわ》さんに止めることは出来たでしょうけど、動く気配はない。


天沢さんはこちらのやることを常に上から観察して楽しんでいる。

「悪い作戦じゃないよね。単独同士が組んでグループを作れば、確かに1人が大怪我《おおけが》をしても退学からは逃れることが出来るわけだし」

背中を向け、静かに私たちから距離を取る天沢さん。

2対1になる状況に危険を感じ引いてくれた、というわけではないでしょうね。

ある程度距離が空いたところで立ち止まるとこちらを振り返る。

「でも1つだけ誤算があるよ堀北《ほりきた》先輩」

「誤算？　一体何のことかしら」

「1人リタイアしても大丈夫ってことは、裏を返せば1人は壊しちゃっても問題がないってことだから」

これまで見せたことのない、純粋な悪のような笑みを大きく見せる。

「怒らせたってわけ？　上等じゃない」

相手の強さは肌で感じているはずなのに、どこか楽しそうにする伊吹《いぶき》さん。

と、ここでリンク完了の合図が鳴り響く。

「どっちから壊しちゃおう――――かなぁ！」

助走を取ってから、一気に駆《か》け出した天沢《あまさわ》さんの表情は激情に満ちていた。

構えも何もなくただ掴《つか》みかかるように手を伸ばしながらこちらに向かってくる。

「アハハ！　アハハハハハ!!」

高らかに笑みを浮かべる彼女は、歪《いびつ》で人間離れしているように見えた。

私か、伊吹さんか。

彼女にしてみれば私の方が憎たらしい存在でしょうけれど、だからと言って狙われる確率が高いとは思わない方がいい。

「いくわよ、伊吹さん！　あなたは左側へ！」

「命令すんな！」

そう言いながらも、伊吹さんが左側に動き出す。

私も同時に右側に動き出し、向かってくる天沢さんの狙いを確かめる。

そのまま真っ直《ます》ぐ向かってくる天沢さんは小細工を弄する気は微塵《みじん》もないようだ。

ギリギリまで判断させないつもりなのかしら。

それならそれで、こちらもじっくりと見極めるまで。

双方が動き出したことで、距離は瞬く間に詰まっていきぶつかり合う。

私の拳と伊吹さんは息が合うはずもないため、攻撃のタイミングは自《おの》ずとズレる。

でもだからと言って簡単に対応できるはずがない。

なのに、天沢さんはまるで慣れた訓練でもするかのように鮮やかに避《よ》けてみせる。

連打を浴びせるように、私たちは手を休めず攻め続ける。

「はい、いったんストップー」

一切手を抜いていない私たちの攻撃を、天沢さんは平然と受け止め中断させる。

「なんなのよ、この1年……！」

「全くね……」

私たちは並び合い、息を切らせながら目の前の天沢さんを見つめる。

即席のコンビとしてチグハグだけど、それでも2対1。

普通なら圧倒して然《しか》るべきはずなのにこちらが押されている。

想像以上……いいえ、想像の範疇《はんちゆう》を超えている。

私の持つ常識の枠組みでは識別不能な存在に見えてしまう。

拘束された私たちの利き腕。ここで下手に蹴りでも入れようとしたらカウンターをもらってしまいそうね。

「伊吹さん、迂闊《うかつ》に手を出さないで」

「放しなさいよ！」

拘束状態に我慢ならなかったのか、伊吹《いぶき》さんが柔軟な身体《からだ》を限界までしならせ蹴りを放つ。それを待ってたと言わんばかりに掴《つか》んだままの利き腕を使って体勢を崩させる。

「ッ!!」

「ストップって言ったでしょ?」

この瞬間、私は押されている戦局の中で得も言われぬ違和感を感じ取った。

歴然とした力の差。天沢《あまさわ》さんは遊んでいるということ?

先程から最小限の動きで戦っているように見える。

私と1対1で戦っていた時も、回復を待っていたわけじゃなかったとしたら?

でもしっくり来る答えとは言えない。

彼女の強さなら簡単に制圧できるはずなのだから。

1つだけ試してみたい戦略を思いつく。

とにかく一度、この状態から脱却しなければならない。

「ハッ!」

ダメもとで彼女の身体に左拳を突き出すけれど、伊吹さんのように軽く払われる。

「はい、仕切り直しねー」

私たちを見下ろしてにっこりと笑い、天沢さんはもう一度距離を取る。

「私と同じことになってんじゃない」

「あなたと違って、私は自分からこうなるように仕向けたのよ……仕切り直すために」

「言い訳なんてダッサ」

それは、多分今の状況を見れば誰もが私たち2人のことを指すだろう。

「舐《な》めてるってんなら、思い知らせてやる……」

起き上がり、1人でも仕掛けていきそうな伊吹さんの腕を掴み阻止する。

「何すんのよ」

「同じ仲間になったからには、私の指示に従ってもらうわ。出来るわね？」

「はあ？　出来るわけないでしょ」

「してもらわなければ意味がないわ。目の前にいる天沢さんの強さは十分わかったはず、私だけでもあなただけでも勝つことは出来ない」

「仮にそうだとしても、あんたの指示に従うなんてまっぴらごめんよ」

私は考える。

伊吹さんに対し、どう接することがもっとも最適な答えなのだろうかと。

仮に綾小路《あやのこうじ》くんがこの場にいて、今自分と同じ状況であったならどうするであろうか。

本来馬の合わない2人が、この場だけでも連携を取るためにはどうすればいいのか。

「伊吹さん」

「嫌だって言ってるでしょ」

「あなたと私が水と油なのはよく分かってる。1年前の無人島試験で、ちょっとしたいざこざから今の関係になったけれど、1つだけあなたを認めている部分があるの」

そう、今必要なことを、迷いなくする。

「あなたの格闘センスは私に引けを取らない。いいえ、僅かに上回っていると思っているわ」

「は、何急に。それで持ち上げてるつもり？」

「でも、あなたの戦い方は1対1に特化したもの。2対1で強敵と戦う動き方に関しては私の方が熟知している。協力なんて言葉は、あなたには間違いだったかも知れない。あなたのその強さを私に貸して」

伊吹《いぶき》さんは、その言葉を受けて一瞬だけ私へと目を向ける。

「あなたは私と対等以上に強い。でもそれだけ。それ以外はまるでレベルが違うわ。勉強も出来ない、クラスをまとめることも、誰かと手を取り合うことも出来ない。悪いけれどそれで私のライバルを自称するなんてうぬぼれもいいところね」

怒らせてしまえばそれまで。だけど言葉を途中で止めたりはしない。

「そろそろ、あなたも殻《から》を破る時が来たんじゃないかしら。伊吹澪《みお》さん」

「……なによそれ」

「今のまま孤独に突き進めば、きっとどこかで退学の危機に見舞われる」

「別に、そうなったらそうなったでいいし」

「それはつまり、私への完膚《かんぷ》なきまでの完全敗北を意味するけれど、いいのね？」

「は？」

「中途半端なところで退学なんて、ライバルとも言えないわ」

「最後の最後まで食らいついて、私を脅《おびや》かすくらいのライバルに成長して」

「あーもう分かった、分かったから黙って」

「この場だけあんたに従う。それでいいんでしょ？」

「上出来よ」

「で、何をすればいいわけ？」

「さっきと同じように、同時に天沢《あまさわ》さんに攻撃を仕掛けるの。だけど、当てることは二の次。絶対に捕まらないように立ち回って欲しい。そして延々と攻撃を続けて欲しい」

「当てることは二の次？　そんなことして何になるのよ」

「私の読みが当たっているなら……きっとそこに勝機が転がっている。私が合図を出したら全力で攻撃して」

納得はいっていないようだったけれど、伊吹さんが私から離れる。

「作戦タイム終了？　それじゃ、そろそろ第二ラウンド始めよっか？」

同時に駆けだし、左右に分かれながら天沢さんに向かっていく。

捕まらないためには、近づきすぎることは厳禁。

拳が触れるか触れないかの距離から、タイミングを計り、拳を突き出す。

もちろん天沢さんが何も対処しなければ、攻撃は命中してしまう。だから、彼女としてはどの攻撃もある程度神経をすり減らして対応し続けることが必要になる。

焦らず、冷静に、そして危険を感じたら素早く距離を取る。

1人だったら逃げ切れないでしょうけど、2方向に意識を分散させている今だからこそ通用する戦い方。

まだ、まだ隙は出来ない。

こっちの息が上がってしまう前に、早く、早く――――！

危険な攻めを続けていくことで、天沢《あまさわ》さんの動きのキレが鈍り始める。

表情こそ笑っているものの、明らかに息が上がり始めていた。

「――――今よ!!」

千載一遇のチャンスを逃さないよう、私は天沢さんに全力で右拳を振り込む。

先程までなら片手で余裕を見せて止められているけれど、彼女は防御姿勢を取った。

こちらの拳は体に直撃せず防がれてしまったものの、背後に回っていた伊吹《いぶき》さんは地面を蹴り、振り返って対応しようとする天沢さんの顔に握り拳を撃ち込んだ。

初めて命中した攻撃に、天沢さんの身体《からだ》が揺れる。

「はあああああっ！」

腰を深く落とし、防御姿勢を取れていない彼女の腹部に正拳突きを放つ。

息を吐き、天沢さんが倒れる。

私はその瞬間に彼女の上にまたがり、起き上がれないよう身動きを封じる。

「ったぁ……今のは効いたよ……」

「っ、はぁ……はぁっ……ここまでよ天沢さん……あなたの強さは認めるけれど、致命的なまでにスタミナがないのね」

　彼女の意外過ぎる弱点を突けて、なんとか形勢を逆転させることが出来た。

「あは、バレちゃった？　あたし虚弱体質でさ」

　マウントを取られたにもかかわらず、焦ることなく舌を少し出して笑う。

　私はそんな天沢さんの体操服を何気なく見て、自分の目を疑った。

　体操服の下から僅かに覗《のぞ》かせた彼女の肌。

　思わず体操着を掴《つか》み、強引にへその上まで引っ張り上げる。

「あなた、何、その怪我《けが》……」

　強烈な痣《あざ》のような跡。幾つもの打撃を受けた跡が見て取れる。

　私が一撃だけ与えた正拳突きとは、全く異なる仕置きのような傷。

　戦いの始まる以前に受けていた傷ということになる。

「先輩たちの前に、ちょっと一戦やってきたところで、さ」

　本来なら苦痛に表情を歪《ゆが》ませ、歩くことにも支障をきたすレベルのはず。

　なのに彼女は、そんなぼろぼろの状態で私たち2人を相手に優位に立ち回っていた。

　スタミナが無かったわけじゃない。

　最初から瀕死《ひんし》の状態で戦い続けていた。

　私以上に回復を必要としている状況で戦っていたのね……。

その真実に眩暈《めまい》を覚えそうになる。

万全な状態の天沢《あまさわ》さんを相手に、これほどのケガを負わせられる人物。

仮に男子を含めたとしても宝泉《ほうせん》くんくらいしか該当する人物は浮かばなかった。

「誰にやられたのか知りたい？　宝泉くんだったかもー」

確かに宝泉くんの実力が並外れたものなのは間違いない。

現実離れした強さを持つ天沢さん相手に、優位に立ち回ることも出来るだろう。

でも、彼女の性格は少し相対しただけでも分かるものがある。

素直に教えるとは思えない。

あくまでも、彼女が私に納得のいく答えを１つ提示して見せたに過ぎない。

だとするなら――――天沢さんを圧倒する人物が他にもいる、ということ？

学校内全ての生徒を自分の中で当てはめていっても、ピンとくる人物は思い当たらない。

山田《やまだ》くんならあるいは、いえ、でも彼がそんなことをするメリットはない。

「悪いけれど信じられないわ。本当は誰なの？」

「それはちょっと答えられないなぁ……ッ！」

油断、怪我《けが》の具合を見て動揺した隙を彼女は見逃さなかった。

「ちょっと何やってんのよ！」

「……そうね、迂闊《うかつ》だったわ」

一度きりのチャンスとも取れる状態から、天沢さんを逃がしてしまう。

「さーて、これで状況は振り出しに戻ったよ2人とも」

向こうは満身創痍《まんしんそうい》。それでも形勢は再び逆転した。

もう一度彼女を抑えることが出来るのかどうか……正直自信はないわね。

でもやるしかない。

と、ここで彼女は何を思ったのか自分のバックパックに向かいタブレットを取り出す。

「終わったみたいだね。ちょっと面白くなってきたんだけどタイムアップかな」

「どういうこと？」

「ここまでってこと。通りたいならどうぞご勝手に～」

そう言って、ここまで強い抵抗を見せて通そうとしなかった道を開く。

何かの罠《わな》？　こちらが事態の把握も間々《まま》ならない中、天沢さんはどこかへと歩き出す。

「どこへ行くの？」

「どこ？　うーん、とりあえず指定エリアかなー。一応特別試験はやらないとさ」

ともかく、彼女が引いたのなら綾小路《あやのこうじ》くんの状態を確認しに――。

「あ、そうだ。綾小路先輩を追いかける必要はもうないと思うけど？」

「……どうして？」

「もうすべてが終わったってこと。嘘《うそ》だと思うなら行ってみれば？」

「――綾小路くんは？」

その問いに、天沢さんは僅かに目を伏せた。

「自分で確かめれば？　でも、間に合わなかったことを後悔するだけかも」

天沢《あまさわ》さんは本当に引き返すつもりのようで、私たちの横をすり抜けていく。

まさか、もう既に誰かにやられてしまったの？

「あんたどうするわけ？　綾小路《あやのこうじ》を追いかけるの？　そのために天沢と戦ってんでしょ？」

「ええ、追いかけるわ」

もう目の前まで来ている、今更確かめずに引き返すわけにはいかない。

「なら私も行く」

「どうして」

「綾小路がピンチだって言うなら、傍《そば》で見て笑ってやろうと思って」

「底意地が悪いのね」

私たちは互いに急いでバックパックを背負い直すと、Ｉ２へと駆け出した。

4

境界線を越え辿《たど》り着《つ》いたＩ２だったが、腕時計に到着の合図が来ない。

ＧＰＳの誤差である可能性を通常なら疑うところだが、今回に限りそれは薄い。

となれば腕時計の誤差を埋めるため、極力エリアの中央に寄っていく必要があるだろう。

もちろん、ここまでの２週間こんな事態は一度も経験していない。Ｉ２の島の先端が中央付近であることも含め、必然の1つということなんだろう。もし一之瀬《いちのせ》がオレの元に来ず、何も知らないまま足を踏み入れても辿り着けるように作られている。

逃れることの許されない道を、オレはゆっくりと歩く。

10分と歩くことなく、深い森は徐々に光を吸収し始め、視界の先に青い海と青い空が広がっているのを確認することが出来た。

ここまで来ても腕時計は一切の反応を示さない。

かわりに、目の前に広がる小さな浜辺には2人の大人がこちらを見て立っていた。

1人はよく見覚えのある男、月城《つきしろ》理事長代理。ジャージ姿が何とも浮いている。

そしてもう1人は1年Dクラス担任の司馬《しば》先生だ。

奇妙な組み合わせではあるが、どうやらそういうことらしい。

「随分と強引な手法を取ることにしたんですね、月城理事長代理」

オレは浜辺を歩きながら、そう声をかける。

「どうにも上手《うま》くいかないことばかりでしてね。これが私のとれるギリギリの選択です」

オレは今回の特別試験、ここまでの14日間を改めて振り返る。月城がこのI2にオレをおびき寄せることが最終的な『罠《わな》』だということは明らかになった。

しかし引っかかる点がないわけじゃない。

この北東エリア周辺には指定エリアも課題もないのだから、他の生徒が来ることはないだろう。だが同時に、オレが指定エリアを捨てて課題を目指す未来はあったはずだ。あるいは七瀬《ななせ》や同テーブルの誰かと行動を共にしていた未来も。

単なる運任せで、この最後の場を月城《つきしろ》がセッティングしたりすることなどあり得ない。

昨日以前から、オレがここに来ることは『決まっていた』未来だったということになる。

七瀬がオレの前に敗れ、その後別行動を取ること。11位付近に潜伏し上位を狙う作戦をするために単独行動を望むこと。1年生の襲撃タイミングとその内容。

全ては月城サイドが最初から計画していたこととみて間違いないだろう。

「それで、この後オレはどうなるんでしょうか」

視界の端に映っている小型船は、エンジンをかけたまま波に揺られ停泊している。

つまりいつでも発進する準備は整っているということ。

「出来れば素直に指示に従っていただき、私たちと共に乗船していただきたいところです」

「綾小路清隆《あやのこうじきよたか》の自発的なリタイア宣言、という形なら丸く収まるだろう」

付け加えるように司馬《しば》先生がそう補足してきた。

「素直に船に乗り込む選択肢をオレが選ぶと思いますか？」

「確かに。君が素直であるなら、わざわざ無人島にまで足を運ぶ必要もありませんしね」

「それにしても司馬先生とは学校で特に縁があったわけじゃないですが、月城理事長代理側の人間だったってことなんですね」

こちらと接点を持たなかったところからも、もしかすると天沢《あまさわ》の監視役だったのかも知れない。その必要性が消え、もう隠す気はないようだ。

何もない北東にいるオレは多少怪しいだろうが、一之瀬《いちのせ》や南雲《なぐも》の姿もあった。そういう意味ではカモフラージュとしても上手《うま》く機能してしまっている。

いや、どちらにせよ監視している人間は月城側だと考えていいだろうが。

しかし目に見えて危険なものを持っているようには見えない。

「武器などの類《たぐい》を使えばここでの制圧も簡単なのですが、生憎《あいにく》とあなたは商品です。無事に奪還させることが私の義務ですから——必要なのは己の拳と判断しました」

砂浜に立つ月城は、そう不敵に微笑《ほほえ》み両手を軽く広げる。

この場、土壇場で抵抗するには月城と殴り合う必要があるということか。

七瀬と違い攻撃を避《よ》け続ける手段は、とてもじゃないが通用しそうにない。

「退学を避けるためには受けるしかないってわけですね」

「そういうことになります」

「出来ればこれで勘弁してもらえませんか。暴力による解決方法が悪いとは言いませんが、オレはこの学校の生徒です。通常のルールに基づいて考えればこれは『反則』だ」

「確かにそうかもしれません。しかし綾小路くん、君はホワイトルームの中でも特別な成果を残した成功例。限られたルール内で戦っても敵などいないでしょう。この学校で他人と競い合うことそのものが愚《おろ》かだと思いませんか。それともお山の大将をしていることに愉悦を感じるようになりましたか？」

「もしそうなら、あの男の期待を裏切るような進化……いや、退化ですかね？」

「いやいや、そうでもないのでは？　ホワイトルームの悲願は日本の掌握、ひいては世界の掌握。成功体の君がそう感じるのなら、いずれ更なる成長体は世界を掌握し愉悦に浸ることになるんでしょう」


小さな日本の高校から、一気に話は世界の掌握へと広がっていく。

そんな夢物語のような話を誰かが聞いても、鼻で笑うだけだろう。

恐らく目の前にいる月城《つきしろ》自身、それがどこまで現実的かは大きく懐疑的なはずだ。

あくまで命令に忠実に、淡々と職務をこなそうとしているだけ。

「まあ、本音を言えばこの学校は大したことが無いと思ってましたよ」

「それはそうでしょう。君にしてみればこの学校のレベルは幼少期のうちに通過した道なんですから」

「あくまでカリキュラムに限った話ですよ。オレはこの学校でやるべきこと、やりたいことの方向性がやっと見えてきたんです。卒業までの間十分に楽しめるとオレは思っていますし、それに優秀な人間はホワイトルーム以外にも大勢いる」


むしろ、ホワイトルームでは絶対に生み出せない人材の宝庫と言っていい。

「私は何も高度育成高等学校の生徒たちを否定しているつもりはありませんよ。君の言うように秀でた才能の持ち主というものは、常に世界の至る所にいるものです。時にスポーツ、時に学力で君を上回る人間も存在するでしょう。ですが重要なのはその部分ではなく、あらゆる状況下で優れた成績を残し、そして大勢を導ける人間の存在なのです」

月城理事長代理は、司馬《しば》へと軽く視線を送る。

「南雲《なぐも》くんと一之瀬《いちのせ》さんの方は？」

「南雲は動きを止め、一之瀬は既に遠ざかっているので心配はないかと」

オレが南雲や一之瀬を止めることも、当然計算に入っていたんだろう。

「それから予定外の反応に関しては、天沢《あまさわ》が動きを封じているようです」

予定外の反応？　この周辺には指定エリアも課題も存在しない。

一之瀬や南雲以外にも誰かが近づいて来ていたのか？

もしこの場に無関係の生徒が現れれば、月城にとっては迷惑な話。

そのイレギュラーな存在を足止めしているのが天沢ということのようだ。

「彼女なりの礼儀は尽くした、ということですね」

「天沢が月城理事長代理と足並みを揃《そろ》えているようには見えなかったんですけどね」

「彼女は簡単に言えば『裏切り者』です。君を連れ戻すべく選ばれた人材でありながら君を連れ戻す気など最初からなかったようですから」

無駄話は終わりとでも言うように、月城が一歩を踏み出す。

お互いに時間を無駄に垂れ流すのは得策じゃない。

互いに距離を少しずつ詰めていく。

それでもまだ互いの間合いまでは5、6メートル以上は開いている。

オレを逃がさないよう、司馬先生がゆっくりと背後に回り込む。

「2対1を不公平だとは言いませんよね？　あなたは仮にもホワイトルームの最高傑作。これでもこちらは少々不安を感じているほどです」

そうは言っているが、月城《つきしろ》には圧倒的な余裕があった。

1対1でも十分に渡り合えると確信して、そのうえで2人で戦う選択をしたのだと直感で伝わって来る。

プライドなんてものは一切ない、盤石の態勢。

オレは視線を動かし、海岸で待つ船に目を向ける。

こちらから見た限り船員は操縦者の1名のみ。

つまり駆け付けてきたとしても、最大3人の敵を排除するだけでいい。

「ご安心を。君と戦うのは私と彼だけです」

その言葉を簡単に鵜呑《うの》みに出来るほど単純な相手じゃない。

先程の口ぶりでは手ぶらだが携帯武器を隠し持っている可能性もけして捨てきれない。

未知の実力を持つ大人、それもエージェント級の2人を相手に上手《うま》く立ち回りつつ、武器の有無や援軍の有無、それ以外の不確定要素を警戒した戦い。

普通ならマルチタスクで脳が焼き付きそうな状況だが、精神的な乱れはない。

不条理、不利な状況での戦闘は幾度となく幼い頃から繰り返し叩《たた》き込《こ》まれている。

それは人間が生きるために必要不可欠な呼吸を無意識で行う処理と同じこと。

「自分が負けるとは微塵《みじん》も考えていない、そんな顔をしていますね」

「そんな顔をしているように見えますか？」

見えている結果はどこにもない。

ここでオレが掴《つか》み取るしか未来は切り開けない。

前と後ろを取られた状況で、まだ相手は様子を見ている。

通常なら先手に打って出たいところだが、こっちから仕掛けることは得策じゃない。

前後に構えているのは学生ではなく学校側の人間。

オレだけが手をあげるということになれば、戦い以外の場面で不利に転ぶ。

「有利になると分かりつつも、やはり自分からは仕掛けられないですか。君らしい」

ホワイトルームに関する教育方針を細かく知っているであろう月城が分析をする。

「では――――遠慮なくこちらから始めるとしましょうか、司馬《しば》先生」

名前を呼ぶと同時に、2人の大人がオレへと同じタイミングで歩み始める。

どちらも焦らず冷静に、詰将棋の駒を進めるかのように距離を縮めて来た。

後ろに回った司馬の気配と足音が同時に消失する。

前から歩いてくる月城との距離はあと7歩、6歩、5歩、4歩――――。

背後から顔を掴みに来た司馬の両方の手を、オレは少ししゃがみ込んで回避する。

最初に仕掛けて来るのはやはり背後から。

避《よ》ける動作の途中、前からは月城が腕を伸ばし司馬同様に掴みに来る。オレは砂浜を転げるように回避し、起きる動作と走る動作を同時に行い追撃から逃れた。

海風と共に砂塵が舞う。大人2人は急ぎ追撃することもなく、静かにこっちを見る。様子を見ているのは向こうも同じ。

データでは分からない、実践の動きからオレの技量を図ろうとしている。

砂に沈む足。こんなことなら早めに靴を脱ぎ捨てておくべきだったか。

暑く照り付ける太陽の下、開いた距離を再び詰めるように2人が歩き出す。

顔と身体《からだ》を2人に向けたまま、オレは後ろに距離を取って同じだけ下がっていく。海を背にし、柔らかい砂地から逃れて足場の確保をすると同時に回り込まれることを避ける。

「セオリーではありますが正解と言えるかは微妙なところですよ、綾小路《あやのこうじ》くん」

背後を取られることはなくなるが、その分逃げ道が狭まる。

これ以上下がれば足に波がかかるであろう位置、そこに月城《つきしろ》と司馬《しば》が近づく。

伸ばされた腕は、やはりオレの身体を掴《つか》もうとしている。

まだオレに対し打撃によるダメージを与えるつもりはないらしい。

「逃げるのがお上手ですね」

両者の動きは速まり、オレの回避する隙間は一気に奪われていく。

片足が海水を踏むほどのギリギリまで下がった後、堪《たま》らずオレはその場から逃げる。

「おや？　もう海に背中を守ってもらうことは諦めましたか」

相手が慌ててくれるのならミスも誘いやすい。

などと考えている間にも司馬と月城は砂を蹴りこちらへと向かってくる。

2対1の今、もしどちらかに捕まってしまえばその時点でゲームオーバーだ。

4本の腕が代わる代わる伸びてきて、僅かな隙を見せれば終わる状況が続く。

オレは走り出し距離を取ろうと試みるが、2人は離れることなく追撃を始めた。

こんなところで逃げ回っていても体力を消耗し続けるだけ。

炎天と足場の悪さでスタミナを奪おうとする狙いなのは明らか。

オレは逃げる動作を途中でキャンセルし、身体のバネを最大限に活用し前に踏み込んだ
左足で砂を踏みしめ、真後ろを取る司馬に反転し仕掛けることに。

「むっ!?」

予期せぬ軌道を見せたオレの動きに、司馬の動きが僅かに硬直する。

左拳からのフェイントを織り交ぜつつ右で胸部を狙いにいくが、危険を察知した司馬は
慌てず距離を保つ。

掴まえることよりも避《よ》けることを優先している証拠だ。

「いやはや———私たち2人を相手に、見事な立ち回りですね綾小路くん」

双方からの攻撃を避けつつ反撃に転じてみたが、クリーンヒットは得られず。

「しかし人間の体力は有限です。そろそろ息が上がり始める頃では?」

「戦いにくい相手ですね、月城理事長代理は」

「人の嫌がることを率先してやるのが、私の仕事です」

綺麗《きれい》も汚いもない、ただオレを捕まえて連れ帰ることを目的とした戦い方。

ただ、オレも無意味にスタミナを吐き出していたわけじゃない。
ここまでで得たもの。月城《つきしろ》と司馬《しば》には戦闘における実力の差が僅かだがあるようだ。
月城が4に対し司馬が6。動きのキレは司馬の方が上だということが分かった。
オレの勘では月城の方が一枚上手だと思っていたが……。
ともかく警戒すべきバランスを5：5からやや変更する。
実力の劣る司馬に後ろを任せたとばかり思っていたが、その逆だった。
こちらの裏をつく戦い方だ。
こうなると劣る月城の方から狙いたくなるが、それでも実力は桁《けた》はずれ。
高次元の中での話であって、簡単に仕留められるものじゃない。
むしろオレが分析を済ませたことに気付けば、月城は守りを意識するおそれもある。
実力差に気付いたことを悟らせず、一撃で司馬を仕留める。
分かりやすく言えば差し違えるつもりで1発ずつ受け合うというもの。
向こうはまだオレを殴りつけようと思っていない今がチャンスだ。
運が良ければこっちだけが一方的にダメージを与えることも出来る。
そして司馬を無力化した後、すかさず1対1で月城を対処する。
1秒ほどの思考の時間。両名は変わらぬ速度でオレに攻撃を仕掛けて来る。
だが、掴《つか》みにかかるかと思われた拳は、強く握り込まれ打撃へと変化していた。
読まれた———。

・

ダメージを交換し合う狙いは読まれ、このまま撃ち込めば双方が食らうことになる。

それならそれで、こちらが上回る攻撃を――

オレは背後の司馬とダメージ交換すべく意識を後ろに向けようとしたが、予定外のことが起こる。首筋に冷たい気配を感じ反撃の中断を余儀《よぎ》なくされたのだ。

何度目か分からない回避行動を取り月城から逃れる。

僅かに遅れて振りぬかれた司馬の拳の音が、乾いて耳に届く。下手にダメージ交換に応じていれば、オレの足は止まっていたかも知れない。司馬の一撃は間違いなくオレと同等の威力を有していただろう。

いや、それよりも……。

司馬に劣るはずの月城の動きを横目で見ていたが、想定よりも2段階速かった。

「……やっぱり油断できない人ですね、月城理事長代理」

寸前のところで回避したオレは、数年ぶりに戦いの中で冷や汗をかくことになった。

もし直感を信じていなければ、どうなっていたか。

司馬の一撃を受けるだけでなく月城の攻撃を無防備に受けていたかも知れない。

月城4、司馬6という読みそのものが、向こうの術中で作られた偽の情報だ。

意図的に実力をセーブしておき、その警戒心を上回っての攻撃。

「今ので仕留めるつもりでしたが、君の反応速度は常人の域ではありませんねぇ」

あるいは、という可能性を捨てないことが幸いした。

目の前の月城《つきしろ》が、司馬《しば》に実力で劣っているという不自然さ。

その点だけがオレの寸前での警戒心の引き上げをサポートしてくれたと言っていい。

この2人は共に、慎重かつリスクを冒すようなことは極力しないが、得になると踏めばリスクをも迷わず取って来る。

形勢はこちらがやや不利、か――。

片方を先に潰そうとしても、絶妙なタイミングでカバーに入られてまともに攻撃をヒットさせることも難しい。一朝一夕で組んだコンビとも思えない。

「分析は順調ですか？　綾小路《あやのこうじ》くん」

まだ戦いが始まって2分余り。

既に様々なパターンを試してはいるが、どれも決定打に欠けている。

「子供のように純粋に、力と力だけをぶつけ合う喧嘩《けんか》ならやりやすかったでしょう。しかし我々大人は負けないために最善の策を取ることを迷ったりはしません。たとえそれが泥臭く、けして格好の良いものではないとしても」

こちらの考えも、月城は99％読んできている。迷いなく的確でそれでいて自分の考えを読ませない戦い方。いや、読ませつつも真実を見せないというべきか。ともかく今の状況では決定打に欠ける。このままジリ貧になるくらいなら、こちらも相応のリスクを取らないといけないようだ。

「月城理事長代理」

形勢不利なこの膠着《こうちゃく》状態を破ったのは、ここまで口数少なく対応してきていた司馬。

名前を呼ばれた直後、その異変に月城も気が付いたようだった。

それはこの場の誰もが想定していなかったもの。

「こんな人気《ひとけ》のないところで理事長代理殿と担任教師殿が学生を相手に、何をされているのかな？　ぜひ私に聞かせてもらえないだろうか」

それは招いていない来訪者。

「あなたは確か――――」

「彼女は3年Bクラスの鬼龍院楓花《きりゅういんふうか》です」

何故《なぜ》彼女がここに。このI2が指定エリアにされているのはオレだけのはず。

「迷い込んだ子猫というわけではなさそうですね。何の用でしょうか？」

一度戦闘態勢を崩し、月城がいつもの調子で問いかける。

「実は少し前から大木の裏で様子を見物させて頂いたのだが、つい2対1の状況が見ていられなかったのでね。こうして飛び出してきてしまったのですよ」

もちろん月城や司馬がGPS反応を見ていなかったわけがない。

「もしかしてこれが原因かな？　アクシデントで腕時計が故障してしまったようだ」

鬼龍院はそう言って笑うと、表面上が粉々に砕けた腕時計を見せる。

「目の前に学校側の方々がいるのでお聞きするが、何も問題はないだろう？　腕時計が壊れたとしても得点機能がオフになるだけ。どこに行こうと私の自由だ」

「もちろん問題ありません。それにしても腕時計の故障が後を絶たない試験です」

この場のイレギュラーな存在に月城《つきしろ》が慌てる様子はない。

通常なら他の生徒に見られた時点で引くべき状況。

だが、ここが最後の場であることを理解している月城はやはり引くことはない。

単に排除するリストに、鬼龍院《きりゅういん》が書き込まれただけのことだろう。

「綾小路《あやのこうじ》、私の行動は不要だったかな？」

教師と生徒という歪《いびつ》な戦いを見られてしまっていたのなら、取り繕う意味はない。

むしろ起こったこのアクシデントを有効活用すべきだ。

「それはこの後次第ですね。手を貸していただけると考えていいんですか？」

月城の強さは、かなりのもの。経験と技術の積み重ねによる戦闘スタイルは、過去の記憶の中でもトップクラスの強敵だと断言できる。

「もちろんだ。事情は知らないが、先輩として後輩を守るのは自然なことだろう？」

そう言ってオレの隣に立つと、鬼龍院は笑う。

「しかし、どうしてここに来たんです？」

「昨日のおまえは1年生から逃げ回るような動きを見せていた。興味が湧いて話を聞こうと思ったが、逃げられるのもアレだと思ってな」

それでわざわざ腕時計を壊してオレに悟られないように近づいてきたのか。

「好奇心が勝って良かった。結果的に随分と興味深い展開にお呼ばれされたのだからな」

ま、普通はあり得るような展開ではないことだけは確かだ。

「司馬《しば》先生、彼女の対処はあなたにお任せします」

「見る限り理事長代理と司馬先生の実力はとんでもないレベルのようだ。私がどこまで役に立てるかは分からないが、恐らくそう長くはもたないだろう」

そう言い鬼龍院はオレの真横に立つと、嬉《うれ》しそうに拳を構えた。

「1秒でも2秒でも引き付けて頂けるなら歓迎ですよ」

「言ってくれる。せめて1分か2分は持ちこたえてみせるさ。しかし綾小路、もっとそれらしい格好は出来ないのか？」

「それらしい格好、ですか？」

「そのだらしない表情も、どうにも様にならないな。拳を構えて、いざ、という雰囲気を作ってみろ」

こんな場でそんなことを言われるとは思いもしなかった。

だが鬼龍院の妙なプレッシャーに押され、オレは仕方なくそれらしいポーズをとってみる。何となくドラマの喧嘩《けんか》シーンで見るような。

「……どうですか」

「フフ、そういうところは不器用だな。まあいいさ、最低水準は満たしたと言っておく」

ニヤリと笑い、鬼龍院も改めてファイティングポーズをとった。

「人を殴った経験は？」

「私は淑女だぞ。あるわけないじゃないか」

「……マジですか」

「心配するな。一度くらい殴ってみたいと思っていたところだからな」

オレたちは互いに距離を取り、明確な1対1へと移行する。

「決着を付けましょう、月城《つきしろ》理事長代理」

「私だけなら勝てる——君はそう判断したわけですね？」

余裕も切迫も感じさせない、いつもの笑みを浮かべながら月城が構える。

「では見せてもらいましょうか。1対1における君の本当の実力を」

目の前に立ち塞《ふさ》がっている相手を、対等な敵として迎え撃つ。

そうしなければ、足元をすくわれるのはオレの方になる。

だがそれでいて決着は1分以内。鬼龍院《きりゅういん》が司馬《しば》に抑えられる前につける。

音も無く仕掛けてきた月城の攻撃を避《よ》け、左拳を月城の頬に叩《たた》き込《こ》む。

「ッ!?」

緩急をつけたジャブを繰り出し、キレのあるパンチ。

当てることだけに意識を向けているため、一発の威力は軽いもの。

だが、それを繰り返し当てていくことで月城の笑みが薄れていく。

狙うのは鼻っ柱。軽いダメージでも受ければ人体にはある作用が発動する。

それは『涙』だ。

人間、誰しも鼻っ柱を叩《たた》かれると涙を誘発する。

痛みより先に涙があふれ出て、重要な視界を奪っていく。

大人も子供も、若者も老人も関係ない。人体としての仕組み。

月城《つきしろ》の視界が悪くなったところで、オレはアッパーで顎を振りぬく。

空を見上げた月城は口内を噛《か》んだのだろう、僅かにだが血が噴き出る。

「いつ以来、でしょうかね」

唇から垂れた血を拭い、月城は不気味に微笑《ほほえ》む。

「目の前にいるのは高校2年生の子供であることを考えた上で認めますよ。君は紛れもない最高傑作だ」

これまで拳を交えた相手の中でも、間違いなく月城はトップクラスの実力者だ。

月城が1対1で戦って勝てると判断していたのにも十分頷《うなず》ける。

「私は元々手荒なことは好きではないのですが、楽しくて仕方ありませんねぇ」

面白そうに笑い、月城は再び構える。

だがすぐには仕掛けて来ず、月城はジリジリと後退する。

司馬《しば》が鬼龍院《きりゅういん》を制圧するまでの時間稼ぎとも取れるが……。

けして熱くなることなく、冷静に勝ちへの道筋を辿《たど》ろうとしている。

月城は、足元の砂を見る。それもほんの一瞬だけ。

オレは構わず踏み込んで右拳に力を込めた。

「全くもって、見事ですよ――――！」

ねじり込むようにして叩き込んだ月城へのボディーブロー。

それはほぼ会心の威力で命中した。だが、それでも月城の笑みが消えることはない。態勢を崩しながらも、月城は左手で地面の砂を握りしめ、それをオレへと振るいあげる。

そして空いた方の手で更に奥深く穴の開いた砂浜に突っ込み、引き上げる。

アッパーのように振り上げたその右拳が直撃しても、姿勢も間々《まま》ならない状態では大したダメージにはならない。が、オレはその右手を正面から受けることはせず、月城の腕を払いのけ、すぐさま右腕を掴《つか》んで動きを止めた。

「ッ――――！」

ここで初めて、月城の笑みが一瞬消え去る。

オレの視線の先は握り込まれたスタンガンを持つ月城の右手。

「どうして、分かったんです？」

「直前まで分かりませんでしたよ。でも、あなたは一瞬の隙も見せられない状況で、何故《なぜ》か足元を確認するように視線を一度落とした。それに違和感を覚えたんです。砂で視界を奪うのが目的ならわざわざ足元を確認しなくてもいい」

左手が砂を掴んでこちらに払ってきた時も、意識はその先にあった。

「それにオレの一撃をわざと受けるような格好になったのも不自然だと感じました」

実力が拮抗《きっこう》していた以上、場の流れを変える必要がお互いにあった。

「出来ることなら、このようなリスクは取りたくなかったんですがね……。保険のつもりでしたが、君の実力は私に焦りを生ませるのに十分なものでした」

右手の力を抜くと、スタンガンが頭から砂浜に落ちて突き刺さる。

「さて、これからどうします？　私は深いダメージを負いましたが……」

視線の先では司馬《しば》が鬼龍院《きりゅういん》を背後から拘束し、締め上げているところだった。

と、ここで月城《つきしろ》理事長代理が手を挙げどこかへ合図を送る。すると停泊していた小型船の操縦者が、何かを手に持って上陸を試み始めた。万が一自分たちが敗北した時のための最後の切り札なのは明白だ。しかしそれはこちらも同じこと。

「残念ですが、時間切れですよ月城理事長代理」

突如上陸準備を止め小型船はエンジンを吹かせ、理事長代理たちを残し急速発進した。

その理由は、海上からやって来るもう１つの小型船を見たからだろう。

「……驚きました。どうやって船を呼び出したんです？　当たり前のことですが根回しはしていたんですがね。万が一あなたが学校側を頼っても止めるように。それにあなたも学校に知られることは避けると思っていました」

「簡単なことです。小型船をよく見れば分かるんじゃないですか？」

小型船の先をよく見ると、真嶋《ましま》先生と茶柱《ちゃばしら》の姿が見える。それで月城も察《さっ》する。

「誰かが２年Ａクラスと２年Ｄクラスの生徒がＩ２で倒れていて危険な状態だと報告すればどうなります？　とても簡単にもみ消せる話じゃない。救護に駆け付ける人選に担任が含まれることはちょっと前の事件でも確認済みでしたから。真嶋先生と茶柱先生が駆け付けることは分かっていました」

これは単純に、一目見ただけで身元が分かる担任が最適だと学校で決めていたルール。

2年Aクラスと2年Dクラスと聞けば、嫌でも担任を同行させるしかない。

緊急となればGPSを1つ1つ確認している暇はない。腕時計が壊れているようですという情報が含まれていれば、そこにGPS反応が無くても確認には絶対に向かう。

「もし全生徒のGPSでチェックさせていれば、救護は来ず状況は変わりましたか？」

「いいえ。今、地図から2年Aクラスと2年Dクラスの生徒が1人ずつ、腕時計からGPS反応が消えています。むしろ信憑性が増していたんじゃないでしょうか」

「君は最初から時間を稼ぎこの展開に持っていくつもりだった。だから最初は不利を承知で逃げることに注力していたんですね」

「一之瀬《いちのせ》を中途半端に脅したことが失敗でしたね。やるなら徹底的に処理しないと」

結果、月城はここに来る前のオレに坂柳《さかやなぎ》へのヘルプを出すチャンスを与えてしまった。

「これでも私の立場は聖職者ですよ？　そのような物騒な真似《まね》は出来ません」

本当か嘘《うそ》か、そんなことを言って月城は笑った。

「腕時計で位置を縛るルールが色々仇《あだ》になることの多い試験だったんじゃないですか？」

観念した月城に従うように、司馬は即座に鬼龍院から手を離した。

「……ふう。助かったぞ綾小路《あやのこうじ》。まるで歯が立たなかった、面白いほどに」

そして体を休めるように片膝をついた。

横目にではあったが彼女と司馬《しば》の戦いを見ていたが、防戦一方でもよく耐えた。

明らかな格上であることを認識し、無理せず足止めだけに努めてくれたのは大きい。

もし万全な月城《つきしろ》との戦いに司馬まで参戦していたら、こちらもどう転んでいたか分からない。やがてその船は着岸し、真嶋《ましま》と茶柱《ちゃばしら》が降りてくる。

坂柳《さかやなぎ》に借りたトランシーバーが、最後の最後まで役に立った。

「オレの勝ち、ということで認めてもらえるんでしょうか」

「ひとまず認めないわけにはいかないでしょうね」

現状、ここから月城にひっくり返すだけの手札はないはずだ。

指定エリアをオレだけ変えたことも、追及すれば必ずボロが出て来る。

「君の得点はかなり微妙なラインですが、まあギリギリ大丈夫でしょう。私としても公になってしまった以上、君が下位5組に入ってしまうと抗議は避けられませんしね」

「ご心配なく。オレなりにセーフティーラインは見えているつもりです」

「余計な気遣いでしたね。では、ひとまず私はこれで引くことにしましょう」

「ひとまず、ですか。これ以上暴力沙汰《ぼうりょくざた》による力業《ちからわざ》は勘弁してもらいたいところですね。

少なくともこの学校の理念には反すると思いますから。もちろんルールの上で腕っぷしの強さが試されるというのなら、歓迎すべきことではあるんでしょうけれど」

笑みを消さぬまま、月城理事長代理は下船してくる真嶋先生と茶柱を見る。

「最後に1つ聞かせてくださいい月城理事長代理。あなたは本気でオレを退学させようとしていたんですか？　確かに強い制約はあったと思いますが、もしオレがあなたの立場なら、もっと確実な方法を用意して実行しました」

目の前の男はそれを思いつかないほど愚《おろ》かな存在だとは思えない。

「買いかぶりすぎですよ。私は上の指示に従い君を全力で退学させようとした。しかし結果的にそれは叶《かな》わず、こうしてあなたの前に倒れることになったのですから」

ひとつ分かったのは、やはり月城という男はまだ底を見せていないということ。

今の言葉に嘘偽《うそいつわ》りがあったかどうかは不明だが、他にも狙いがあったとみるべきか。

「1つ私から、天沢《あまさわ》さんに言伝《ことづて》をお願いできますか」

「聞きましょう」

「命令に背き続けた天沢一夏《いちか》は失格の烙印《らくいん》を押される。戻るべき場所はもうないでしょう。この学校に留《とど》まり続けるも去るも、好きにするようにと」

真実？　虚偽？　月城からはそれが見えて来ない。

敗北を認めてもなお、その地が揺らぐことを全く臭わせない。

もし本当に天沢がホワイトルームを捨てたんだとして、それで済む話とも思えない。

1つだけ確かなこと。

それは、これでホワイトルームの一件全てが解決したとは思えないことだ。

まだ何かある。そう、考えさせられる。

「どうぞ最後まで足掻《あが》いて見せてください」

ゆっくりと立ち上がると、月城《つきしろ》は観念したかのように両手を挙げ真嶋《ましま》たちに近づく。

「ここでは何もありませんでした。私と綾小路《あやのこうじ》くんは単なる雑談をしたにすぎません」

「それで済むとお思いですか」

「済むも済まないも、決定事項です。あなたがた教師には抗《あらが》いようがありません。むしろ私が抵抗しないだけありがたいものと判断していただきたいですね」

オレは真嶋先生に視線を送り、それでいいと頷《うなず》いて応える。

「では引き上げましょうか。まだ生徒たちの特別試験は終わっていませんから」

大人たちが船に向かうのを確認して、オレは鬼龍院《きりゅういん》の方を見る。

司馬《しば》の相手に疲れ果てたのか、砂浜に座り片膝を立てて海を見ていた。

「見事だったな綾小路」

「いえ、鬼龍院先輩も司馬先生相手に凄《すご》かったですよ」

「君の戦闘を見た後ではお世辞として受けることも出来ないさ。あぁ、安心しろ、君のことを第三者に話そうとは思っていない。だが色々話を聞いてみたくはなったぞ」

見られてしまったのは想定外だったが、鬼龍院だったことは幸いだ。

「ちょっと複雑な家庭事情がありまして。それだけですよ」

「複雑な家庭事情か。それは安易に踏み込んでいいことではなさそうだ」

立ち上がり、お尻についた砂を軽く払うと、鬼龍院が森に向かって歩き出す。

Ｉ２を鬼龍院と出発しＩ３へと戻ってきた時、南雲《なぐも》の姿はもうなかった。

その代わりじゃないが、思わぬ生徒たちと遭遇することに。

２人はオレを見るなり顔を見合わせ驚いている。

「珍しい組み合わせだな堀北《ほりきた》。伊吹《いぶき》と一緒に歩くなんて今日は霰《あられ》でも降るのか？」

「……あなた、大丈夫だったの？」

「大丈夫とは？」

「えっと、いえ。誰かとちょっと揉《も》めてるんじゃないかと思っていたの」

今度はオレと鬼龍院が顔を見合わせ、ほぼ同時にそれを否定する。

「いや？　この先には誰もいない」

「じゃあ、あなたはここで何をしていたの？」

「だいぶ疲れた２週間だったからな。人目につかない浜辺で海を見ながら休んでた」

「随分と余裕なのね。あなたのことだから最低限の得点は稼いだんでしょうけど」

どうして鬼龍院先輩が？と視線を送る。

「サボっていた生徒を見つけて私が連れ戻した。最後まで真面目にやれとな」

そう言って、鬼龍院先輩は軽くオレの背中を叩《たた》き歩き出す。

「それじゃあ試験終了後、船で会おう」

堀北はオレの隣に立つと、小声で改めて確認してくる。

「本当に大丈夫だったの……？」

「ちょっと……何となくそう聞いただけだけれど。それに小さい紙が」

「何が」

「紙？」

「いいえ、何でもないの気にしないで。私もまだ分からないことだらけだから、少し自分で調べてみてから話すことにする」

何のことか分からないため気になるが、Ｉ２に関する話を長引かせたくはない。月城《つきしろ》との一件を教えるわけにもいかないからな。

「それよりおまえと伊吹《いぶき》がどうしてここに？　課題は周辺にないだろ」

伊吹が何か言おうとしたのを、堀北《ほりきた》が止める。

「伊吹さんに勝負を挑まれていたから、その関係で互いの点数をチェックしていたの。あなたのＧＰＳが妙なところにあったから様子を見ようと思っただけよ」

「引き分けってことにしておいてあげる」

「……どうしてそうなるの、明確に私の勝ちでしょう？」

「誤差よ誤差」

「誤差でも誤差でなくても、１点でも上回っていれば私の勝ちよ」

よく分からないが、この試験を通じて堀北と伊吹は仲良くなった……のか？

そして、程なくして無人島試験は終わりを迎える。

○結果発表

長い長い2週間にも及ぶ無人島試験が終了した。

最終日、無理な強行をしようとしたグループの生徒からけが人なども出たようだが、何とか閉幕。スタート地点の設営地では教員たちが労《ねぎら》うように生徒を迎え入れた。

そして世界が赤く染まり始めた夕方の6時過ぎ、参加中の生徒が全員戻ったことを受けて船内へと引き上げる作業が完了した連絡が入る。

結果発表が船内で行われることは事前に通達されていた通りだが、今回は多くの退学者が出る可能性もあるためか、下位グループには事前に通達が入る決まりとなっている。

船内に戻ってから寝るまでの間、恐らくは遅くないうちに知ることになる現実。

全校生徒の眼前で公開処刑されるような展開にはならないようだ。

下位5組は事前に呼び出され、まずは救済措置を取れるかどうかの確認がなされる。退学を未然に防げる生徒は、ここで対価を支払うことで救われるということだ。

プライベートポイントの不足、あるいは所持していても何らかの理由で救済を行使しない生徒は、この時点で退学が確定し荷物をまとめ小型船に乗り込むことになる。

数日ぶりにシャワーを浴びて汚れを落とし終えたオレは、船内を散策することに。

本来なら携帯で友人や恋人とやり取りするところだが、まだ学校側が携帯を預かっている状態のため、それも許されない。

何人か2年Dクラスの生徒とすれ違い、互いに軽く労《ねぎら》いの言葉を交わしたりしつつ、オレはデッキの方にまで足を運んでいた。そこで興味深い組み合わせの2人を見かける。

両名は、向かい合って話をしている。

特に隠れるようなこともしなかったので、すぐにそのうちの1人がオレに気付いた。

その顔は傷だらけで、試験中に宝泉《ほうせん》との激しい攻防があったことを物語っている。

「邪魔が入ったが、俺との約束を忘れるんじゃねえぜ？　それと金もな」

約束という言葉を持ち出した龍園《りゅうえん》は、オレを一瞥《いちべつ》しただけで船内に戻っていく。

「もちろんです龍園くん。時が来ればいつでも言ってきてください」

そんな龍園の背中に、坂柳《さかやなぎ》は嬉《うれ》しそうに微笑《ほほえ》みかけた。

「約束？」

「ええ。1年生の戦力が不明でしたからね。腕の立つ傭兵《ようへい》として龍園くんを用意しておいたのですが、タダで協力してくれるような人ではありませんから。お願いを聞いてくださればそちらの希望を1つ聞いて差し上げるとお答えしたんです」

なるほど。それで宝泉の前に立ちふさがるように龍園が姿を見せたってわけか。

「ちなみに喧嘩《けんか》の結果は知ってるのか？」

「さあどうでしょう。龍園くんも宝泉くんも傷だらけでスタート地点に戻り、手当てを受けた上でリタイアを宣告されたことは存じ上げているのですが」

つまり、喧嘩の勝敗は不明だが互いにリタイアすることで痛み分けに終わったのか。しかし無人島試験で勝ち上がることだけに集中していたあいつを動かすのは簡単じゃなかったはず。

「それはまた――――安易な約束をして良かったのか？」

「ええ。いつ実現するかも分からぬ約束事ですし、それに……その願いは近い将来彼自身の首を絞《し》めるようなものですから」

そう言って微笑む坂柳は、子供のように無邪気な瞳《ひとみ》をしていた。

軽いデートを、などというそんな甘い約束事でないことだけは確かなようだ。

「ご無事で何より。指示いただいたGPS消失のタイミングは問題ありませんでしたか？」

「完璧なタイミングだった。借りは必ず返させてもらう」

「私の希望は後にも先にもひとつだけ。誰の邪魔も入らない真剣勝負を綾小路《あやのこうじ》くんとすることです」

「それは、中々難しい提案だな」

「分かっています。今の綾小路くんは出来る限り平穏な日々を送りたい。不用意に目立つような真似《まね》が出来ないのは重々承知しています。焦る必要はないでしょう。私たちにはまだ1年半近くの学校生活が残っているのですから」

卒業するまでのどこかに、勝負する機会があればそれでいいと坂柳は言う。

「もうすぐ6時、結果発表のお時間ですね」

「そうだな」

果たしてどのグループが勝ちあがったのか、そして落ちたのか。

それを見に行くことにしようか。

1

7時の夕食時間になると、自然と2年Dクラスのメンバーは集まり始め、同じ場所での食事が始まる。当然と言えば当然だ。昨日と今日、下位グループのリストは閲覧不可能だったため、どのグループが不調だったかを知るには直接聞き出すしかない。

「まずは……僕たち2年Dクラスのどのグループも欠けることなく特別試験を終えることが出来たのは、とても良かったことだと思う。そして、この場にDクラスの生徒が全員いるということは、退学を避けられたという重要な要素だ。本当に良かったよ」

クラスメイトたちを見渡し、洋介《ようすけ》はただただそのことを本心から口にする。

無人島の中では洋介と一度も会うことがなかったので少し気がかりだったが、自分の疲労よりも仲間のことで頭がいっぱいな様子。

確かにこの場に揃《そろ》っているのなら、波瑠加《はるか》や愛里《あいり》のグループも無事だったということ。

オレは2年生の他クラスの様子も軽く見てみることにした。

特に欠けているような生徒がいるようには見えない。

2週間ぶりの豪勢な食事に舌鼓《したつづみ》を打つ生徒たちだが、楽しんでばかりもいられない。

教員たちが集まり始めると、午後8時の合図とともにマイクがオンになる。

「一時食事、会話を中断してください」

そんなアナウンスが3年Aクラスの担任の佐々木《ささき》から促され、生徒たちは先生を見る。

「無人島特別試験、まずはご苦労様でした。合計13人のリタイアを出しながらも、どのグループも欠けることなく2週間を乗り越えたことに、我々教職員も驚いています」

まずは労《ねぎら》いの言葉から。

「既に欠けている生徒がいることに気付いているクラスもあるかと思いますが、下位5グループには事前に説明していた通り、ペナルティを課し退学措置を行いました。グループの人数が複数の場合、代表として1名の名前を読み上げます。3年Dクラス武藤《むとう》、3年Dクラス川上《かわかみ》、3年Cクラス勝俣《かつまた》、3年Cクラス東雲《しののめ》、3年Bクラス三木谷《みきたに》の5グループ、合計15名となります」

佐々木先生の説明に、1、2年生がどよめきを起こす。

確かに12日目終了の間際にも下位に名前を連ねていたのは確認していたが、全退学者のグループが3年生からというのはあまりに意外だった。

オレは南雲《なぐも》が救済をし拾い上げるとばかり思っていたからだ。

そして波乱の入れ替えによって、1年生や2年生も落ちる者が出てくるとみていた。

だが結果、3年生3人グループが5つ消えた形になる。

「このうち救済措置を使えた生徒は存在しないため、全15名がそのまま退学を確定させております」

この結果を踏まえると、3年生の5グループが退学することは内々で決まっていた？

そう思って3年生たちの顔を見たが、どうやらそうでもないらしい。

多くの生徒たちの顔に余裕はなく、まるで信じられないといった動揺が走っている。

まるで見せしめのような結果に怯《おび》えているようにも見えた。

南雲《なぐも》を探してみるが、一瞬見えた横顔はいつもと変わった様子はなかった。だがもしかしたら最後の最後、オレとのひと悶着《もんちゃく》がこの結果に影響しているのかもしれない。

巨大スクリーンに電源が入り、白い映像が映し出されたところでもう1人出て来る。

「ではこれから無人島特別試験の結果、上位3組の発表を行います」

月城《つきしろ》理事長代理だ。オレと戦った後とは微塵《みじん》も思わせず、スタートを宣言した時と同様、平静に進行を進めていく。

「第三位———2年Aクラス坂柳有栖《さかやなぎありす》グループ。261点」

ここでいきなり、2年生のグループが3位に名前を出してきた。

2年生で唯一許された7人グループの利点をフルに生かし、手堅く点数を積み重ねゆっくりと順位を上げていき3位に滑り込んだようだ。

最終日に一之瀬《いちのせ》が半ば離脱したが、その影響は軽微だったか。

得点としては龍園葛城《りゅうえんかつらぎ》グループも奮闘していたが、13日目の龍園リタイアが響いたのだろう。葛城1人になったことで着順報酬の消失、参加できる課題の減少。更にリタイアのリスクを避けるための安全性を求められたことなど、厳しい2日間だったはず。

最終日の得点が2倍になったことも向かい風になっただろう。

一転、坂柳は盤石に事を運んだということだ。1年生を阻止するために向かわせた生徒はどれも坂柳のグループ外の生徒。使用したタブレットも別グループの物と、大きなリスクを負っていない。危険な相手には龍園をぶつけることで上手《うま》く対応した。

宝泉《ほうせん》とやりあうことは、龍園にとっても危険なものだったことは予見できたはず。

中学時代からの因縁のために動いたのか、それとも『約束』が関係しているのか。

後者だとすれば、3位と試練のカードによる増えた報酬よりも魅力的なものだということになる。しかし桐山《きりやま》グループが終盤失速したのは意外だった。

そして第2位。

ここで全てが決まると言っても過言ではない。

12日終了時点で、南雲と高円寺《こうえんじ》のツートップだったことは確定していた。

多少得点を落としたとしても、第3位の得点を聞く限り波乱は起こらない。

3年をまとめ上げる南雲か、それとも単独で破竹の勢いを見せ続けた高円寺か。

「第二位———3年Aクラス南雲雅《みやび》グループ。325点」

月城理事長代理からそう読み上げられると、歓声どころか悲鳴のような声が上がる。

間髪入れず、1位の発表へと移される。

「第一位――2年Dクラス高円寺《こうえんじ》六助《ろくすけ》。327点」

その名前が呼ばれた瞬間一気に全生徒の注目、視線を浴びる高円寺。

勝ち誇った様子も、誰かにアピールすることもなくただ悠然《ゆうぜん》と座ったままだ。

結果だけを見れば僅か2得点差。

些細《ささい》な出来事1つでひっくり返るほどのもの。

それでも高円寺は、単独という最も厳しい条件下で1位の快挙を成し遂げた。

1位で分配されるはずの300クラスポイント、そして個人に100万プライベートポイント、更にプロテクトポイントを1つ得たことになる。

「本当にやり遂げてしまったのね、高円寺くんは」

高円寺は一度だけ視線を堀北《ほりきた》へと向け、分かっているね？と問いかけをする。

これには堀北も頷《うなず》いて答えるしかないだろう。

見事に公約通り、高円寺は卒業までの免罪符を手にした。

今後はより一層自分の好き勝手に学校生活を送るということでもある。

「全く……素直には喜べないというか、呆《あき》れて物も言えないわね……」

「今は喜んでいいんじゃないか？　単独で300クラスポイントを得たのはAクラスに上がるためには極めて大きなポイントだ。二度目のDクラス脱出が確定したんだからな」

それに元々好き勝手やっている高円寺だ、今更制御も何もあったもんじゃない。

「ええ、そうね。これで私たちは一気に上に詰め寄ることになるのよね。BクラスからD

クラスまで、どこがどう入れ替わってもおかしくない」

「今月オレたちが日常生活で粗相をして物凄《ものすご》く下げない限りな」

日ごろの行いや問題行動でクラスポイントは微妙に減点を受けるからな。

「……嫌なことを言わないでよ」

しかし改めて思うのは、この2点差の持つ大きな意味だ。

今日、わざわざオレのところに足を運んだ南雲《なぐも》の姿を思い出す。

あの時トランシーバーから聞こえてきた仲間の声。

もしあの時、南雲がその声に答えていたなら1位と2位の結果は逆だった気がする。

そして退学するグループにも違いがあったんじゃないだろうか。

ここで考えて答えの出るものじゃないが。

ひとまず、この長きにわたる特別試験は無事に幕を下ろした。

2年生からは奇跡的に1人も欠けることなく、夏を乗り切れたということになる。

天沢一夏《あまさわいちか》がホワイトルーム生であることも判明。

理由は分からないが、少なくとも今は月城《つきしろ》側ではなくこちらを味方している。

示し合わせた戦略なのか、ホワイトルームを裏切った天沢の単独行動なのかは現状では確定する材料は1つもないが、得られた情報もけして少なくない。

それでもまだ、幾つかの謎は残されたままだ。

もしかするとこの夏休み、このまますんなりとは終わらないのかもしれない。

あとがき

去年から引き続き息つく暇もなく仕事に明け暮れておりますが、1つ終わると1つ増える無限増殖で体力精神を削られる日々が続いております。どうも衣笠《きぬがさ》です。

……。……。……ん。

あとがきに書くことがない！
左足の親指がここ最近やけにズキズキ痛いなぁとか。（多分痛風とは違う）
近所にできた辛口カレー屋が美味《おい》しくてつい通っちゃうなとか。（心底どうでもいい）
宅配弁当をお願いしようと小一時間HPと睨《にら》めっこした後、上乗せ料金と配送料を考えているうちに、結局自分で自転車に乗って取りに行っちゃうとか。（だからなんだよ）
特に目新しい変化もなく、淡々と毎日に向き合っている次第です。
うん、よし。近況報告としてはそんなところかな？
あまりに中身のないあとがきなのはいつものことなのでご了承を。

ここからは無人島試験後半について。
今回4巻でございますが改めて振り返りますと上下巻は大変だった！　ということと、

合わせて700P近くあったとしてもまだまだ書きたいエピソードは沢山あったということですね。無人島では多くの主要キャラクターたちの戦いがあったわけで、それらも書きたかったのですが、どうしても本筋から離れるためそういうわけにもいかず……。

需要があればそんな各キャラのエピソードを別途書き下ろしてみたりもしたいけど、需要があるかどうかも分からないんで、とりあえず無視していくことにしよう。

4巻の本編では、ひとまず月城《つきしろ》との戦いはいったんここで終了となりますが、ホワイトルーム関係のお話はもう少し続きます。その辺は読んでくださった方々は何となく察しているのではないでしょうか。

そして次回は特別試験から解放された4・5巻、豪華客船での夏休み編となります。

無人島試験の詳細だったり、触れられなかったキャラたちとのエピソードなどにも注目頂ければと思います。

綾小路《あやのこうじ》やそれ以外のキャラたちの恋愛模様にも変化があったりなかったりするかも知れません。更に今触れたホワイトルーム関係でも――。

と、夏休みのお話にはなりますが、無人島試験と変わらぬ濃い展開が幾つか入る予定ですので、お楽しみに。

それでは皆様、遅くとも4か月後にはまたお会いしましょう。

2021年もどうぞよろしくお願いいたします。

MF文庫J

ようこそ実力至上主義の教室へ 2年生編4

2021年2月25日　初版発行
2024年9月10日　21版発行

著者　衣笠彰梧

発行者　山下直久

発行　株式会社KADOKAWA
〒102-8177 東京都千代田区富士見2-13-3
0570-002-301（ナビダイヤル）

印刷　株式会社広済堂ネクスト

製本　株式会社広済堂ネクスト

Printed in Japan　ISBN 978-4-04-680166-1 C0193

●お問い合わせ
https://www.kadokawa.co.jp/（「お問い合わせ」へお進みください）
※内容によっては、お答えできない場合があります。
※サポートは日本国内のみとさせていただきます。
※Japanese text only

◇◇◇

【ファンレター、作品のご感想をお待ちしています】
〒102-0071 東京都千代田区富士見2-13-12
株式会社KADOKAWA　MF文庫J編集部気付「衣笠彰梧先生」係　「トモセシュンサク先生」係